Pero si hay razones.

- ¿Qué Sueña en [...]
- Amantes de [...] [...]

Frustración [...]

△ ca [...]
- "el siglo de ORO"

[...] del tiempo. |

- Pero se sigue queriendo sus obras
en Palacio! 1631 le hechó de Sr Juan
su última obra para el Blanco (5mno)

Agosto: Castigo sin venganza

travestido en ✳ + △ Ausación en △

Piense que es verdaderamente una tragedia
- si es tragedia? que uno de los tragedias hay?
- Principios fundamentales de la
tragedia Clásica Griega
- Destino

- Koros = abundancia /
excesiva que lleva /
Protagonista trágico
(de clase Alta)
(Buenos cualidades)
(Asombroso)

) el Koros le lleva a la hamartia,
el error trágico (yo o yo hubris)
que un lleva al cambio de
la acción (Peripecia), que
nos lleva a la catástrofe y anagnórisis
lamento final
- interior: Katáis catarsis.

Protagonista? Trágico.

Casandra ⎱ al resolver esto, nos puede
Dogma   ⎰ ayudar a resolver
Federico

el que:
Kichilgenay. conversión no fue reseñado
—Kials. saben cautas mente
condenar
no es personaje
¿un vasallo de Tragegia?
Kousf: seran hereticalla de Roger.
si es digno tras conversión.

(Censura: ¿no censurada?!
Solo representada un dia en la corte (luego censurada)

31   33   35
¿   no censurada!
¿

¿POR QUÉ? Porque mencionaba a Roger
la censura)

¿De donde proviene el texto?
⎰ Modelo directo: una novela de Bandello
⎱ Modelo bíblico: David y Absalón.

Trad. esp. empieza ahora mismo
David y Absalón
¿Se los aceptamos: justicia poética
— sino Bíblica.

Modelo histórico:
histona de Ferrara: al parecer
ocurrió a Julio Ferrara.

punto ca realidad (Armas).

empieza a Ferrara, pierde desplege
a Mantua
— Rebeca 1631 Mantua España

Mod.hist II: relacionado con F II y Carlos.
hist II
Mod.hist III: relación con F IV = F IV
— duque Mantua
criados + Aureo + de Viche + Loscano

El castigo sin venganza Mujeres =
otro por Ricardo y casado.
otro por Rique y casado.

F II e anillos H ijos + Padre.

Modelo clásico: Phaedra.
— drama de Séneca
Hipólito de Séneca: sus textos mitológicos
muy importantes
dedicado a un Barco (castillo)
y venganza de Venus.

Mitológico: silencio + espectáculo
Venus + Marte (screech)
dilatado amos (Apolo) + vulcano
los exhibe
por un lado: amor oculto + por otro: exhibido.

Foucault + Cbrz: sexo es silenciado, pero
al mismo tiempo, la sociedad se dedica
a hablar del sexo. y sexo nos lleva
— el silencio sobre el sexo
a querer saber más.

V. 232 Sigue.
  quiere silenciar lo que no
  quiere escuchar
V. (final) y silencio otra vez

2995

Letras Hispánicas

Silencio asombrado ca amante
 - se asombra no con lenguaje lo que pasa,
   sino que s usa la Mitología.

Casandra: Mitología!
 Sus palabras nunca van a ser
  creídas por los dioses.
  Profetiza pero no escuchada.

Apolo : uno los nubes.
_____

Más complicación
Apolo es o no es 𝐏 𝐈𝐕

[handwritten annotations:]

texto: 1º
Burlas cosmicas
V.10
el argumento de Burlas, 4 mujeres, su exho.
catálogo de Mujeres: fríure de educarno
FTV
la más importante Dama de quien
Burla el duque: Cintia: Ninfa

Lope de Vega

El castigo sin venganza

[handwritten:] → Diana, hasta desd' 8 año, V 83

Edición de Antonio Carreño

[handwritten:] Vega. 2 prouperaciones
no trabajo en Conte
— otros poetas en competición
(Ongora + Calderón.
. V 53 → crítica a gongora
4ª Dama Comedianta. (Adrelita)
. de comedia espejo de
la realidad
Batín — del cuento provincial del gayo q
1 caballo d (...) do D.J Manuel
(...) el mundo destruye x Soberbia. (ver ahora
gerupto 35 de
mucho Taming of the ⟨⟩ D.J Manuel).
Shrew

CUARTA EDICIÓN

CATEDRA
LETRAS HISPANICAS

Hercules: Pintura: cubierto de piel de león
- el trabajo más importante: matar al león
- anti-hercules.

Decidido por fortuna el encuentro de Pedro y Casandra 385

Documentación gráfica de cubierta: Fernando Muñoz

Reservados todos los derechos. El contenido de esta obra está protegido por la Ley, que establece penas de prisión y/o multas, además de las correspondientes indemnizaciones por daños y perjuicios, para quienes reprodujeren, plagiaren, distribuyeren o comunicaren públicamente, en todo o en parte, una obra literaria, artística o científica, o su transformación, interpretación o ejecución artística fijada en cualquier tipo de soporte o comunicada a través de cualquier medio, sin la preceptiva autorización.

© Ediciones Cátedra (Grupo Anaya, S. A.), 2001
Juan Ignacio Luca de Tena, 15. 28027 Madrid
Depósito legal: M. 48.376-2001
ISBN: 84-376-0903-8
Printed in Spain
Impreso en Anzos, S. L.
Fuenlabrada (Madrid)

Edgar Wind: Pagan Mysteries in the Renaissance
Daniel Hople: Venus Armata
Renac: hay simpatías/Antipatías. Alguno: buscar cómo unir opuestos (Piedra Filosofal)
Ing: el misterio de ? conjunciones.

Índice

Prólogo

En el canon de las lecturas indispensables del teatro de Lope de Vega, *El castigo sin venganza* destaca, diríamos, a la cabeza. La tríada es bien conocida (*Fuente Ovejuna, El caballero de Olmedo, El castigo sin venganza*), marcada ésta, sin embargo, por señaladas diferencias. Las dos primeras obras se escriben en un lapso de diez años (entre 1611-1618; 1620-1625, respectivamente). De la segunda (*El caballero de Olmedo*) a la tercera pasan casi unos diez años[1]. Más aún: las dos primeras se escriben en el término medio de la vida de Lope (1562-1635); por el contrario, a la hora de firmar *El castigo sin venganza* (1 de agosto de 1631), Lope ronda el llamado «ciclo de senectute»[2]. Al ser finalmente representada

---

[1] *Fuente Ovejuna* sale a la luz en 1619 (*Parte XII*), pero se pudo escribir, aventuran Morley y Bruerton, entre 1611 y 1619, dando como fechas más probables 1612-1614. *El caballero de Olmedo* no se publica hasta 1641 (*Parte XXIV*). Morley y Bruerton [1968], págs. 330-31 y 295-396, respectivamente, colocan su redacción entre 1615-26, indicando que, probablemente, se escribió «en el último periodo de la carrera de Lope», es decir, entre 1620 y 1625. Remitimos, tanto en estas notas, como en las explicativas del texto, a la bibliografía selecta que incluimos en la sección correspondiente. Completamos la entrada bibliográfica en caso de que el trabajo no se haya incluido en dicha sección.

[2] Juan Manuel Rozas dedicó una serie de brillantes ensayos al último periodo de la vida de Lope que, acertadamente, calificó de «ciclo de senectute». Su temprana muerte frustró la posibilidad de poder leer, en forma monográfica, una coherente e iluminadora interpretación del último quehacer literario —y no menos vital— del Fénix. Abarca desde *El Laurel de Apolo* (1630) a su obra póstuma: *La Vega del Parnaso* (1637). Véanse *Lope de Vega y Felipe IV en el «ciclo de senectute»* (Badajoz-Cáceres, Universidad de Extremadura, 1982),

9

(mayo de 1632), le quedan tres años de vida (muere el 27 de agosto de 1635). Pero hay otras diferencias. Cada obra (las dos primeras calificadas de «Tragicomedias»; la última de «Tragedia» por el mismo Lope)[3], se ubican en espacios escénicos bien diferenciados (plaza, campo, ciudad); alternan acciones (la trágica frente a la cómica), y dan voces a personajes que se fijan perennemente en la imaginación histórica del espectador: Laurencia en *Fuente Ovejuna,* don Alonso en *El caballero,* el Duque de Ferrara en *El castigo sin venganza.* Las dos primeras son más líricas: nacen al filo de un hecho cronístico o de un romance que da en baile, seguidilla y hasta en melodrama anónimo[4]. El espacio aludido es local; fácilmente reconocible en la toponimia hispánica. Sus acciones cuadran a los aires del corral. Por el contrario, el relato que origina *El castigo sin venganza* (*Novelle* de Matteo de Bandello) se arraiga como tradición literaria en la Italia cortesana, y sus acciones casan mejor en las dependencias palaciegas. La intriga central, el espacio y hasta los personajes, se encuadran en las amplias salas del palacio ducal de Ferrara. Estamos lejos del cielo abierto del «corral»; amoldados más bien en el recinto cerrado, cu-

<hr/>

61 páginas; «El género y el significado de la *Égloga a Claudio* de Lope de Vega», *Serta Philologica. Homenaje a F. Lázaro Carreter. II Estudios de literatura y crítica textual* (Madrid, 1983), págs. 465-484; «Pellicer frente a Lope (historia de una guerra literaria)», *La literatura en Aragón,* estudios coordinados por Aurora Egido (Zaragoza, 1984), págs. 66-99. La conferencia se anunció con una sugestiva variante («historia completa de una enemistad»); finalmente, del mismo Rozas, «Burguillos como heterónimo de Lope», *Edad de Oro,* IV (Madrid, Universidad Autónoma de Madrid, 1985), págs. 139-163. Se complementa esta ficha con el trabajo incluido en la sección bibliográfica de esta edición [1987], págs. 163-190.

[3] Véase sobre ambos conceptos, Edwin S. Morby [1943], 185-209; Arnold G. Reichenberger [1959], 303-316, y [1970], 164-73; del mismo, «Thoughts about Tragedy in the Spanish Theater of the Golden Age», *Hispanófila (Número especial dedicado a la comedia)*, I (1974), 37-44. Sobre ambos conceptos en Lope («Tragicomedia», «Tragedia»), es útil L. Pérez y F. Sánchez Escribano, *Afirmaciones de Lope de Vega sobre preceptiva dramática* (Madrid, CSIC, 1961).

[4] Francisco Rico, «Hacia el Caballero de Olmedo», *Nueva Revista de Filología Hispánica,* XXIV (1975), 329-338 y XXIX (1980), 271-292; del mismo, «Introducción», Lope de Vega, *El caballero de Olmedo* (ed.) (Madrid, 1981), págs. 36-75, con valiosa bibliografía y notas explicativas.

bierto, de las dependencias que cruzan y habitan encumbrados cortesanos: Duque y Duquesa, Conde y Marqués, dama —Aurora—, un letrado —Ricardo—, y un mínimo círculo de vasallos.

Las tres obras han recibido en los últimos años —destaca *El castigo sin venganza* sobre el resto— una abundante atención crítica[5]. La hispánica dirigió preferentemente su interés, a mediados de este siglo, a las dos primeras. *El castigo sin venganza* ha sido campo casi exclusivo de la crítica extranjera, principalmente inglesa y americana[6]. De hecho, la primera edición, que podríamos calificar de filológica y crítica, la aventuró un holandés (Adolfo van Dam), seguida por la de A. David Kossoff y Cyril. A. Jones. El dato en cuanto a recepción crítica es interesante. Se ha visto *El castigo sin venganza* codeándose con el mejor Calderón y, paralelamente, con el mejor teatro isabelino. Las varias «fallas trágicas» del Duque de Ferrara (mujeriego, despectivo, tirano) dan, como veremos, y en opinión de Alexander A. Parker[7], en fatales consecuencias, no tan sólo personales o familiares, sino hasta políticas. A la sombra están las grandes figuras trágicas de Shakespeare (Macbeth,

---

[5] A raíz de la última puesta en escena (Madrid, Teatro Español, Temporada 1985-86) se organizaron una serie de actos académicos: mesas redondas, ponencias, comunicaciones, que dieron como fruto una valiosa colección de ensayos. Una excelente selección (Manuel Alvar, Juan Manuel Rozas, John Varey, Domingo Ynduráin) la recogió Ricardo Doménech bajo el título *«El castigo sin venganza» y el teatro de Lope de Vega* (Madrid, 1987), págs. 141-239. Otra serie de notas, relativas al carácter histórico del texto, diseño de luces usadas en la representación, vestuario, planos de movimiento de los personajes, acompañadas del cuaderno de dirección para el montaje de Miguel Narros, y una breve colecta de ensayos (López Estrada, José Luis Aranguren), se incluyeron en la publicación *El castigo sin venganza. Tragedia española de Lope de Vega,* ed. de Luciano García Lorenzo, Teatro Español, Ayuntamiento de Madrid, 1985.

[6] El grueso volumen, *Lope de Vega y los orígenes del teatro español* (Madrid, 1981), que recoge los trabajos presentados en el «I Congreso Internacional sobre Lope de Vega», incluye tan sólo dos ensayos sobre *El castigo sin venganza,* de un total de cuarenta y tres dedicados al teatro de Lope. La misma penuria crítica está presente en el *Homenaje a William L. Fichter,* ed. de A. David Kossoff, José Amor y Vázquez (Madrid, 1971). No sucede lo mismo con *Fuente Ovejuna* (2), o el *El caballero de Olmedo* (2).

Otelo, Hamlet) divididos por la duda, los celos o la ambición ciega.

Debemos agradecer las útiles observaciones de A. David Kossoff, maestro emérito, quien ha sido eco y puntal, sobre las cuales se ajustaron semejanzas y mínimas diferencias críticas. Su edición, llena de sutiles notas filológicas y textuales, nos ayudó a enriquecer la lectura del drama de Lope. Geoffrey W. Ribbans (Brown University) fue no menos generoso al poner a mi disposición un extenso material bibliográfico; el mismo agradecimiento le debo a Rodolfo Cardona (Boston University) y a Luciano García Lorenzo (Madrid, CSIC), y a varios colegas y amigos que tuvieron la gentileza de señalar las varias erratas que se colaron en la primera edición. Quedo agradecido a José Amor y Vázquez, Javier F. Cevallos, Ángel Loureiro y Diana Conchado. Con Joaquín Roses y Luis Avilés (asistentes de investigación, Brown University) se documentaron las variantes existentes (mínimas) entre el «autógrafo», la edición llamada *Suelta (princeps,* de 1634) y la *Parte XXI* (1635). Los pocos casos en que se presentan lecturas ambiguas resultan, con frecuencia, de la diferencia de puntuación existente entre las ediciones críticas más reconocibles (van Dam, Jones, Kossoff, y la reciente de Díez Borque), de cómo leyeron el «autógrafo» (presenta un buen número de tachaduras, enmiendas y ediciones ajenas a la mano de Lope); o de los fallos que distraídamente se le pasaron al corregirlo de nuevo —si tuvo ocasión— a la hora de salir como edición *Suelta*. Los cambios, mínimos en esta edición, bien se pueden atribuir al editor de Barcelona. La obra se redactó en un lapso de apenas seis semanas (entre la puesta en escena de *La noche de San Juan* —24 de junio—, y el 1 de agosto de 1631 en que Lope firma el autógrafo), simultaneando (como

---

[7] Su estudio, ya clásico, *The Approach to the Spanish Drama of the Golden Age»* [1957] fue publicado posteriormente [1959], 42-59, y levemente modificado en versiones posteriores [1967, 1971], entre otras. Véase, por ejemplo, *The Great Playwrights. Twenty-five Plays with Commentaries by Critics and Scholars chosen and introduced by Eric Bentley*, I (Nueva York, 1970), págs. 679-707. La última versión se incluye en *Lope de Vega: el teatro*, I (1989), págs. 27-61.

siempre) otros proyectos. A punto de salir estaban, por ejemplo, *La Dorotea* (1632), y entre manos tendría Lope la «Égloga a Claudio», *Huerto deshecho, Rimas humanas y divinas de Tomé de Burguillos* (1634), *La Gatomaquia* (que se incluye en la colección precedente), *Las bizarrías de Belisa* (1634), *La mayor virtud de un rey,* y un buen número de extensos poemas cultos en forma de «Epístolas», «Églogas» y «Silvas» («Amarilis», «Filis», «El Siglo de Oro»)[8]. Muchos van a dar a *La vega del Parnaso* (1636), obra que sale póstuma.

---

[8] Aparte de las obras ya citadas, Lope completa, entre 1631 y 1633, *El desprecio agradecido,* que se incluye en la *Parte XXVI* (1633). Un año más tarde se fecha *Las bizarrías de Belisa,* que pasa a la *Vega del Parnaso,* publicación, como ya indicamos, póstuma. En la misma colección miscelánea aparece *La mayor virtud de un rey* (*Ac. N.,* XII), que Morley y Bruerton fechan entre 1625-35; *Cronología,* págs. 100-101 y 358. Véase sobre esta última comedia, Joseph H. Silverman, «Lope de Vega's Last Years and His Final Play: *The Greatest Virtue of a King*», *The Texas Quarterly,* VI (1963), 174-87.

Introducción

I. LAS «CAUSAS» QUE SE SILENCIAN

No es desperdiciable el «Prólogo» que Lope incluye en la edición *Suelta* de *El castigo sin venganza*[9]. En frase tajante define su obra de «Tragedia». La diferencia de la «clásica» («griega» y «latina») ajena ya —explica— a «sombras, Nuncios y coros». Y advierte «que está escrita al estilo Español»; es decir, al aire de su ya veterana preceptiva dramática instituida hace más de veinte años en *Arte nuevo de hacer comedias* (1609)[10]. Lope se codea ahora con los dramaturgos en boga: «porque el gusto puede mudar los preceptos» —explica— «como el uso los trages, y el tiempo las costumbres». Pero añade algo más: que la tragedia se representó («se hizo») en la corte «sólo un día por causas», concluye, «que a v. m. [detrás el Duque de Sessa] le importan poco»[11]. Tales «causas», metonimia que sutilmente

---

[9] La edición de *Obras sueltas*, VIII [Madrid, 1777], recoge el «Prólogo» (pág. 384); el editor comenta las últimas frases: «No sé si Lope tendrá muchos, que aprueben su modo de pensar, contra lo que dejaron escrito Aristóteles y los demás maestros, que nos enseñaron las verdaderas reglas del Arte poética» (pág. XI), al hilo de lo explicado por Alonso López Pinciano, «... la tragedia ha de tener personas graves, y la comedia comunes». Véase *Filosophia antigua poética*, III, ed. de Carballo Picazo, Madrid, 1953, pág. 19 (anota Jones, ed., pág. 121). José María Díez Borque, acertadamente incluye tanto el «Prólogo» como la «Dedicatoria» en su reciente edición (Madrid, Espasa-Calpe, «Clásicos Castellanos», nueva serie, 1988), que nos llega a la hora de enviar la nuestra a la editorial.

[10] Juan Manuel Rozas [1976], págs. 73-83.

[11] En carta a don Antonio Hurtado de Mendoza se queja Lope, a mediados de agosto de 1628, de que a Ruiz de Alarcón se le ha permitido publicar las comedias y que él no tiene licencia para ello. Las quejas de Lope desembocan en otra carta al duque de Sessa, que firma en 1630: «Días ha que he de-

oculta la historia aún no desvelada detrás de la primera y única puesta en escena —entendemos durante el periodo que media entre la firma del autógrafo y la publicación de la *Suelta*— arrojan un misterioso enigma que la crítica todavía no ha resuelto. Se barajan, como veremos, múltiples conjeturas. No era la primera vez que Lope se veía envuelto en pleitos a causa de la producción y publicación de sus comedias —si este fue el caso—, representadas o impresas con frecuencia sin la debida licencia[12]. Sin embargo, las

---

seado dejar de escribir para el teatro, así por la edad, que pide cosas más severas, como por el cansancio, y aflicción de espíritu en que me ponen.» Continúa líneas seguidas: «Ahora, señor excelentísimo, que con desagradar al pueblo dos historias que le di bien escritas y mal escuchadas he conocido o que quieren verdes años o que no quiere el cielo que halle la muerte escribiendo lacayos de comedia.» Véase Lope de Vega, *Cartas,* núm. 147, ed. de Nicolás Marín, Madrid, 1985, págs. 285; *Epistolario de Lope de Vega,* IV, ed. de Agustín G. de Amezúa (Madrid, 1935-1943), págs. 131, 143 y 147.

[12] Se queja con frecuencia Lope contra la alteración a que han sometido sus comedias ciertos editores. «Veréis en mis comedias (por lo menos en unas que han salido en Zaragoza) a seis renglones míos cientos ajenos...», confiesa, en 1604, en la epístola dirigida al contador Gaspar de Barrionuevo. En el mismo texto, indica: «¿No os admira de ver que descuarticen / mis pobres musas, mis pasados versos, / y que la opinión los autorice?» Estrofas más adelante: «No sólo mis comedias son salchichas / embutidas de carnes diferentes, / ya impresas en papel, ya en teatros dichas.» Véase nuestra edición, Lope de Vega, *Poesía selecta* (Madrid, 1984), págs. 289, 291 (vv. 170 y ss.). La epístola se firma en Sevilla, «en un momento en que ardía», al decir de José F. Montesinos, «una encarnizada guerra contra nuestro poeta» [1967], pág. 179. Contra los editores de esta ciudad arremete Lope en el «Prólogo» a la *Suelta,* quienes no tan sólo atienden a la ganancia sino que hasta «barajan los nombres de los Poetas, y a unos dan sietes, y a otros sotas, que ay hombres, que por dinero no reparan en el honor ageno, que a bueltas de sus más impressos libros venden, y compran». Véase «Apéndice 2» al final de esta edición. Sonado fue, por ejemplo, el pleito de Lope con el mercader de libros Francisco de Ávila quien pretendía imprimir veinticuatro comedias de Lope, compradas a Baltasar Pinedo y a María de la O, viuda ésta de Vergara. En el pleito que entabló, Lope pedía: «que él por lo menos las vea y corrija... por ser muchas en ellas ajenas y... las propias, muy contrariadas a sus originales». Lope alegaba «que él no vendió las dichas comedias a los autores para que se imprimiesen, sino tan solamente para que se representasen en los teatros, porque no es justo se impriman algunas cosas de las contenidas en tales comedias». En las mismas zarandajas anduvo envuelto con Martín de Porres a raíz de su destierro en Valencia (1588), a causa de escribir difamantes libelos contra la familia de los Velázquez, padres de Elena Osorio (la «Zaida»

«causas» de esta única representación no eran ahora ni económicas, ni textuales, ni de atribución. Las motivó posiblemente el éxito instantáneo. Este se recoge, años después (1647), en el subtítulo con que aparece de nuevo la «tragedia», y que el editor fijó en la mente de los que la leían, asociándola con el lejano éxito previo: *Cuando Lope quiere, quiere*[13]. Su genialidad como dramaturgo se instala, diríamos, a golpe de una simple voluntad de serlo. La redundancia volitiva que implica la paranomasia («quiere, quiere») convirtió el subtítulo en frase proverbial; en epigrama del último quehacer de Lope como dramaturgo. A estas alturas (fecha de la *princeps*) cuenta con setenta y dos años, y le queda uno de vida. Esta primera y única representación —era la norma— «dejó entonces tantos deseosos de verla», continúa Lope en el «Prólogo» de marras, «que los he querido satisfazer con imprimirla»[14]. El compromiso de Lope ya no es con el variopinto espectador de la comedia, sino con ese otro «lector», silencioso, agenérico, que visualiza la representación marginalizada ahora como «lectura». Con el «Prólogo» señala Lope una radical postura: la comedia apenas representada pasa a ser preferentemente leída.

La representación da, pues, en menos de dos años, en «texto», ya dirigido no al espectador o vulgo (acomodado a los «gustos» y «preceptos» en boga), sino a un lector imagi-

---

y «Filis» de numerosos romances), que se la birla el renombrado Francisco Perrenot de Granvela. Véanse A. González Palencia, «Pleito entre Lope de Vega y un editor de sus comedias», *Historias y leyendas* (Madrid, CSIC, 1942), págs. 407-422; Jaime Moll, «Problemas bibliográficos del libro del Siglo de Oro», *Boletín de la Real Academia Española*, 59 (1979), 97-107; Alberto Blecua, *Manual de crítica textual* (Madrid, 1983), págs. 193-5; nuestro estudio, *El romancero lírico de Lope de Vega* (Madrid, 1979), págs. 55-116; 117-184.

[13] El subtítulo dio pie a Edward M. Wilson [1963], págs. 265-98, para un sugestivo y detallado estudio sobre *El castigo sin venganza*, estableciendo, magistralmente, sutiles relaciones psicológicas entre acción, personajes y motivos recurrentes.

[14] Gerald I. Wade argumenta [1976], 356-64 que *El castigo sin venganza* sólo se representó una sola vez en el siglo XVII, poco después del 9 de mayo de 1632. Su conclusión ya había sido adelantada por E. Gigas [1921], 589-604.

nario. Caso extraño: es la única vez que Lope, en tan breve tiempo, imprime el autógrafo de una comedia para satisfacer a un público que se quedó en ayunas del primer estreno. La maestría y logros de *El castigo sin venganza* les habría llegado de oído en oído: a través del relato del escaso público que asistió al primer *opening*. De nuevo, y fuera de la norma, la *Suelta* sale en Barcelona, lejos de las imprentas del Reino de Castilla, alejada de la Autoridad Real, y en manos de un «autor» (léase editor) de libros poco conocido (Pedro Lacavallería) y, probablemente, ajeno al éxito obtenido en Madrid dos años antes[15]. En el «Prólogo» (véase «Apéndice 2») Lope ataca contra los «impresores sevillanos». La primera conclusión es ya obvia: *El castigo sin venganza* nace, como representación y como texto escrito, envuelto bajo sospechosas anomalías. Pese a la entusiasta recepción, se relega de inmediato a ser leído. La segunda impresión sale en Madrid (1635), pero agrupada con otra selección de comedias. Forman la *Parte XXI* (fols. 91r-113v).

La norma era «agrupar» un promedio de doce comedias y lanzarlas en colecciones antológicas: las llamadas *Partes de comedias*, de uno o varios autores. Tanto la expresión «por causas que a v. m. le importan poco», como el alegar que «su Historia» (leamos argumento, fábula) «estuvo escrita» en prosa, en varias lenguas, enmascaran los motivos que movieron a cerrarla, en contra de las expectativas del «vulgo», con una sola representación. Esto pese a los «tantos deseosos de verla», afirma Lope. De ahí que «los ha querido satisfacer con imprimirla». Obviamente la obra «conectaba», en su trazado argumental, con ese otro espectador que esperaba una segunda puesta en escena. Sus razones tendría para mediatizar la estructura argumental aludiendo a sus «fuentes». Insinuaba así lo fácil de su identificación y la fidelidad literaria *(imago veritatis)* de la trama. La justificaba también ante el concurso sospechoso de la

---

15 Véase ed. facsimilar en el volumen *Poesía, novela, teatro,* ed. de Miguel Artigas, Madrid, Colección Tesoro de Biblioteca Nueva, 1935, incluida en la selección de «Bibliografía selecta», de esta edición.

EL CASTIGO,
SIN VENGANZA,
TRAGEDIA
DE FREY LOPE FELIX DE VEGA CARPIO
del habito de San Iuan, Procurador Fiscal de la Camara
Apoſtolica del Arçobiſpado de Toledo.

AL EXCELENTISSIMO SEÑOR DON LVIS FERNANDEZ
de Cordoua, Cardona y Aragon; Duque de Seſſa, de Vaena, y de Soma; Conde de
Cabra, Palamos, y Oliuito; Viſconde de Ynajar; Señor de las Baronias de Bel-
puche, Liñola, y Calonge; Gran Almirante de Napoles, y Capitan General
del mar de aquel Reyno, y Comendador de Bedmar y Albanchez,
de la Orden y Caualleria de Santiago, &c.

Año   1634.

Con licencia, En Barcelona, por PEDRO LACAVALLERIA, junto la Libreria.

Portada, edición *Suelta*.

corte (la rige el Conde-Duque de Olivares), o de algunos de sus cortesanos, quienes, al amparo de pactos matrimoniales, determinaron con frecuencia (y como en *El castigo*) los políticos, velados a veces bajo relaciones sexuales un tanto licenciosas[16]. Al casquivano Duque de Sessa, de quien Lope fue servil secretario y confidente de sus correrías amorosas durante una larga veintena de años, le dedica la edición *Suelta*[17]. *El castigo sin venganza* nació determinada ya, a partir de la primera representación, y dada su reimpresión inmediata, por una serie de extrañas circunstancias que, de momento, se cifran como meras conjeturas: envidias, negadas pretensiones como Cronista Real, rivalidades con Pellicer; o tal vez un velado *love affair* sutilmente aludido, y que se acalla con una representación[18]. La «dedicatoria» al duque de Sessa se puede leer, incluso, en clave (véase «Apéndice» 1). En *Parte XXI* la firma doña Feliciana, hija de Lope con su segunda esposa, Juana de Guardo.

El castigo sin venganza fue, pues, destinada de golpe a ser leída. Se han anotado otras sospechas: las crecientes rivalidades de Lope con los «nuevos» dramaturgos que, convertidos en hábiles autores de cámara, desplazan al ya viejo autor de comedias de «corral». En carta de 1630 confiesa «desear no escribir para el teatro», dada su edad (sesenta y ocho años), su cansancio, «la aflicción de espíritu en que le ponen sus obras dramáticas», y su afición ahora a «cosas más serenas». Sin embargo, se halla envuelto (como siem-

---

[16] Bartolomé Bennasar, *L'Homme espagnol* (París, 1975), págs. 141 y ss.; Claude Larquié, «Amours légitimes et amours illégitimes a Madrid aux XVIIᵉ siècle», *Amours légitimes, amours illégitimes en Espagne (XVIᵉ-XVIIᵉ siècles)*, ed. de Augustin Redondo (París, 1985), págs. 69-86.

[17] En carta que Lope le escribe el 20 de septiembre de 1627 le confía: «En fin, señor, me dicen que le va bien a V. E., que está contento en su obispado, honrando a sus vasallos...» Los amores del duque con una tal Jusepa, a quien pretendía otro importante personaje de la corte, fueron la causa de su destierro a sus estados de Baena, a donde ahora le escribe Lope. Cfr. Lope de Vega, *Cartas,* núm. 131, pág. 257. Nótese la irónica alusión a su «obispado».

[18] J. H. Elliott, *Poder y sociedad en la España de los Austrias* (Barcelona, 1984); José Deleito y Piñuela, *El rey se divierte* (Madrid, 1988), págs. 10-92; *La mala vida en la España de Felipe IV* (Madrid, 1987), págs. 21-60; 61-76.

22

pre) en una febril producción de textos. Dos años previos a *El castigo* termina el *Laurel de Apolo,* y la comedia *La selva de amor* que incluye con el texto previo[19]. Ante Felipe IV, entre abril y mayo de 1629, estrena la comedia hagiográfica *La vida de San Pedro Nolasco,* y entre manos tiene, además de las obras ya citadas, un extenso número de proyectos: textos de circunstancias, poemas cultos que salen sueltos o agrupados con otras obras, algunos conservados en cuadernos misceláneos. Tal es, por ejemplo, el llamado «Códice Daza»[20]. Y de estos años finales es también el *Huerto deshecho,* maravilloso poema que fija en estrofas alicadas, escrito en circunstancias un tanto dramáticas. Una meditada contemplación filosófica y moral caracteriza un buen número de estos escritos en verso. Pero a la vez le muerde a Lope el sonado triunfo que, en forma de encargos provenientes de la Corte, reciben los jóvenes dramaturgos; para él los «pájaros nuevos». Y pese a su «afición a cosas serenas» (extensos poemas en verso llenos de erudición y sabiduría que entresaca de los clásicos), la atracción hacia las tablas es continua. En tres días, por ejemplo, y a seis semanas de firmar el autógrafo de *El castigo,* escribe *La noche de San Juan.* La representa ante los reyes el día de este santo (24 de junio de 1631), en la casa del conde de Monterrey, en una velada teatral organizada por la Condesa-Duquesa de Olivares, esposa del potente privado[21]. Su escritura y producción contrasta radicalmente con *El castigo sin venganza.* Pasan, por ejemplo, nueve meses desde la fecha del autógrafo a la aprobación («Censura») por parte de Pedro de Vargas Machuca, quien, paradójicamente, no viendo nada negativo a la moral, aprueba su representación: «Este trágico suceso del Duque de Ferrara, está escrito con verdad, i con el

---

[19] *OS.,* I, págs. 223-225.

[20] Joaquín de Entrambasaguas, «Un códice de Lope de Vega autógrafo desconocido», *Revista de Literatura,* XXXVIII, 75-76 (1970), 5-117.

[21] Véase Emilio Cotarelo Mori, «Prólogo», Lope de Vega, *La noche de San Juan, Obras de Lope de Vega (Ac. N.,* VIII), pág. XV. Véase edición de Anita K. Stoll (Kassel, Reichenberger, 1988); Juan Manuel Rozas [1984], 69-99; Theodore W. Jensen, «The Phoenix and Folly in Lope's *La noche de San Juan»*, *Forum for the Modern Languages Studies,* XVI, 1 (enero de 1980), 214-223.

deuido decoro a su persona, i las introducidas, es ejemplar, y raro caso. Puede representarse. Madrid, 9 de mayo, 1632» (Ms., fol. 111v).

Nuevos gustos mueven las producciones teatrales al filo de 1630. Se abren a estas alturas edificaciones con pomposos escenarios. El Palacio del Retiro acoge obras, bien de carácter trágico, bien mitológico, inaugurándose en 1629 con *La selva sin amor,* montada por Cosme Lotti, ingeniero florentino al servicio de Felipe IV. Escrita en silvas, con siete escenas y un prólogo, se ubica en un idílico bosque que rodea al Manzanares. Amor, aconsejado por Venus, logra que las esquivas pastoras se rindan a sus galanes. El teatro es ya cortesano. Tanto la tragedia como la comedia mitológica adquieren grandes proporciones y efectos. Su tramoya es complicada y aparatosa; es, sobre todo, espectacular. Se impone una gran imaginación escénica que rompe con la acción escueta, en un solo trazado, lineal. Los personajes exhiben tensas emociones; los espacios se corresponden en forma simétrica, y se doblan a base de una sutil geometría cuyas huellas ya se detectan, en cierto modo, en *El castigo sin venganza.* Pero si bien el teatro de Calderón consigue éxitos inmediatos (escribe entre 1625-1631, *El sitio de Breda, El cisne de Apolo* y *El príncipe constante*), no menos sucede con el de Lope a juzgar por el «Prólogo» que venimos comentando. O tal vez se vio Lope alejado del «favor» de la corte se le negó el cargo de «Cronista Real» que tanto deseó[22], autorizándose tan sólo una representación. Todo, pese a que su drama esté escrito, afirma, en «estilo Español»[23]. Lo opone así a otros más en boga: el de vena clásica y mitológica, con un marcado cariz italianizante, con costosas tramoyas, gran aparato escénico y lindas metáforas que cautivaban el ver y el oír de los espec-

[22] Henry N. Bershas, «Lope de Vega and the Post of Royal Chronicler», *Hispanic Review,* XXXI (1963), 109-117; Jack Weiner, «Lope de Vega, un puesto de cronista y *La hermosa Ester* (1610-1621)», *Actas del VIII Congreso de la Asociación Internacional de Hispanistas,* II, ed. de A. David Kossoff, José Amor y Vázquez, Ruth H. Kossoff, Geoffrey W. Ribbans (Madrid, 1986), páginas 727-30.

[23] Gwynne Edwards [1981], 107-20.

tadores cortesanos. La estética en vigor —la señala Lope en el prólogo a la *Suelta*— («porque el gusto puede mudar los preceptos») es más atractiva: lógica dramática, simetrías bien concebidas, juegos alegóricos y silogísticos, y una tendencia, explica Rozas, «a estructurar y filosofar ciertos temas»[24]. Una vez más, y a la espalda con su pasado (acoplar los preceptos al gusto del «vulgo» fue el cambio que introdujo Lope con su poética —*Arte nuevo*— sobre la «comedia nueva»), y con su ya conservadurismo escénico, reafirma Lope en *El castigo sin venganza* su propia tradición: las «dulces prendas» —el amor imposible—, vía Petrarca y Garcilaso (v. 992); la lírica de cancioneros y romanceros (vv. 1911-75); el amor cortés lindando, por imposible, sublime o único, con la muerte; la mimesis dramática que ampara bajo la autoridad de Cicerón —«la comedia espejo» como reflejo de costumbres (vv. 215-25) y el decoro (lingüístico, temático y social) pertinente a cada personaje. De pasada, sin embargo, algo de lo «nuevo» ya se introduce en la «tragedia» de Lope (nominativo que le aplica tres veces). El primer acto se representa, por ejemplo, en el tono de la comedia galante, entrelazado con metáforas de obvio cuño gongorista y calderoniano[25]. Pero este juego es propio de Lope: satirizar una boga literaria que triunfa (v. 24), y a la vez dejarse con frecuencia atraer, imitando, sus características poéticas más sobresalientes[26].

Pero detrás de la única representación que media entre la fecha del autógrafo de *El castigo sin venganza* y la impresión de la *Suelta,* y pese al deseo del público que esperaba

---

[24] Añade Rozas que «en los seis últimos años de su vida se enfrenta a la mayoría de los jóvenes poetas que empiezan a dominar la literatura de Palacio. En las últimas obras establece varios clichés que se relacionan entre sí: el de los noveles, el de los «pájaros nuevos», y el de que «le copian de noche y le murmuran de día» [1987], 167.

[25] Emilio Orozco Díaz, *Lope y Góngora frente a frente* (Madrid, 1973), págs. 379 y ss.

[26] La noche se describe en *El castigo sin venganza* como «guarnecida capa» (v. 11); las estrellas son «pasamanos de plata» (v. 15); la luna es a modo de encomienda (v. 16), etc. En el *Huerto deshecho,* demostró Eugenio Asensio (ed., Madrid, 1963), en su estudio preliminar, los préstamos de Góngora.

una segunda puesta en escena, no existe tan sólo una cuestión de gustos, preferencias, modas o rivalidades. Hay algo más serio y alarmante. En escena se presenta un caso de vida depravada: un Duque solterón, ya entrado en años, se ve tornado en empedernido mujeriego (vv. 1-233). Ronda las llamadas «mancebías» de su ducado en busca de prostitutas. Cintia es la más avispada. Se representa también un caso de adulterio (e implícitamente de incesto) entre el hijo «bastardo» del duque, el Conde Federico, y Casandra, «madrastra» de éste (vv. 2484-2500). Las relaciones amorosas ilícitas se extienden del exterior —la calleja que se recorre a media noche (cuadro I, acto I)— al interior (palacio, actos II, III), terminando las primeras de manera bufónica; las segundas en trágicas. Éstas envuelven, metafóricamente, todo el entorno de Ferrara. De ahí que la representación pudiera resultar un tanto escandalosa para la prepotente aristocracia, sobre todo si se entreveían veladas asociaciones o paralelos que fácilmente podía captar el bullicioso público de los «mosqueteros», situado en patio, cazuela y bancos del corral de comedias. Lo que explica a su vez el deseo de una segunda puesta en escena [27]. La edición

---

[27] A. David Kossoff (ed., págs. 34-35) hace una inteligente salvedad en cuanto a que se representase la comedia «sólo vn día», contradiciendo la «idea aventurada» —sus palabras—, por Wilson de una posible «supresión» por parte de la autoridad (Wilson [1963], 296), y la sugerida anteriormente por A. Castro y Hugo A. Rennert de que «la supresión se debiera a cualquiera de las causas que diariamente surgían en la vida del teatro», suponiendo que la comedia «fuese nunca prohibida». Cfr. *Vida de Lope de Vega* (Salamanca, 1968), pág. 302. Resume Kossoff que cuando Lope dice «sólo vn día» se expresa en términos de una representación o dos representaciones que pudieran sumarse a la única realizada, descartando así supuestas «prohibiciones», o «supresiones» infundamentadas. Obviamente, si una o tan sólo dos representaciones eran la norma, como anota el mismo Shergold (Kossoff, ed., pág. 35, nota 5), el argumento previo pierde validez. Importa destacar no el número de representaciones (dos en un solo día, por ejemplo) sino que Lope realce el que se representó «sólo vn día», y que aluda a ciertas «causas». Éstas suponen una anomalía, tanto en relación con el número de representaciones como con el deseo del público. Representó la obra la compañía de Manuel Vallejo, el 3 de febrero de 1632 (fecha que se cuestiona), y cuatro años más tarde (el 6 de septiembre de 1636) Juan Martínez. A estas alturas Lope lleva muerto un largo año. *Vid.* A. Castro, Hugo A. Rennert [1968], pág. 453; Gi-

suelta vino a suplir en forma de lectura, indica el mismo Lope, la negada como representación[28].

Resumamos, pues: a) que entre el autógrafo de *El castigo sin venganza* y la censura pasan nueve meses; b) que entre el autógrafo y la primera puesta en escena transcurren dos años; c) que de la fecha del autógrafo (1 de agosto de 1631) a la impresión de la *Suelta* (1634) se suceden tres. Pero se han barajado otras causas. Una de ellas, la posible asociación con el grave problema, tanto político como personal, entre el príncipe Carlos (1545-1568), su padre Felipe II, y la joven esposa de éste, Isabel de Valois. La esmerada atención que el príncipe, dada tal vez su anormalidad física, recibió de la atractiva esposa, de la que se decía estaba prendado, dio lugar a chismes y comentarios. Murió prisionero en el castillo de Arévalo, en misteriosas circunstancias que se juzgaron como sospechosas. Sin embargo, del hecho histórico a la representación de *El castigo* median unos setenta años, toda una nueva generación que difícilmente podría establecer de inmediato tal asociación[29]. El tema de

gas [1921], pág. 602. N. D. Shergold y J. E. Varey, «Some Palace Performances of the Seventeenth-Century Plays», *Bulletin of Hispanic Studies*, XL (1963), 220, quienes fijan la primera representación en 1633, y añaden otra, en palacio, en septiembre de 1635. Pero lo que cuenta es la fecha de la edición *Suelta* (1634) que incluye el «Prólogo» al que hacemos referencia. Notemos de nuevo que el autógrafo se data el 1 de agosto de 1631; la «licencia» el 9 de mayo de 1632; y la primera representación —de acuerdo con Shergold y Varey— en 1633. Han pasado dos largos años desde que Lope firmó el autógrafo; se retira de pronto la obra —pese a la excelente recepción que tuvo—; Lope salta al estribo y la imprime *(editio princeps)* en Barcelona. Firma su aprobación fray Francisco de Palau, «del Orden de Predicadores», el 23 de julio de 1634.

[28] «Se sabe», escriben Shergold y Varey, «que las compañías cambiaban con frecuencia las comedias que representaban y que raras veces se daba la misma obra, aunque fuese nueva, durante más de cinco días o seis días seguidos»; véase N. D. Shergold y J. E. Varey, *Teatros y comedias en Madrid: 1600-1650* (Londres, 1971), pág. 37; José Deleito y Piñuela en ... *También se divierte el pueblo* (Madrid, 1988), págs. 164 y ss., habla de una duración máxima de quince días en la corte y de tres o cuatro en los demás pueblos. Véase al respecto R. Subirats, «Contribution á l'établissment du répertoire théatral à la cour de Philipe IV et de Charles II», *Bulletin Hispanique*, LXXIX (1977), 401-479; Díez Borque [1988], pág. 28.

[29] Cfr. Gigas [1921], 589-604. En relación con el príncipe Carlos, véase Meier [1948], 243-246; ed. de García Lorenzo [1985], págs. 269-277.

«Don Carlos», tanto el literario (que desarrolla más tarde Schiller) como el histórico, se transvasó extensamente a las tablas, documentó hace años Gigas, citando un buen número de comedias que se representaron en torno al frustrado heredero. También se ha barajado una velada alusión a la vida de Felipe IV, mujeriego como el Duque de Ferrara[30]. Por otra parte, el motivo de la reina que rechaza o acepta el amor del príncipe, lo mismo que el rey tirano que asesina a su hijo por adulterio e incesto, con múltiples transformaciones y variantes, pertenece al folclore pan-europeo, con derivaciones, como veremos, en Bandello. A. Castro y Hugo A. Rennert rechazan toda asociación entre el porqué «esta Tragedia se hizo en la corte sólo un día» y el Carlos histórico. Y no fue tampoco anómala la demora de la licencia por parte de Pedro Vargas Machuca, documenta Kossoff. Realza Vargas la «verdad» del «raro caso»; su «decoro» y su «ejemplaridad»[31].

Ni tampoco se prohíbe una segunda representación porque se ponga en solfa la conducta depravada de un poderoso aristócrata, ya que se guarda, explica Rozas haciéndose eco de la aprobación de Vargas Machuca, «el decoro para la grandeza». Se desarrolla un tema no inventado por Lope, y se ubica fuera de España, concluyendo este crítico que no es más grave de lo que se dice —siendo tragedia— en obras de la misma época[32]. Pero no se guarda tan «respetuosamente», se podría argüir, el decoro hacia la grandeza. El espectador se encuentra, ya en el primer cuadro del acto I, con un poderoso Duque embozado, cabeza de un distinguido estado (Ferrara), recorriendo a media noche, acompañado de su secretario y siervos, las calles en

[30] Con velada ironía escribe Lope al duque de Sessa sobre el rey, en el verano de 1628: «Su Majestad, Dios le guarde, vino ayer de Aranjuez. Fue a la Casa de Campo, donde le aguardaba la Reina. Tuvieron comedia y con notable regocijo de su buena venida se fueron a Palacio. Créese piadosamente que durmieron juntos», Cartas, núm. 136, pág. 270.

[31] Kossoff, págs. 33-34. Tal asociación con el príncipe Carlos ya había sido adelantada por Schack, Gayangos, Lista, Hartzenbusch y Klein. Véase van Dam (ed.), pág. 57.

[32] Rozas, El castigo [1987], págs. 176-177.

busca de libidinoso entretenimiento. A estas alturas, en escritos que salen casi paralelamente con *El castigo,* Lope cuestiona los valores políticos y morales de los dirigentes. Recordemos, por ejemplo, los famosos romancillos («Barquillas» y «Soledades») que escribe a raíz de la muerte de Marta de Nevares, e incluye a última hora en *La Dorotea* (1632). La crítica política, social, y no menos moral, es certera, aguda: «velas de mentiras», «remos de lisonjas», «fieros huracanes» («Pobre barquilla», vv. 43-44; 81), aludiendo, alegóricamente, al trueque de los antiguos valores: el concepto del honor invertido; el encumbramiento social debido al «favor»; la «nueva nobleza» arraigada en el señoritismo del dinero; la arrogancia y postura desafiante de la nueva clase: «de medio arriba romanos, / de medio abajo romeros» («A mis soledades voy», vv. 77-81; 63-64)[33]. Cervantes había ya avisado sobre el representar en las tablas casos relativos a la encopetada nobleza que derivaban en «cosas de perjuicio de algunos reyes y en deshonra de algunos linajes» (*Don Quijote,* I, 48). Lo mismo había anotado Lope, paradójicamente, hacía ya unos veinte años, en el *Arte nuevo:* «o que la autoridad real no debe / andar fingida entre la humilde plebe» (vv. 162-164).

Por otra parte, *El castigo sin venganza* se sitúa como escritura y producción teatral (1631-33) en el periodo más angustioso de la vida de Lope (entre 1629-1635). La calum-

---

33 Sobre el estado de la «Corte» escribe Lope en el estío de 1628: «... que este lugar todo es mentiras, malos deseos, envidias, pretensiones, quejas y necedades. Nadie vende, nadie compra, todos parecemos judíos, esperando lo que no ha de venir. Lástima tengo a los que gobiernan, cuyo celo es santo y cuyo cuidado es insufrible», *Cartas,* núm. 136, pág. 270. Al respecto, y teniendo en mente *El castigo sin venganza,* escribe Peter W. Evans: «Lope's major target of criticism is a system of values: the root causes of the age's malaise lie buried here» [1979], 325-6. Véase sobre el ciclo de las «Soledades» y «Barquillas» de Lope nuestro estudio [1979], págs. 235-267 y edición, Lope de Vega, *Poesía selecta* [1984], págs. 404-408; 413-417; Alan S. Trueblood, *Experience and Artistic Expression in Lope de Vega. The Making of La Dorotea* (Cambridge, Massachusetts, Harvard University Press, 1974), págs. 580-602. El mismo tono caracteriza la «Égloga a Claudio». Debió escribirse durante el año de 1631. Se alude a *La Dorotea* como obra aún no impresa; *OS.,* IX, páginas 355-372.

nia le llueve (la «envidia» es su término favorito) ante
príncipes y nobles. Es el tema fundamental de la «Epístola
a Claudio». Rozas supone, con bien hilados argumentos,
que enmascarado bajo la figura de Ricardo —en explicación también de las «causas» de una sola representación—
se oculta don José Pellicer. Obtuvo éste, en abierta competición con Lope, el puesto de Cronista Real. Lo califica de
su mayor enemigo. Ricardo es, al igual que Pellicer, «cronista» de la corte de Ferrara (vv. 2405-8), indica Rozas. Y
rastrea con asombrosa erudición cómo Lope, en otros textos, se expresa duramente contra Pellicer. Así en *Laurel de
Apolo, La noche de San Juan, La Dorotea*, «Égloga a Claudio»
(más bien «Epístola»), *Rimas de Burguillos, La Gatomaquia*.
Detrás del hablar literario de Febo de *El castigo sin venganza*
—el gracioso que con frecuencia se oculta bajo la figura de
Belardo— asume Rozas al mismo Lope. Sin embargo, la
crítica «cultidiablesca» (vv. 1-58) contrarresta un tanto el
argumento, ya que procede del mismo Ricardo, coinci-
diendo con Febo y con el Duque en que «personas tales»
(léase poetas de la «nueva ola»), «poca tienen caridad»
(v. 52). Ricardo habla de prestado; se justifica incluso: «si a
sus licencias apelo, / no me darás culpa alguna» (vv. 21-
22). Y de ninguna manera se califica de «cultidiablesco»[34].
Más bien, es el adjetivo que aplica a quienes se caracterizan
por el exagerado uso del hipérbaton («el no juntar las dicciones»), que el mismo Duque asocia con gente del diablo
(vv. 55-56). La suposición de que detrás de la anómala
producción de *El castigo* estén las intrigas de Pellicer, en su

---

[34] El término «cultidiablesco» en relación con los malos imitadores de
Góngora fue lugar casi común en la última obra de Lope. En el soneto que,
significativamente, titula «A la nueva lengua» (*Laurel de Apolo, con otras rimas*,
Madrid, 1630, fols. 123r-v), escrito en forma dialogada, satiriza el hablar
confuso de una criada, quien imita la nueva jerga lírica. Julio, en *La Dorotea*,
define el término «cultidiablesco» como «vn compuesto de diablo y culto»
(ed. de Edwin S. Morby, Madrid, 1968, pág. 366). En *Rimas humanas y divinas
del Licenciado Tomé de Burguillos* (Madrid, 1634), fol. 14v se contrasta el verso
«sencillo» (Lope) frente a las «rimas sonoras» del rival (Góngora). Condena
al mal poeta cultista en otro soneto dialogado del mismo libro, titulado:
«Conjura un culto y hablan los dos de medio soneto abajo» (fol. 60v). Cfr.
Emilio Orozco Díaz, *Lope y Góngora frente a frente*, págs. 379-380.

puesto de cronista en Palacio, es válida como hipótesis, sin olvidar que el comentarista de Góngora escribió, en la *Fama Póstuma,* un elogioso encomio en ocasión de la muerte del Fénix. Sí hay, es cierto, una severa censura contra la «nueva seta» y el decir «cultidiablesco». Pero procede ésta, indistintamente, de Febo (vv. 19-21), Ricardo (vv. 5-16), el Duque (vv. 25-35) y hasta de Batín. El mismo Lope se deja atraer en escritos de este periodo por reconocidos cultismos («argentar», «fulminar», «infausto», «lustro», «nocturno», «rutilante»), y por relumbrantes imágenes de nuevo cuño (así en la décima «Aurora del claro día», vv. 1624-54). En la misma onda se podría considerar el frecuente uso del oximoron («claras confusiones»), de la elipsis, paranomasia, antítesis. La metáfora «solfa nocturna» (v. 1764) señala obvias huellas del gongorismo, lo mismo que el cultismo «lisonja» (v. 1796), sin aparente intención de satirizar un estilo o modalidad lírica.

Pese a todo, la conclusión final de Rozas es digna de sopesar. *«El castigo* tuvo problemas con la administración, sobre todo el día del estreno, porque Pellicer, como en 1629, en otra comedia *(La noche de San Juan),* la denunció»[35]. Lo que supone que Pellicer asistiera al primer *opening* u oyera —si éste fue el caso— los buenos comentarios sobre la representación; o que conociera en detalle la trama. El primer cuadro del primer acto, concluye Rozas, fue montado *ad hoc* para atacar a «Ricardo-Pellicer». Lo evidencia: 1) el asociar a Pellicer con el Ricardo de *El castigo* («inmortal instigador de un poderoso en locas correrías nocturnas», indica Rozas), y con el presente en *El Burguillos;* 2) el relacionarlo con su oficio y cargo de cronista; 3) el hacer corresponder el vocablo «cultidiablesco», es decir, culterano en *El castigo,* con el presente en *Laurel, La Dorotea,* y Burguillos; y finalmente 4) el establecer cierta semejanza entre los problemas existentes en el matrimonio de Pellicer (el otro *love-affair*) con la fábula que cuenta Batín (vv. 2374-91). Está evocada en *La Dorotea, La Gatoma-*

---

[35] Anita K. Stoll, «Politics, Patronage, and Society in *La noche de San Juan*», *Bulletin of Comediantes,* 39, 1 (1987), 127-137; Rozas [1987], págs. 172-78.

quia y en el *Tomé de Burguillos,* en el conocido soneto titulado «Casóse un galán con una dama y después andaba celoso»[36]. La segunda conclusión de Rozas es más arriesgada: «no hay duda de que don José, el 'cultidiablesco', es también ese marido 'cornudo' (el 'maridillo', v. 39) presente en la primera escena de *El Castigo,* camuflado más tarde en la fábula de Esopo».

El castigo sin venganza se escribe también desde una toma de conciencia de una nueva forma de comedia; y de un espectador (cortesano ahora) que la admira y aplaude. Tal enfrentamiento con Pellicer tendría un doble cariz que habría que detallar; es decir, de crítica —y hasta sátira—, pero a la vez de asimilación por parte de Lope, convertido a estas alturas en un magnífico lector (lo fue de Góngora y de Quevedo en su «ciclo de senectute»)[37] del teatro ajeno. Lo muestran los extensos soliloquios (únicos en esta obra); el desarrollo profundo de la psicología de Casandra descubriendo, cautelosamente, el amor que hacia ella siente Federico; las dualidades que enfrentan al Duque (amor hacia el hijo como padre frente al cruento castigo como juez); las de Federico (seguir amando a Casandra, pero casarse con Aurora para salvar las apariencias), y no menos en la figuración de Casandra. Ésta juega con valentía —frente a la cobardía de Federico— su destino en las fronteras de un terrible amor pasional que se presiente como muerte ineludible. El subtítulo de la edición de 1647 (*Cuando Lope quiere, quiere*) es la primera declaración crítica de su gran validez como tragedia. Pero anómalo es, resumiendo, que la obra se publique, en contra de lo acostumbrado, en edición *Suelta;* que Lope especifique, elusivamente, varias de las razones; que en la tercera edición se altere el título, con una expresión no menos enigmática, pero referida al tono del texto leído y no a la representación. El nuevo editor

---

[36] Véase Cyril A. Jones, «Introduction», Lope de Vega, *El castigo sin venganza* (ed.), págs. 2-7; A. David Kossoff, «Introducción» (ed.), págs. 32-36.

[37] Véase nuestro estudio, «Los engaños de la escritura: las *Rimas de Tomé de Burguillos* de Lope de Vega», *Lope de Vega y los orígenes del teatro español,* páginas 547-563.

(sagaz crítico) confirmaba así la asimilación y maestría por parte de Lope del nuevo «gusto», consolidando el viejo arte dramático del popular autor. Afirmaba también la maestría de Lope frente a los nuevos dramaturgos: Calderón, Mira de Amescua, Diamante, Cubillo[38], rompiendo con el tan trillado término de «Tragicomedia». La primera recepción crítica de *El castigo* fue, pues, unánime: lo mismo como palabra declamada (oída) que como palabra leída; es decir, escrita.

II. La tradición literaria de «El castigo sin venganza»

Amor, muerte y honor son los tres grandes ejes semánticos que mueven la acción de *El castigo sin venganza*. El primero abre y cierra la obra; el segundo se entrevé a partir del encuentro de Federico con Casandra (vv. 340-50), y el tercero va tejiendo, a modo de lanzadera, el encuentro, el clímax y la caída final de los tres personajes centrales: el Duque de Ferrara, Casandra y Federico. La estructura de su argumento le llegaba a Lope de lejos. Él mismo la identifica en el «Prólogo» a la edición *Suelta:* «Su historia anduvo escrita», escribe, «en lengua latina, francesa, alemana, toscana y castellana». El término «historia» (es decir, cuento, anécdota) delata una tradición literaria fácilmente identificable. Acertaba Lope al especificar las lenguas en que la historia de Mateo Bandello (1485-1561) se había difundido. De la «toscana» procede de hecho el hueso limpio de la anécdota. Se cuenta en la *Prima Parte de le Novelle del Bandello* (Lucca, 1554, núm. XLIV) con el título «Il

---

[38] Destaca entre los nuevos dramaturgos Felipe Godínez, de ascendencia de judíos conversos. Su comedia *Las lágrimas de David* disfrutó de gran popularidad. Escribe también *La reyna Ester* (Lope, *La hermosa Ester*). En carta comenta éste sobre la comedia *La Godina:* «Dícenme que es más judía que de los godos, parto indigno de un hombre de entendimiento; tales son los de los autores» (*Cartas,* núm. 140, pág. 277).

marchese Niccolò terzo da Este trovato il figliuolo con la matrigna in adulterio, a tutti dui in un medesimo giorno fa tagliar il capo in Ferrara»[39]. Se realza el motivo del adulterio, y las consecuencias ejemplares en que deriva la caída moral de los amantes. Detrás está también un hecho histórico que se remonta a 1425, bajo el reinado de Nicolò III d'Este[40]. Pero la relación entre Lope y el *novelliere* italiano fue hace años fijada, con inusitada claridad, por don Marcelino Menéndez y Pelayo en sus *Orígenes de la novela;* posteriormente por Eugène Köhler y Antonio Gasparetti[41]. Determinan cómo un total de diez comedias de Lope tienen sus raíces en *Le Novelle* de Bandello[42]. Establecen a la vez posibles relaciones con otras comedias cuyos motivos se encuentran en el autor italiano, y en leyendas y tradiciones populares en las que se inspiran ambos. Tal podría ser el caso, arguye Gail Bradbury, de *El perro del hortelano* y *La esclava de su galán*[43], diferenciando entre lo que podríamos llamar «fuentes comunes» y «fuentes directas».

[39] D. T. Rotunda, *Motif-Index of the Italian Novelle in Prose* (Indiana University Press, 1942); Othón Arróniz, *La influencia italiana en la comedia española* (Madrid, 1969); Joaquín Arce, «El italiano y lo italiano en Lope de Vega», *Literaturas italiana y española frente a frente* (Madrid, 1982), págs. 259-282.

[40] Gigas [1921], 589-604; van Dam (ed., 1928).

[41] *Obras completas* (Santander, 1943), vols. 13-16. Véase en particular el vol. 15 (págs. 34-35); Eugène Köhler [1939], págs. 116-142; Antonio Gasparetti [1939], *passim;* y el magnífico resumen en Gail Bradbury [1980], páginas 53-56.

[42] Las siguientes comedias de Lope se basan, de acuerdo con lo expuesto, en las novelas de Bandello: *Carlos el perseguido* (escrita antes de 1596), *Ac.* XV, Bandello, IV, 5; *Los bandos de Sena* (1597-1603); *Ac. N.,* III; Bandello, I, 49; *El padrino desposado* (1598-1600), *Ac. N.,* VIII, Bandello, III, 54; *La quinta de Florencia* (1598-1603), *Ac.* XV, Bandello, II, 45; *El mayordomo de la Duquesa de Amalfi* (1599-1603); *Ac.* XV; Bandello, I, 6; *Castelvines y Monteses* (1606-12), *Ac.* XV, Bandello, II, 9; *El castigo del discreto* (1606-1608), *Ac. N.,* IV, Bandello, I, 35 (la fuente de esta última obra fue señalada por primera vez por William L. Fichter [ed., Nueva York, 1925]); *La mayor victoria* (1615-24), *Ac.* XV, Bandello, I, 18; *El desdén vengado* (1617), *Ac.* XV, Bandello, III, 17; *El castigo sin venganza* (1631), *Ac.* XV, Bandello, I, 44. Véase Amado Alonso [1962], 193-220; Emile Gigas [1921], 289-604; Menéndez Pidal [1958], págs. 123-152.

[43] Lope de Vega, *El perro del hortelano, El castigo sin venganza,* ed. A. David Kossoff; *Ac. N.,* XIII, págs. 205-246; y *Ac.* XV, págs. 233-272, respectivamente.

VEINTE Y VNA

PARTE

VERDADERA DE LAS
OMEDIAS. DEL FENIX DE
Eſpaña Frei Lope Felix de Vega Carpio, del Abito de San
Iuan, Familiar del Santo Oficio de la Inquiſicion,
Procurador Fiſcal de la Camara Apoſtolica,
ſacadas de ſus originales.

DEDICADAS A DOÑA ELENA
Damiana de Iuren Samano y Sotomayor, muger de Iulio Ceſar
Scazuola, Comendador de Molinos y Laguna Rota, de la Orden
de Calatraua, Embaxador de Lorena, Teſorero General de
la Santa Cruzada, y Media Annata, yſeñor
de la villa de Tielmes.

Nulla fuit Lopio Muſarum ſacra Poëſis,
Illa perire poteſt, iſte perire nequit.

66.y 2.

'Año 1635.

CON PRIVILEGIO.

En Madrid, Por la viuda de Alonſo Martin.
A coſta de Diego Logroño, mercader de libros.
Vendeſe en ſus caſas, en la calle Real de las Deſcalças.

Portada, edición, *Parte XXI*.

La traducción francesa de Bandello se presentó con un llamativo título (*Histories Tragiques*) que tuvo que cautivar a primera vista al lector que examinaba la colección, lejos, como vemos, del genérico *Novelle*[44]. Lope aludió a tal captación en *Las fortunas de Diana*, indicando cómo las novelas de origen italiano eran libros de grande «entretenimiento». Las elogia por su «ejemplaridad»[45]. Lo que nos coloca, a la hora de fijar las «fuentes» de *El castigo sin venganza*, a medio camino entre la versión original en lengua toscana, y la traducción al castellano de la versión libre francesa, llevada a cabo por Pierre Boisteau y François Belleforest. Se difunde ésta entre 1559 y 1582. De entre doscientas ocho *novelle* que constituye la colección de Bandello, Boisteau y Belleforest traducen tan sólo setenta y tres. Reescriben, en cierta manera, a Bandello: añaden nuevos pasajes, cambian detalles, varían la línea del argumento y le otorgan ese aire trágico con que se anuncia la colección. El divulgado aforismo *traduttore-traditore* (que el mismo Cervantes tiene en mente en *El Quijote*, II, 62) definiría la imaginativa labor. Una selección previa de Belleforest, publicada en 1558, se traduce fielmente al castellano con título casi idéntico (*Historias trágicas exemplares*)[46]. Sale la colección en Salamanca, en 1589, y en catorce años conoció dos ediciones (Madrid, 1596; Valladolid, 1603)[47]. De aquí recoge Lope la línea argumental de *El castigo*, al igual que la trama

---

44 René Sturel, *Bandello en France* (París, Burdeos, 1918); *The French Bandello: a selection; the Original Text of four of Belleforest's Histories Tragiques*, ed. de Frank Scott, Hook, Missouri University Press, 1948.

45 Lope de Vega, *Novelas a Marcia Leonarda*, ed. de Francisco Rico, Madrid, 1968, pág. 28.

46 Van Dam publica la versión española (ed. cit., 1928, págs. 60-82), cuyo título completo reza: *Historias trágicas exemplares de Pedro Bouistau y Francisco de Bellaforest*. De acuerdo con Antonio Palau y Dulcet, *Manual del librero hispanoamericano* II, (Barcelona, 1949), circularon durante el siglo XVI varias ediciones de las novelas de Bandello en el original. Alude a una publicada en Venecia (1556) por Alfonso de Ulloa. Véase Gail Bradbury [1980], 65, notas 13 y 14; Gigas [1921], 590, alude a una edición temprana de la versión española que sale en Salamanca, en 1584.

47 El relato corresponde, en la versión de Bouisteau y Belleforest, a la parte I, núm. 11 (ed.); *Historias trágicas*, núm. 11, fols. 289v, 319v.

para otras tres comedias: *La quinta de Florencia, El desdén vengado* y *Castelvines y Monteses*. Lo confirma la caracterización que Bandello presenta de la Marquesa frente al agudo retrato que Belleforest hace del Marqués, compungido ante la muerte de su hijo. Se realza así el final trágico: el «castigo». Más aún: la versión italiana da énfasis a la ejemplaridad moral del «caso»; la traducción libre francesa y, del mismo modo, la castellana, se concentran en el destino ineludible, patético, de los dos amantes. Establecen una polaridad de simetrías y correspondencias que caracterizan la tragedia de Lope. Así se anuncia el relato en la versión castellana: «De un marqués de Ferrara que, sin respeto del amor paternal, hizo degollar a su propio hijo porque le halló en adulterio con su madrastra, a la cual también hizo cortar la cabeza en la cárcel»[48].

La referencia bíblica, traída a colación por el mismo Lope en *El castigo* (vv. 2508-11), se ha establecido también como fuente del relato; o al menos de la acción final del Duque, y de la conducta de los amantes. La cultura bíblica de Lope era asombrosa[49]. Lo testifican sus continuas alusiones a personajes tipificados en parte por los *exempla* medievales. Sus figuras se constituyen en modelos de ejemplaridad (Job, Jacob, Ruth, Raquel, David, Salomón, Samuel, etc.). La *Jerusalén conquistada,* poema épico al aire de Torquato Tasso (*Gerusalemme liberata,* 1575), y *Pastores de Belén* —extensa *Arcadia* a lo divino— están empedrados con múltiples referencias entresacadas del Antiguo Testamen-

---

[48] Bradbury resume sobre los protagonistas de *El castigo sin venganza:* «the protagonists of *El castigo sin venganza* owe some of their complexities and ambivalence to the characterization of the Belleforest story» [1980], 63. Hubiera sido útil que la breve colección de ensayos sobre la tragedia de Lope, con texto tomado de la edición de A. David Kossoff, y el «Cuaderno de Dirección» de Miguel Narros (ed. de García Lorenzo, págs. 49-55), incluyese el cuento de Bandello en la versión de Belleforest, que se recoge, como hemos señalado, en *Historias trágicas ejemplares,* en vez de la traducción (de Carla Matteini) del cuento de Bandello. La nota que introduce la traducción («El cuento de Bandello en el que se inspiró Lope para crear *El castigo sin venganza»*) no tiene, después de lo documentado, tanto interés literario como la versión española. Véase al respecto, Manuel Alvar [1987], 206-222.

[49] *El romancero lírico de Lope de Vega,* págs. 185-233.

to[50]. En *Pastores de Belén* se registran, por ejemplo, escandalosos casos de incesto, adulterio, amor pasional, celos y hasta de castigos «con venganza». Sus varias estampas, con cargados matices eróticos (véase, por ejemplo, el episodio de «Susana y los jueces»), contrasta diametralmente con el correr narrativo del relato; con su motivo central. Tal es el caso de Amón y Tamar, traídos a colación en *El Castigo sin venganza;* o la extensa secuencia dedicada al adulterio, traición y final muerte de Absalón. David llora en la vejez su vida adúltera con Betsabé. En *Peribáñez y el comendador de Ocaña,* por ejemplo, el comendador envía a su recién nombrado capitán a la guerra para así poder gozar de Casilda. Tal hizo David con Urías para disfrutar de Betsabé, esposa de éste. Y tanto el incesto bíblico como sus derivaciones (Tamar, Amón, Absalón) tuvieron múltiples repercusiones en las artes pictóricas y plásticas; no menos en las tablas del siglo XVII[51]. Tirso de Molina y Calderón son dos casos dignos de destacar[52]. Los motivos bíblicos en obras dramáticas de Lope, como en otros géneros (lírica, prosa) son, pues, recurrentes. Y sus referencias funcionan, creemos, a modo de *exemplum,* símil o «figura» literaria. Justifican la conducta del Duque de Ferrara, quien al final de la obra ejerce, como acertadamente indica Kossoff, la función de padre y juez. Lo son del mismo modo las alusiones míticas, las anécdotas interpoladas (fábulas de Esopo), al igual que los ejemplos históricos (Lucrecia, Tarquino). Si el nervio central del drama es el adulterio y el incesto (son las causas inmediatas del «deshonor» y del castigo), ambos

---

50 A. David Kossoff (ed.), añade *La Dragontea* (Canto III y VIII, 5) de 1598, y las comedias *La condesa Matilde, La madre de la mejor* y *La limpieza no manchada.* La lista podría ser exhaustiva.

51 Otto Rank, «The Incest of Amón and Tamar», *Tulane Drama Review,* VII (1963), 38-43.

52 Véase de Calderón, *La venganza de Tamar,* ed. de A. K. Paterson, Cambridge, 1969; *Los cabellos de Absalón, La hija del aire* (ed. de Francisco Ruiz Ramón, Madrid, 1987). En *El mayor monstruo del mundo* desarrolla Calderón la tragedia de Herodes y Mariene. La venganza de Tamar como tema teatral fue anteriormente desarrollado por Tirso y Claramonte; finalmente por Godínez y Calderón.

están registrados, como tabú, en el origen primitivo del hombre. Se extienden al folclore pan-europeo (leyendas, baladas, relatos breves), y forman el principio social y antropológico de toda sociedad. Están en el albor de nuestra civilización, indica Lévi-Strauss. Perviven en mitos, creencias etnográficas y estructuras antropológicas[53].

Se pueden precisar, sin embargo, ciertos paralelos bíblicos que se han establecido como «fuentes», pero que mejor se clasificarían como motivos recurrentes o *topoi*. Tal es el caso de Amón, quien viola a su hermana Tamar (estupro e incesto), y recibe la muerte (castigo) de manos de Absalón (2 *Sam* 16, 21). A éste le da muerte Joab al usar las concubinas de su padre David e intentar su sucesión. Finalmente, se destaca en la cumbre jerárquica el mismo Rey David, quien usurpa a Urías su atractiva esposa y ordena a traición la muerte de éste (2 *Sam* 11). El aniquilamiento de los dos hijos fue percibido por David —al igual que el Duque de Ferrara— como justo castigo a sus desmanes morales. El adulterio está en la base de los tres casos bíblicos. En el caso de Amón se añade el incesto; en el de Absalón, la traición. Y como en *El castigo,* se establece una intensa relación de amor entre el padre (David) y los hijos. Éste se duele de sus muertes. En ambos casos, el castigo es ajeno a la mano del padre. Quien da muerte a Amón es su hermano Absalón; a éste Joab. Tales alusiones ya están en el relato de las *Historias trágicas exemplares,* donde se alude al «castigo», a las causas que lo motivan, a los amores incestuosos, al deshonor familiar y a la deshonra del linaje. Se incide, mostró magistralmente Manuel Alvar, en el estado incestuoso del «affair». El énfasis procede de la versión francesa, apenas resaltado en el original de Bandello. Se califica de «amor loco e incestuoso» el que siente la marquesa (madrastra), y se intensifica tildándola de «loca e incestuosa» y de «incestuosa mujer». Se caracterizan sus amores de «incestuosos» y se alude, más en concreto, al «hijo usurpando

[53] Claude Lévi-Strauss, *Structural Anthropology,* trad. de Claire Jacobson y Brooke Grundfest (Nueva York, 1963); *The elementary Structure of Kinship* (Boston, 1969), pág. 480.

la cama de su padre». El narrador insiste en cómo «el conde Hugo ha hollado el lecho nupcial del marqués de Ferrara su padre», añadiendo la moraleja ejemplar: «ha hecho contra vos lo que no deve hacer hijo ninguno con su padre».

Las figuras bíblicas casan, pues, dentro del arquetipo de violencia sexual en que se acomoda el incesto, el adulterio y la traición. Absalón representa la ambición de Federico, y observa Alvar cómo Lope la convierte «en el motivo aparente que rige la obra entera». Sin embargo, se realza en Federico no menos su cobardía, y la sumisión ciega a la voluntad del padre. Se retrae cobardemente ante la posibilidad de que sus amores secretos con Casandra se hagan públicos (vv. 2270-75). El falso interés que muestra por la mano de Aurora (vv. 2256-74) es un sutil recurso para ocultar los amores con Casandra y mantener así, indefinidamente, el *statu quo*. Si el matrimonio del Duque con Casandra obedeció a conveniencias políticas, el que traman Federico y Aurora obedece a su propia cobardía. Su mismo origen bastardo limita toda ambición. La traición, de ser central, tan sólo compete a Federico. Y es tan sólo una parte mínima de la trama: la justificación pública (el engaño) que inventa el Duque para salvaguardar su honor. Otra clave para el incesto la presenta el caso de Amón con Tamar (hermanos) que gozó de una rica tradición literaria. Pero aquí las diferencias, al igual que las semejanzas, son significativas. Sin embargo, Alvar alude a una analogía pasada por alto: las confidencias que Amón tuvo con su amigo Jonadab y los consejos que de éste recibe se invierten, paralelamente, en las confidencias que la Marquesa tiene, de acuerdo con la versión española (*Historias trágicas exemplares*) con su sierva. Se doblan en *El castigo,* en la confesión que Casandra hace a Lucrecia de sus infortunios amorosos con el Duque (vv. 996-1072) y en los consejos que Casandra recibe de aquélla (vv. 1098-1113).

Si de las «causas» del castigo se constituyen los motivos que generan la trama, éstos se alternan bien entre el adulterio y el incesto (privados) y la traición (privada y pública), o bien en la conjunción de los tres. Aunque conviene

40

matizar diferencias de énfasis o intensidad. Los desmanes sexuales están en todo el correr de la vida del Duque: desde el «antes» de la primera escena —el hijo bastardo, Federico, es su consecuencia— hasta el «después» de su unión con Casandra, con amargas alusiones por parte de ésta a su vida licenciosa (vv. 1005-07). A la hora de ejecutar el castigo, el Duque lo ve (al igual que David) como retribución a su donjuanismo. Su conducta de vicioso solterón funciona a modo de negativa «ejemplaridad» que revierte en la conducta del hijo (vv. 2516-18). Pero el incesto va más lejos: implica no sólo la usurpación del lecho nupcial del padre, sino también su sustitución; la deposición de su hombría y, en términos freudianos, la castración. Aquí se cumple también la otra «traición»: la privada de Federico frente a la «oficial» por la que es acusado y ejecutado. El padre pasa en breve jornada, como en las tragedias calderonianas, de solterón a casado y cornudo[54].

La moralidad crítica victoriana condenó con excesivo rigor los desmanes de los amantes de *El castigo sin venganza,* viendo en sus «juegos de manos» marcados tintes pecaminosos. La pasividad, en un principio, de Casandra frente a la lánguida melancolía de Federico, perdidamente enamorado (acto II), contrasta en el tercer acto con la agresividad de ésta frente a la distancia que le quiere imponer Federico al planear su desposorio con Aurora. Tal intercambio referencial lo establece también el mito (Fedra e Hipólito). Lo realza el simbolismo del primer encuentro (en las aguas de un río), el distante tratamiento que imponen las fórmulas de cortesía («vos» frente a «Vuestra Alteza»), la ceremonia del «besamanos», los frecuentes abrazos y, finalmente, los besos apasionados (vv. 2074-76). El caminar de Federico hacia Casandra es lento, pero gradual; el de ésta hacia

[54] Alexander A. Parker, «The Father-son Conflict in the Drama of Calderón», *Forum for Modern Languages Studies,* II (1966), 99-113; Daniel Rogers, «Tienen los celos pasos de ladrones: Silence in Calderón's *El médico de su honra»*, *Hispanic Review,* XXXIII (1965), 273-289; A. Rothe, «Padre y familia en el Siglo de Oro», *Iberoromania,* 7 (1978), 120-167; y el imprescindible y clásico estudio de Ricardo del Arco y Garay, *La sociedad española en las obras de Lope de Vega* (Madrid, 1941).

el alnado más comedido, pese a la frustración que siente como esposa «mal maridada», atendida tan sólo una primera y única noche (v. 1034) por el casquivano Duque[55]. El trazado psicológico de estas relaciones, que se va urdiendo bajo veladas insinuaciones, es magistral. Las analizó con gran sutileza Wilson en un clásico trabajo[56]. La iniciativa en la demanda amorosa por parte del macho corresponde al pudor femenino por parte de la hembra, que se contrarresta, al final, con el allanamiento de las fórmulas de cortesía. Vencidas éstas, la mujer se torna en protagonista en la frontera siempre de una muerte presentida. Y si bien Lope silencia la edad de los amantes en el texto (las notará el espectador sobre las tablas), en Bandello Casandra figura de quince años; Federico entre dieciséis o diecisiete. La versión española les asigna entre dieciocho y veinte, respectivamente. El Duque se concibe como hombre maduro, cuarentón[57].

Las referencias bíblicas al incesto, extremadamente grave y hasta inconcebible en la cultura hebrea, son mínimas. Lo condena San Pablo en términos tajantes: «el culpable debe ser entregado a Satán para la perdición de su carne» (1 *Cor.* 5-13), especificando cómo ni siquiera se da esta

---

55 El motivo de la «bella malmaridada» fue objeto de romances, villancicos y canciones; lo llevó Lope a las tablas en dos reconocidas comedias, *La bella malmaridada*, de 1596 (ed. de Donald McGrady y Susanne Freeman, Charlottesville, Biblioteca Siglo de Oro, 1986), y en la posterior, *La malcasada* (*Ac. N.*, XII), págs. 515-550, escrita entre 1605-15. En canciones se divulgó el octosílabo «casada soy por ventura, / mas no ajena de tristura». Tanto la canción como la comedia se recogen en *La pícara Justina* al comentarse, «una comedia hicieron los estudiantes en Mansilla... La música fue buena, y cantaron el cantar de la bella Malmaridada que fue pronóstico de mis sucesos» (ed. de Julio Poyol y Alonso, Madrid, 1912, III, pág. 322); Enrique Gastón, «Malmaridadas en Lope de Vega», *Actas de las cuartas jornadas de investigación interdisciplinaria. Literatura y vida cotidiana* (Zaragoza, 1987), págs. 131-147; Marsha Swisloki, «El romance de *La adúltera* en algunas obras dramáticas de Lope de Vega: pretextos, intertextos y contextos», *Bulletin of Hispanic Studies,* 63 (julio de 1986), 213-23.

56 Cfr. [1957], 15; [1959], 303-316.

57 Lévi-Strauss escribe sobre la revulsión que sienten la mayoría de las sociedades hacia el solterón. Cfr. *Man, Culture, and Society,* ed. de Harry L. Shapiro (Nueva York, 1960), págs. 268-9.

culpa entre los gentiles. Se prohíbe bajo pena de muerte (*Lev* 18, 6-18; 20, 11-21). La relación madre/hijo se establece en el primer acto de *El castigo,* tanto por parte de Casandra (vv. 488-497) como de Federico (vv. 519-521). La última referencia entre madrastra y entenado, en boca del Duque, se ensombrece de fina ironía (vv. 2575-78), a sabiendas —acaba de leer la secreta denuncia— de lo acaecido, durante su ausencia, entre hijastro y madrastra. Por otra parte, el motivo del incesto se aminora, dada la no consanguineidad (por *affinitas*) entre los dos amantes. La disposición punitiva sobre las relaciones adúlteras son no menos rigurosas en la tradición hebrea. Sin embargo, son múltiples los casos que se enumeran. Lo que implica la extensión y frecuencia de la culpa, y la necesidad de legislar sobre el castigo. Pero vayamos al texto de Lope. La acusación que el Duque lee reza:

> Señor, mirad por vuestra casa atento;
> que el Conde y la Duquesa en vuestra ausencia...
> ofenden con infame atrevimiento
> vuestra cama y honor. [...]

La intensidad del adjetivo «infame» expresa el implicamiento emotivo del acusante ante el *affair,* posiblemente Aurora, o algún otro cortesano. Vio ésta a Federico acariciando con sus labios las mejillas de Casandra (vv. 2076-7). La única persona implicada en el asunto, tanto desde el punto de vista amoroso como familiar (Aurora es sobrina del Duque y prima, en segundo grado, de Federico), es ésta. Su nombre se carga de sugestivo simbolismo. El memorial especifica la jerarquía de los acusados (Duquesa, Conde) y realza, sobre todo, tres términos claves: «mirad por vuestra casa» (v. 2484), «ofenden con infame atrevimiento» (v. 2487) y «vuestra cama y honor» (v. 2488). El honor de linaje («casa») y de jerarquía están en juego. Y lo está no menos «la cama» del Duque. Al concretarse la jerarquía de los amantes, y no el grado de consanguineidad (alnado, madrastra; madre e hijastro) se acentúa la atención hacia el adulterio como «causa deshonrosa», poniendo énfasis en la otra «traición» (la íntima y privada): la destitución del Duque del lecho conyugal y, simbólicamente, la anulación de su función como marido y como padre. Alvar, contrarrestando el énfasis de la lectura bíblica de A. David Kossoff, resume categóricamente cómo la «tragedia de Lope se configura para que todo se cumpla como un terrible incesto»[58].

El mito de Fedra está también aludido en la versión española de la *novella* de Bandello, como está en su sombra el mito de Edipo y sus complejas relaciones psicoanalíticas. Asocian ambos, al igual que las referencias bíblicas, la anulación del poder reproductivo del Duque. Deriva a su vez en una miríada de símbolos: la vuelta del hijo al seno de la madre, y la muerte de ambos a modo de unión final. Casandra tendría su reflejo en la Yocasta griega de Sófocles; Federico en el Edipo: en la búsqueda de la madre que nunca conoció[59]. Casandra se muestra hacia él atractiva, gentil, condescendiente. En ambos casos se recorre un camino hacia este encuentro que se torna en ritual y no menos simbólico: Federico sacando en sus brazos a Casandra de las aguas de un río (vv. 340-41). Tal acción adquiere una gran virtualidad polisémica. Establece la configuración de Casandra como madre (vv. 488; 559-60) que se revela, en el nivel del discurso dramático, en el tratamiento de «señora» (v. 349, 498, 871, 1435), y de «vuestro hijo soy» (v. 402) por parte de Federico frente al «vos» por parte de Casandra (vv. 495-97). Descubre ésta con cautela y aguda psicología los impulsos amorosos de Federico. Frente a la fría incontinencia con que la presenta Bandello, contrasta en *El castigo* (tercer acto) su marcada lascivia. Federico nace ritual y simbólicamente de Casandra (vv. 508-517). Ésta le da forma como hijo (vv. 401-2), y

---

[58] Kossoff (ed.), págs. 30-36; Alvar [1987], 219.

[59] Aparece en el *Agamenón* de Esquilo. A la Casandra mítica se le atribuyen numerosas profecías sobre el destino de las mujeres troyanas hechas prisioneras a la caída de Troya. Agamenón la mata por celos. Se destaca por su belleza, virginidad y sabiduría. La trae a colación Boccaccio en *De claris mulieribus,* y en el *Filóstrato,* pasando a ser figura secundaria en Chaucer y Shakespeare («Troilo y Criseida»).

en ella se constituye como amante. Casandra es en este sentido su principio y forma; su mismo lecho (origen) y su fin mismo (muerte). Es decir, en ella recorre el ciclo vital y literario que va del triunfo a la caída (muerte). La referencia mítica a «Sirena» (v. 2016); la tradición literaria que la asocia con Fedra; la comunicación que se establece en términos de «madre» e «hijo», estructuran la base del incesto. Es este, de acuerdo con Otto Rank, símbolo del impulso creativo. Federico es para Casandra la virilidad que le niega el Duque. En Federico recupera ésta su frustrada maternidad. El motivo tiene un largo recorrido: es tratado en la novela amorosa de Juan Pérez de Montalván, *La mayor confusión,* y en *Los hermanos amantes,* por ejemplo, de Vélez de Guevara[60].

Ya Sigmund Freud, en *La interpretación de los sueños (Die Traumdeutung),* y en *Totem y Tabú (Totem und Tabu),* asentó la primera interpretación psicoanalítica del incesto. Su ejemplo literario fue el *Edipo* de Sófocles[61]. El llamado «complejo de Edipo» conlleva la muerte del padre y la sustitución de éste, como anotamos, por el hijo en el lecho materno de Yocasta. Se opone al complejo de Electra: deseo deliberado de la muerte de la madre y relación sexual con el padre. El incesto se constituye, explica Freud en *Totem y Tabú* (apoyándose en los estudios de Wundt, quien analiza los ritos y las creencias de ciertos aborígenes australianos) en tabú. Precede tal ley, continúa, a cualquier creencia religiosa. Está en el origen de la sociedad humana[62]. El «Totem» es el progenitor de la tribu; el espíritu tutelar y protector. Durante la ausencia del Duque —se des-

---

[60] Otto Rank, *Das Incest-Motiv in Dichtung und Saga* (Leizpig, 1916). Véase en la narrativa amorosa del siglo XVII, *Novelas amorosas de diversos ingenios del siglo XVII,* ed. de Evangelina Rodríguez (Madrid, 1986), págs. 9-69; A. Green, *Un eoil en trop. Le complexe d'Oedipe* (París, 1969).

[61] Sigmund Freud, *Totem und Tabu, Gesammelte Worke,* vol. 9 (Frankfurt und Main, 1974), 7; René Girard, «Totem and Taboo and the Incest Prohibition», *Violence and the Sacred,* trad. de Patrick Gregory (Baltimore y Londres, The Johns Hopkins University Press, 1972), págs. 193-222.

[62] Lévi-Strauss, *Les structures élémentaires de la parenté* (París, 1949), página 606.

plaza a Roma a prestar ayuda militar al Papa de donde vuelve como gran héroe— se infringe el tabú, la relación adúltera e incestuosa entre Federico y Casandra. Al contrario que *El castigo,* el *Edipo* de Sófocles se abre con el incesto ya cometido. Edipo y Yocasta vivieron ambos como marido y mujer, y tienen, al inicio del drama, varios hijos. Pero como en *Edipo,* la violación del tabú se castiga, de acuerdo con Freud, con la muerte (ejecución) que es ejercida por el mismo totem (el Rey, el Duque) en forma de venganza. Y como en *Edipo* mientras los personajes tratan más de suprimir o acallar sus impulsos incestuosos, más inevitablemente —*fatum*— determinan su destino. La huida es, paradójicamente, una mutua búsqueda. Las semejanzas son, como vemos, más próximas que las que se puedan subrayar en los *exempla* bíblicos. «Toda la obra no es otra cosa que la angustia de esta tensión patética», explica de nuevo Manuel Alvar. Ya no hay adulterio, ni violación, sino incesto de madre e hijo[63].

Todo impulso inconsciente hacia la unión incestuosa, explica Freud, se reprime por prohibido. Pero tanto el impulso como la prohibición están latentes. El primero (el deseo de la unión sexual) como sublimación del placer; el segundo como prohibición. De no existir ésta; es decir, de no ser tabú, el impulso se manifestaría en el consciente y en la acción. Entre el impulso y la prohibición (la llamada «psicomaquia» o lucha interior) se sitúan, simbólicamente, las formas de cortesía entre Federico y Casandra, las furtivas miradas, los modales, gestos (se ha hablado de una «retórica oblicua») que se rompen con la consumación sexual. La progresión hacia este clímax es digna de destacar. Federico besa tres veces la mano de Casandra. Al principio como signo de respeto y sumisión hacia la dignidad jerárquica que ésta representa. Sirven los besos «destos vasallos ejemplos» (v. 875). El segundo beso (vv. 876-8) viene a ser un signo de obediencia al Duque («a quien respeto»). El tercero se constituye en reprimido placer, ya «que la que sale del alma / sin fuerza de gusto ajeno, / es verdadera

---

63 Alvar [1987], 219.

obediencia»[64]. El final abrazo de Casandra se torna, literalmente, en «firme cadena» (vv. 887-8). Tales imágenes
—abrazos, cadena— están extensamente aludidas en el
texto (vv. 340-41; 538-39; 556, 570, 774). Y como vimos,
la final comunicación a través de las manos va cargada de
«gusto ajeno». Otra serie de imágenes, con una rica tradición en el bestiario medieval, apura al máximo la *hybris* de
esta *ménage a trois*. El Duque se describe como león (de la
Iglesia, del Estado, v. 2397); como «perro» (v. 2737) por
traición a Casandra. Es gran guerrero, equiparable a
«Aquiles» (v. 2126), a Héctor (v. 2409). Es indomable caballo; «potro salvaje», por usar el «término casto», indica
Casandra (v. 1353), obvio eufemismo que oculta una descarnada alusión erótica. Federico lo califica de «vicioso
padre» (v. 291). La sublimación del amor que Federico
percibe como imposible, se devela en las imágenes míticas
en torno a Faetonte (vv. 567-69), Ícaro, al astuto Sinón y
Jasón (v. 1474), al Pelícano (vv. 1510-13). Federico es calificado de ser «más traidor que el mismo Ulises» (v. 2042).
Batín lo compara a Paris, cuyo amor por Helena atrajo la
ruina del reino (v. 1744). Y es calificado también de traidor por el mismo Duque (vv. 2522, 2613, 2999), adqui-
riendo tal calificativo dobles connotaciones. Del mismo
modo Casandra, dado el poder irreprimible de su pasión
(vv. 1474-77), es el mítico Argos; es Circe (v. 2138) y es,
como vimos, Sirena (vv. 2016-19). Es también la mítica
Helena (v. 643) cuya belleza acarreó la ruina de Troya. Y es,
sobre todo, la Casandra mítica cuyas calamitosas profecías
(sus quejas contra el Duque) nunca fueron escuchadas (vv.
1136-37; 1978-80; 2026, 2287-88). Rotundamente se niega a ser silla, escritorio o retrato (vv. 1064-67); función o
utensilio. Pasividad.

En el contexto de la cultura que Lope representa se le
hace intolerable a un hombre, consagrado como mujeriego, que su mujer le ponga los cuernos. Se agrava si el acto
procede del propio hijo, y si el cornudo representa la máxima categoría política y social. Dentro de tales estructuras,

[64] Geraldine Cleary Nichols [1977], 227.

el Duque castiga como juez a su hijo; pero como hombre el veredicto (ahora vengativo) cae también sobre Casandra. Todo se cruza en un juego abismal de motivos, terriblemente humanos. «Homo sum», podría exclamar el Duque, en frase de Terencio, «humani nihil alienum puto» (*Heautontimorúmenos*). También están como claves recurrentes (o *topoi*) la propia *poiesis* de Lope: Cancioneros del siglo xv en forma de glosas, cuentos folclóricos incrustados, fábula esópica, rivalidades literarias, posible transfondo histórico —lejano o próximo— y un lío de vivencias personales y autobiográficas. Se revelan éstas en las simpatías no acalladas —vividas en propia carne— que siente Lope hacia la mujer adúltera, sexualmente insatisfecha, casada por conveniencias políticas, extremadamente bella, pero desdeñada. Batín exclama: «¡Qué bizarra la Duquesa!»; «No he visto mujer tan linda» (vv. 623, 630). Frustrada ante el «vicioso» Duque (v. 291), busca otro amante que la atienda y cobije. A su lado tiene Lope a Marta de Nevares cuyas relaciones rompieron toda moral (se lo recordaron con frecuencia sus enemigos), y las lejanas con Elena Osorio, de la que se vio abruptamente desplazado por intereses económicos. La villana del prostíbulo tiene en Cintia un eco muy cercano en *La Dorotea*[65], obra que a la hora de salir *El castigo* está Lope a punto de rematar. Y lo tiene en la calleja en que se ubican las mancebías y hasta en los individuos que las frecuentan.

Tanto la referencia bíblica, como la cultural o mítica no funcionan, en el pleno sentido filológico, como «fuentes» de la «Tragedia» de Lope. Están en el relato presente de *Historias trágicas exemplares,* al que Lope alude en *Novelas a Marcia Leonarda,* y están en la misma inmediatez teatral: desde Tirso a Calderón. Tales referencias —la única fuente es el Bandello libremente acomodado al lector francés, y

---

[65] Cfr. Alan S. Trueblood, *Experience and Artistic Expression in Lope de Vega,* págs. 266-323, y la contra-lectura («la otra ladera») en Francisco Márquez Villanueva, «Literatura, lengua y moral en *La Dorotéa*», *Lope de Vega: vida y valores* (Río Piedras, Puerto Rico, Editorial de la Universidad de Puerto Rico, 1988), págs. 143-267.

traspuesto como «exemplar» (con obvias consecuencias para Cervantes)— no cubren todo el andar de la obra. Su misma coherencia dramática se podría cuestionar al relacionar el primer cuadro como obvia controversia literaria frente al siguiente (la ribera del río), ambos dentro del primer acto. Se tiende, a veces con impertinencia, a ver detrás de toda obra clásica o maestra (*El castigo sin venganza* lo es) una mina casi irreductible de textos que se supone que el dramaturgo, con asombrosa erudición, leyó, consultó y finalmente asimiló. Gran proeza sería la de Lope, capaz de alternar extensas lecturas en busca de argumentos con la prolífica creación lírica y dramática que raya en el desmayo. Y no olvidemos su extensa obra en prosa. Lo que anularía la declaración «En horas veinticuatro / pasaban de la musa al teatro»: los tres días para *La noche de San Juan;* las seis semanas para *El castigo.* El genio literario trabaja (ignora a veces el erudito) a golpe de intuiciones, de furor imaginativo que surge con frecuencia de una anécdota escueta (*Bodas de sangre* de Lorca viene al caso)[66], bien leída, comentada u oída. Los medios de comunicación son prolíficos: cultura popular, folclore, comentario que se hace en la academia literaria, chisme oído en una esquina, en medio de la plaza, reyerta literaria, envidias; o un ardiente deseo de figurar, de estar siempre en «cartel». Y no menos, obviamente, el relato leído, contado o declamado. A fuerza de imaginación e inventiva verbal se cubre de jugosa carne el hueso limpio del relato. A veces se contiene en un par de líneas, en un breve párrafo. *El castigo sin venganza* se fue haciendo como discurso dramático y, al igual que *La Dorotea* (5, 1), a base de muchos borrones. Las tachaduras que presenta el Ms. son múltiples; la mayoría, como ya observamos, propias. Éstas se constituyen no menos en «fuentes». La caligrafía tachada delata unas huellas (un pre-texto) que es superpuesto por otro (texto). En la búsqueda de ese inicio —*beginning*— se tienta el proceso creativo del dramaturgo. Convoca en la combinación y altera-

---

[66] Carlos de Arce, *El crimen de Níjar. El origen de Bodas de Sangre* (Calella, Seuda Ediciones, 1988).

ción de los signos la verdadera «fuente» del texto. Se visualiza la palabra como connotación, dentro del paradigma que la enuncia, y como representación plástica y activa en la voz del personaje que la declama ajustada al código de un lenguaje continuamente situacional. En palabras de Paul Julian Smith, «there can be no possibility of acces to "authentic" or "primary" text, for any printed version of a comedia will be to some extent a palimpsest, bearing the trace of radical emendations at each stage of the dramatic process»[67]. De ahí la relatividad de toda edición de *El castigo sin venganza* que se califique de «crítica». Ésta debiera simultanear, en doble o triple columna, tanto las varias versiones finales como las «otras», las tachadas o enmendadas.

III. Una poética para «El castigo sin venganza»

El castigo sin venganza se ha leído también a partir del tema del honor; de la coherencia psicológica y moral y que refleja el entramado espacial entre personajes y acciones; como figuración emblemática de la llamada ideología barroca, y hasta como resultado, como vimos, de una polémica con el gongorismo cuyo frente principal fue Pellicer. Lo que más arduamente se ha cuestionado es la personalidad teatral del Duque como figura trágica. Así la vio Alexander. A. Parker, en oposición, por ejemplo, a Arnold G. Reichenberger, quien indica cómo Lope desaprovecha «the tragic potentialities in the character of the Duque»[68]. Pedro Vargas Machuca, el primer lector y crítico del texto, había definido *El castigo* como «trágico suceso», en obvia alusión a sus fuentes. Y de «Tragedia» caracteriza la obra Lope, insistiendo tres veces, como hemos visto, en dicho

---

[67] Paul Julian Smith, *Writing in the Margin. Spanish Literature of the Golden Age* (Oxford, Claredon Press, 1988), pág. 128.

[68] Reichenberger [1959], 303-316; Parker [1959], 42-59. Sobre las lecturas críticas anotadas véanse Menéndez Pidal [1958], págs. 123-52; Alonso [1962], 193-218; May [1960], 154-82; Kossoff (ed.), págs. 28-38; Dixon [1973], 63-81, entre otros.

término. Si el arrepentimiento del Duque es sincero, el reverso de la situación, vuelto de Roma unifica el clímax de su triunfo como caudillo militar frente a la destrucción moral con que se enfrenta: como figura del *pater familias* deshonrado. Roma actúa como espacio simbólico del nacimiento del «hombre nuevo»: padre, esposo, jefe de estado. Su primer acto será atender las peticiones de sus súbditos; es decir, gobernar prudentemente. Lo indica Ricardo: «con que ha sido tal la enmienda, / que traemos otro Duque» (vv. 2356-7). En versos más adelante expresa de nuevo: «el Duque se ha vuelto humilde, / y parece que desprecia / los laureles de su triunfo» (vv. 2369-71). Lo que responde a una primera decisión que no cumplió, de acuerdo con lo expresado en el acto I: «todo lo pondré en olvido» (v. 173).

Desde esta presencia central del Duque se ha leído, pues, *El castigo sin venganza,* posponiendo las otras dos figuras (Federico y Casandra) a un segundo plano. Tal entrelazado, triple, es difícil, creemos, de separar. Sin el *love-affair* y sin la previa caída de Casandra no habría tragedia, como tampoco la habría sin las desmesuras e imprudencias del Duque: sin la soledad a que somete a Federico, solo con Casandra en palacio, o sin la indiferencia y frialdad del jerarca hacia ésta. El Duque se debate, en admirados soliloquios, en cómo conciliar la ley del honor, escindido entre la función de juez, jefe de estado y padre. En la misma soledad se debate Federico intentando refrenar un amor que prevé en principio como imposible. Y ante el mismo dilema se enfrenta Casandra, consciente de la violencia que acarrea la ruptura de la castidad matrimonial. Pero el Duque es autor de su propio destino. Por el contrario, a Federico y Casandra se lo impone un mal juego del hado: una caída y un encuentro fortuito. Adquieren éstas señaladas connotaciones simbólicas y trágicas.

1. Las «fallas» del Duque de Ferrara

La posición que representa el Duque, y la caída vertical que sufre, lo constituyen con pleno derecho, y en contra de la opinión de Reichenberger, en figura trágica. Su donjuanismo destruye una estructura familiar exponiendo en el proceso la fragilidad propia de la condición humana. En su recorrido se exhibe un agradable vivir (valga la redundancia) que revela al espectador la fragilidad de la condición humana. A la caída final (act. III) se llega bordeando, metafórica y literalmente, al límite del ser humano. Se instaura en su mismo borde. Se revela a base de círculos y contradictorias polaridades: la muerte concebida en la sublimidad del éxtasis amoroso; la naturaleza desplazada por los rígidos códigos que impone la cultura; la oposición entre civilización («castigo») y salvajismo («venganza»); entre historia y ficción; representación y meta-representación. *El castigo sin venganza* impone como lectura crítica un sistema de relaciones en el que ni lo simbólico ni lo real se dan como significados absolutos, primarios. La figura central se sitúa en un punto en donde converge un sistema de dualidades y opuestos. Dramatiza una serie de actitudes básicas que definen el conflicto de la existencia humana[69]. Asume ésta atributos simultáneamente contradictorios: el inmoral don Juan frente al nuevo hombre arrepentido; la vuelta y aclamación del héroe (Roma), coronado de laureles frente a la derrota íntima, moral y social (palacio de Ferrara). El héroe trágico se halla suspendido en un espacio de opuestos que instaura, pues, la propia naturaleza: en esa media frontera entre un estado civilizado que impone un castigo aparentemente digno, pero que lo desencadena una conducta inmoral; pública (Duque) y privada (Federico y Casandra)[70]. En las posibles correspondencias del tí-

---

[69] Charles Segal, *Tragedy and Civilization. An Interpretation of Sophocles* (Cambridge, Massachusetts, Harvard University Press, 1981), págs. 10-21.
[70] Cfr. Wardropper [1987], 191-205.

tulo (la «sin venganza» pública frente a la rabiosa vindicación en privado), caben también otras lecturas críticas. La
verdad tiene varias voces. Se sitúa en diferentes espacios;
con diferentes ritmos, acciones y hasta enunciaciones es-
tróficas.

Diríamos que el primer cuadro de *El castigo sin venganza* le
sería familiar al espectador del siglo XVII: un Duque embozado, jefe de un importante estado, sale acompañado de
sus criados (Febo y Ricardo). Ronda las mancebías, a
modo de frenética despedida de solterón, la noche antes de
su desposorio. Busca al alimón prostitutas (Cintia) y mujeres casadas[71]. La capa negra bajo la que esconde su figura se
extiende, metafóricamente, a la noche que encubre sus acciones, y a la versión oficial del castigo que oculta el verdadero motivo de la «sin venganza». La capa nocturna
—la noche— tiene su correspondencia en el microcosmos individual que representa el Duque[72]. Se dobla también, como engaño, en la cobertura que arroja sobre el
cuerpo desmayado de Casandra, al final del tercer acto
(vv. 2942; 2993-5). Federico la atraviesa con su espada
desconociendo la identidad del anónimo bulto. En el claro
oscuro de la silueta del Duque se augura, en el primer cuadro, el *fatum* trágico que desencadena su nocturno deam-
bular. El adulterio de la mujer casada frente al cornudo
«maridillo» (vv. 39-40) que la consiente, se invertirá en las
acciones de Federico y Casandra frente al Duque (también

---

71 Véase, por ejemplo, Calderón, *El médico de su honra;* Lope de Vega, *La estrella de Sevilla* (atribuible); van Dam [1928], págs. 112-114. Las opiniones di-
vergen, como se ha visto, a la hora de calificar la conducta del Duque. Para
Pring-Mill es un «monstruo y un bárbaro» [1961], XXXIV-XXXV; «de feroz sangre fría» lo califica E. M. Wilson; se satisface contemplando la muerte de Casandra [1963], 295-6. Más radical y aún más extremo es May para quien el
Duque es «vicious, tyrannical and pompous, undergoes a conversion in
which it is impossible to believe» [1960], 154. Sin embargo para Meier la acción del Duque casa dentro de su función de *pater-familias.* Más equilibrada es
la opinión de Kossoff: «... es absurdo tratar al duque como a un monstruo; el
hijo le traiciona con su mujer y antes había descubierto su despecho por haber perdido el derecho a la sucesión» (ed., pág. 31); Geraldine Cleary Nichols
[1977], 209-214.

72 John Varey [1987], 223-239.

marido cornudo) que las motiva. Un complejo sistema de simetrías y paralelismo en oposición, de ambigüedades y correlaciones, se establecen como *poiesis* dramática. Se doblan en una recurrencia de referencias y acciones (primer cuadro, último cuadro), tanto textuales, espaciales como simbólicas.

Pero vayamos más lejos. La «capa» del Duque encubre, pues, una identidad que metafóricamente revierte en el título de la obra y en la versión oficial que motivó la «causa» del castigo. Tales referentes, aparentemente dispares, constituyen todo un sistema de estructuras y simetrías que se intercambian simultáneamente. Polarizan incluso la versión del castigo: la que queda escrita en los anales del ducado frente a la representada, durante la ausencia del Duque, por Federico y Casandra. La causa del castigo —su historia— la sostiene la denuncia escrita que el Duque ficcionaliza al ejecutar a los dos amantes por causas que, sutilmente, imagina y representa ante los cortesanos. Estos actúan como espectadores de un engaño: el del castigo y el de la propia causa. El engaño inicial («capa», «noche», «sombra») se dobla así en el final en donde lo aparente se impone como real y lo imaginado como histórico. Federico atraviesa el bulto de Casandra (vv. 2972-3) creyendo que oculta al «conjurador» contra el Duque. Éste pidió que lo ejecutara como símbolo de lealtad. Al descubrir el «engaño», paga con su muerte el otro «engaño». El Duque clama ante sus cortesanos que Federico mató a Casandra, «no más / de porque fue su madrastra, / y le dijo que tenía / mejor hijo en sus entrañas / para heredarme» (vv. 2980-85). Parentesco («madrastra») y celos («mejor hijo») son los motivos que, de acuerdo con el Duque, movieron a Federico matar a Casandra. R. D. F. Pring-Mill lo expresó en apretado conceptismo: «Federico is punished for a crime he did not commit in revenge for a crime which he did»[73]. Constituye parte de la ironía trágica que caracteriza *El castigo:* la diferencia entre lo que sabe y presencia el espectador, y lo que desconoce, oculta o tergiversa el perso-

---

[73] Pring-Mill, «Introduction» [1961], págs. XXXIII-IV.

naje central. Instaura una lectura de doble filo. Oculta la verdad de un hecho acaecido, justificando el castigo con un pretexto imaginado. Se castiga así públicamente, y en silencio, la doble traición. Es la regla que impone un grave caso de deshonor.

El Duque esconde su «figura» (acto I), los actos de Federico y Casandra que revela la acusación escrita, y su propio «deshonor» al alterar los motivos del castigo. La «linda burla» que abre la obra como gesto (v. 1) se desplaza, en el final de la acción, como remedo trágico. Se complementa con el cuerpo cubierto de Casandra, y con los últimos versos con que Batín cierra la acción: «Aquí acaba, senado, / aquella tragedia / del castigo sin venganza, / que siendo en Italia asombro, / hoy es ejemplo en España» (vv. 3017-21). En el juego de los tres términos establece también la figuración irónica. Es significativo que Batín, el gracioso, cierre la obra; pero aún más que la defina como «aquella tragedia / del castigo sin venganza». Pero tanto el Duque como un buen número de cortesanos conocen las otras «causas» del «castigo». Las conoce el anónimo autor de la denuncia; también Aurora, testigo de la escena amorosa entre Federico y Casandra (vv. 2039-2076), y también su confidente, el Marqués Gonzaga, lo mismo que los confidentes de Federico (Batín) y Casandra (Lucrecia). Sospechoso ante el resto de los cortesanos fue el estado melancólico de Federico, que se complementa con la insatisfacción sexual de Casandra —sus quejas—, cuya cama el Duque tan sólo visitó el día de sus bodas (v. 1034). El caso de «deshonor» es, pues, un secreto a voces. Y es irónica la acusación «oficial» que el Duque anuncia ante sus cortesanos —una rebelión inventada— justificando el cruento castigo. Los celos que el Duque asocia a Federico ante el nuevo heredero son, al igual que las conjuras del «anónimo bulto» (bajo él Casandra), otro engaño. Tal heredero tan sólo podría ser hijo de Federico. Padre (Duque) e hijo (Conde) se invierten como «dobles». Federico, ejecutando a Casandra, daría muerte, de acuerdo con la falsa acusación del Duque, a su propio hijo. Precluye con tal acto su propia muerte como hijo del padre que lo manda ejecutar.

Y el hijo simbólico (sin nacer) sería doble del «real» (ambos «bastardos»): éste de la figura del padre al desplazar al Duque (la verdadera «conjuración») de su lecho nupcial.

La sustitución del Duque por el Conde en el lecho de Casandra conllevó la sustitución de la madrastra y esposa por la amada. En escena Federico ejecuta, sin saberlo, a la primera. Y él muere, vengativamente, por la usurpación, de la segunda. Se distorsiona del mismo modo la ejecución de la justicia que parece aplicarse por causas aparentemente verdaderas. El «maridillo» inicial (cornudo) se complementa, si bien en diferentes niveles, con el final (el Duque), al igual que se complementa, metafóricamente, la muerte de la madre y de la esposa (acto I) con la de la amada (acto III). El Duque da muerte, real y simbólicamente, a todas las funciones que representa Casandra: madrastra, madre putativa, esposa, Duquesa, amada incestuosa. Con Federico muere el «hijastro», pero sobre todo el «amante» adúltero: el hijo (bastardo) del Duque; en menos grado, el Conde. El engaño se dobla, pues, como acción teatral, como referente social, político y hasta filosófico. Pervierte la jerarquía del poder, de la palabra (versión oficial frente a acusación privada), y de la acción. El castigo revierte, paradójicamente, sobre quien ordena la ejecución.

Los motivos «privados» del castigo conllevaban lesa penalidad. La «publicidad» de la afrenta, considera el Duque, doblaría aún más (hijo y esposa) la infamia cometida. La razón pública de la muerte de la primera víctima será por razones políticas («conjuración»); la de Federico, por causas criminales; por una doble traición: la aparente (pública) y la real (privada) (vv. 2696, 2700, 2992). La ejecución se establece, pues, a base de dos acusaciones aparentemente falsas. Federico desplazando al padre del lecho materno (adulterio, incesto) usurpó su cargo político y el estado que preside. La traición pública, tanto de Casandra (verso 2994) como de Federico (v. 2999), tiene su contrarréplica en la privada (adulterio, traición). Del mismo modo la «sin venganza» oficial se contrapone con la «venganza» privada. El castigo que trama el Duque es político; el que se representa y siguen los espectadores (dentro y fuera de las tablas) es moral: el honor de un jefe de estado que exige silenciar la afrenta cometida en privado. Ésta se hila como un caso extremo de amor que da en trágica muerte. La dialogía se establece, pues, a partir del epigramático título: un «castigo» que se aplica públicamente como transgresión política, cuando lo que se ventila es, en verdad, un caso de honor que atañe a un jefe de estado. Éste actúa públicamente como juez y jefe; pero en privado como padre, marido y hombre. La inversión «con venganza» / «sin venganza» implantaría la figura del padre y la del hombre a la cabeza del sistema jerárquico ya con raíces en Bandello. Recordemos cómo la «novella» dio en historia trágica (versión francesa) y, finalmente, en «historia trágica exemplar» (española). Lo que la tradición constituyó como «asombro» dio en Lope en «ejemplo» gráfico.

La falsa versión del castigo oculta el deshonor del Duque[74]. Éste se sitúa en un espacio interior: en el «adentro» que le impone la ceguera de sus propias acciones. Por el contrario, el resto de los personajes, a excepción de Federico y Casandra, transponen el «afuera», siendo a la vez personajes y espectadores en la representación que arma el Duque ante sus cortesanos. La comedia representada en el cuadro del primer acto, en la que el Duque se oye aludido en sus acciones, tiene de nuevo correspondencia con la escena dentro de la escena del cuadro final del tercer acto. Imita y a la vez falsifica las razones que originaron su trazado. Desde este punto de vista se invierte fácilmente el paradójico título de la obra que es no menos cierto como engañoso. Las razones públicas del castigo (las «falsas») las dictamina la justicia; las privadas («verdaderas») una terrible venganza. Se ventilan no tan sólo los engaños trágicos del Duque, la fortuita caída en el amor del Conde y Casandra, sino incluso un irónico juego de disyunciones: un castigo oficial que se declara «sin venganza», frente al privado que da en feroz vindicación. La historia es manipulada por la ficción; la representada *(mimesis)* por la fábula *(poiesis)*

---

[74] Julio Caro Baroja, «Honor y vergüenza», *El concepto del honor en la sociedad mediterránea,* ed. de J. G. Peristiany (Barcelona, Labor, 1968), págs. 77-194.

que la jerarquía política, imaginativamente, impone y presenta ante sus cortesanos. Toda lectura crítica se instaura en ese reencuentro continuo, y hasta dialéctico, entre el que escribió la acusación (adulterio, incesto, lesa traición), su primer lector (el Duque), la presentación de las «causas», y la ejecución final del castigo: el imaginado frente al real. El Duque actúa aquí como autor teatral, en su doble función de personaje fuera y dentro de la propia representación.

La falla trágica del Duque no es tan sólo moral, como apunta Alexander A. Parker; es política (imprudencia) y hasta ontológica (ceguera crítica). Pone en movimiento acciones y versiones cuyas secuencias causales es incapaz de controlar o juzgar. La imprudencia caracteriza a todo mal gobernante. Se extiende a la maquiavélica manipulación de hechos y acciones y a la misma versión escrita en los anales del estado de Ferrara. La «capa», lo mismo que la «linda burla» que abre la primera escena, funciona a modo de extenso emblema. Delatan el doble sentido: distorsionar las «causas» de un castigo al proclamarlo (ya a partir del título que anuncia la representación) como «sin venganza». Sobre tal sintagma recae la atención del espectador, capaz de juzgar irónicamente las paradojas del rótulo al final del tercer acto. El Duque vivirá en la mente de los espectadores, ya fuera de las tablas y concluida la tragedia, enajenado por las otras «causas» con las que tiene que vivir, amargamente, en privado. Falto de heredero, entregará en manos de sus vasallos su estado, lo que quiso evitar con su casamiento. Erró al forjarlo por conveniencias políticas. Aquí se cumple también la otra venganza. Su único apoyo es la misericordia divina que él mismo impetra para su hijo antes de ser ajusticiado. Su soledad es personal, familiar y hasta metafísica: sólo consigo mismo y a la vez ausente de los otros. La otra, que se abre con una «linda burla» (decepción cómica), y con un Duque enmascarado, da fin con otra doble decepción, ya terriblemente trágica[75].

Si el honor es el gran tema de *El castigo,* éste se supedita

---

[75] Varey [1987], págs. 223-239.

invariablemente, como apunta Parker, a la acción. Siempre partiendo de que el Duque sea la figura más relevante, y que Casandra y Federico ocupen un segundo plano. Si alteramos el orden del binomio —aquí el énfasis en la representación también tiene la palabra—; o si se establece una dinámica relación alterna entre las tres figuras centrales[76] (Duque, Federico, Casandra), la proposición previa (el honor como lectura privilegiada)[77], pierde parte de su validez crítica. El mismo título de la obra da la clave para otra lectura aún más elemental[78]: la fundada en el ritual que implica la violencia y que delata el término «castigo», y la preposición «sin» (o «con») «venganza». La disyuntiva devela de nuevo un orden paradójico. Es decir, un castigo que, como vimos, no es (y es) vengativo a la vez. Es cierto que el Duque no es instrumento directo de la ejecución, pese a lo establecido por el código del honor[79]. Quien ejecuta a Casandra es, como ya indicamos, Federico; a éste el Marqués Gonzaga, su rival por la mano de Aurora. Pero la versión «sin venganza» la impone el poder político y social que ejerce el Duque sobre sus súbditos: los espectadores.

---

[76] Varey [1987], pág. 239, propone cuatro personajes centrales: el Duque, Casandra, Federico y Aurora.

[77] Véase el amplio estudio de R. Larson, *The Honor Plays of Lope de Vega;* en concreto sobre *El castigo sin venganza,* págs. 131-58.

[78] El primero en aludir a la posible reversión del título fue J. L. Klein, *Das spanische Drama,* III *[Geschichte des Drama],* X (Leipzig, 1874), que cita Jones (ed.), pág. 9. Posteriormente Menéndez Pidal [1958] sugirió que tal vez el título inicial pudo ser la «venganza como castigo». Wilson [1963] apunta a la glosa «castigo divino, no humana venganza», al igual que Parker y Dixon [1959; 1973] aluden a otra variante: *El rigor sin templanza. La venganza sin castigo* (*La vengeance sans chatiment*) fue, indica van Dam [1928], págs. 48-50; 93, el título de la traducción de la obra al francés.

[79] García Valdecasas [1958], pág. 176, apunta cómo la ley del honor exigía que el mismo ofendido se tomara la venganza por su mano. Contra tal opción se declara Lope en *Novelas a Marcia Leonarda:* «Y he sido de parecer siempre que no se lava bien la mancha de la honra del agraviado con la sangre del que le ofendió, porque lo que fue no puede dejar de ser, y es desatino creer que se quita, porque se mate al ofensor, la ofensa del ofendido: lo que hay en esto es que el agraviado se queda con su agravio, y el otro, muerto, satisfaciendo los deseos de la venganza, pero no las calidades de la honra, que para ser perfecta no ha de ser ofendida» (ed. de Francisco Rico, Madrid, 1968, pág. 141).

Controla así la violencia que de ser instituida por él mismo tendería a ser cíclica. Como juez y jefe político somete el acto del castigo a una decisión procesal que avala el canon jurídico. Dirime éste a quien castiga u ordena la ejecución:

> DUQUE   Cielos
> hoy se ha de ver mi casa
> no más de vuestro castigo.
> Alzad la divina vara.
> No es venganza mi agravio,
> que yo no quiero tomarla
> en vuestra ofensa, y de un hijo
> ya fuera bárbara hazaña.
> Este ha de ser un castigo
> vuestro no más, porque valga
> para que perdone el cielo
> el rigor por la templanza.
> Seré padre y no marido,
> dando la justicia santa
> a un pecado sin vergüenza
> un castigo sin venganza.   (vv. 2834-49).

2. La ironía trágica de «el castigo»

No es el castigo oficial el que causa la conmiseración y piedad de los espectadores; más bien la razón privada que da muerte a un amor pasional e imposible. Ajeno a pactos políticos se corta de tajo. Surgió naturalmente como el correr del agua en donde se engendra[80]. Lope defendió a golpe de rodela y pluma esta naturalidad del amor-pasión. Le dio pábulo en los conocidos versos del romance «Medianoche era por filo» del ciclo del «Conde Claros» que, con frecuencia, trae a colación: «que los yerros por amores, / dignos son de perdonar»[81]. El Duque tampoco tenía otra

---

[80] Mircea Elíade, *Images et symboles* (París, MRF, Gallimard, 1952), pág. 150, escribe cómo la emergencia de las aguas repite el acto cosmogónico de la manifestación formal, del re-nacimiento.

[81] Tal *motto* es frecuente en las obras de Lope lo mismo que la figura del

opción. Develar la verdadera causa (así en Bandello) implicaría su muerte política, moral y no menos social. El título establece en la base del texto la ironía trágica: la diferencia entre lo que se dice que ocurrió y se sabe como ocurrido. La función metonímica del sustantivo inicial («castigo») apunta, como sujeto y como atributo, a un sistema de opuestos, entre ellos a «perdón», inconcebible en la estructura patriarcal que el Duque representa. En el orden sintagmático, la conjunción adversativa «sin» se contrapone a la instrumental «con». Ambos términos («castigo», *vindicatione*) tienen un largo desarrollo en el derecho penal de la época[82].

La alteración, pues, de las conjunciones —«sin»/«con»— sugiere una red de posibles lecturas críticas: a) el «castigo» como «ejemplo» de un extremo caso de deshonor (adulterio, incesto); b) como «ejemplar» consecuencia de la depravada moral representada por un jefe de estado, mujeriego e imprudente, ajeno a sus cargos; c) como «castigo» a una traición que se dobla, a modo de venganza, en múltiples niveles; y d) como resultado de un engaño totalizador. Este abre la primera escena («linda burla») y remite al «ejemplo» (público y privado) de la última. Porque el amor de Casandra hacia Federico lo provocan también, a modo de venganza, los desdenes del Duque. Y la indiferencia de Federico hacia Aurora tiene su correspondencia

---

conde. Aparece en las comedias *Dios hace reyes* (*Ac. N.,* IV, 601b), *El Galán de la membrilla* (*Ac.* IX, 125a); *El labrador de Tormes* (*Ac. N.,* VII, 12a), y el *El vaquero de Moraña* (*Ac.* VII, 551b y 592b), lo mismo en *Los yerros por amor* (*Ac. N.,* X, 540-567), y *De la puente del mundo* (*Ac.* II, 435b). Cfr. Ramón Menéndez Pidal, *De Cervantes y Lope de Vega* (Madrid, 1958), págs. 79 y ss.; Lope de Vega, *Poesía selecta,* ed. de A. Carreño, pág. 13, nota 1.

[82] El castigo que conlleva el pecado, indica Dixon [1970], 163 y nota 11, siguiendo a Santo Tomás de Aquino, es un acto de justicia conmutativa en cuanto que es un asunto que cae bajo la jurisdicción de la justicia pública; sin embargo, al caer bajo los derechos que le otorga la jurisdicción de la defensa individual, deviene en venganza (si bien es un tipo de venganza virtuosa): «... punitio peccatorum, secundum quod pertionet ad publicam justitiam, est actus justitiae commutativae; secundum autem quod pertinent ad immunitatem alicujus personae singularis, a qua injuria propulsatur, pertinet ad virtutem vindicationis» (*Summa Theologica,* II, II qu. 108, art.).

vengativa al rechazar ésta sus planes de unión conyugal
(vv. 2193-6). Vengativa es la amenaza que Casandra lanza
a Federico de casarse éste con Aurora. Del Duque se ven-
gó Federico al verse desplazado, dada su ilegitimidad (bastardo) como heredero, doblando con su inmoralidad la
previa del padre. Y dobla también las acciones del padre
en su falso interés por casarse con Aurora para salvar tan
sólo las apariencias. La sin «venganza» del Duque tiene
una previa referencia en la «venganza» de Casandra, sexualmente frustrada. Se revela en la confesión que hace a
Lucrecia (vv. 996-1074); en la pérdida de sus derechos
como mujer, y en su posición como representante del poder. Del mismo modo que la venganza se constituye en excusa para el adulterio, el mismo amor será de igual modo
excusa para la venganza[83]. De ahí que la ironía, explica
May, «pervades every part of the play». Más explícito es
Pring-Mill: «and part of the irony lies in the fact that he
[Duque] has to kill his wife and son for a wrong which is
like the wrongs he has done himself»[84]. Su retórica es aún
más extensa y profunda: envuelve la íntima relación entre
la tragedia como representación y el título (su *misreading*)
que la anuncia[85].

---

[83] Dunn [1957], 213-22.

[84] May [1986], 154; Pring-Mill (1961), xxxii, y en el mismo sentido David
M. Gitlitz [1980], 19-41.

[85] Se ha especulado sobre el origen del título de la obra. Van Dam lo ve
como una asociación entre el término «castigo» y «venganza», presente en la
novella de Bandello; pero ya hemos descartado la procedencia italiana como
fuente «directa». Creemos más bien que surge como sintagma formularizado
en obras de la época. «Agravio» (secreto) y «venganza» (secreta) se fijó en la
mente del espectador de la comedia de Calderón (*A secreto agravio, secreta venganza*). Por el mismo año que Lope redacta *El castigo* la compañía de Vallejo
que representa la obra de Lope, representó la de Calderón *De un castigo tres venganzas* (o *De un castigo dos venganzas*), indica Dixon, concluyendo este crítico:
«indeed Lope may well have intended the paradoxical antithesis *El castigo sin
venganza* as a provocative parody of these, a fit title for an unusually subtle
and ironic *drama de honor*». Véase reseña de la ed. de *El castigo sin venganza* de
Cyril A. Jones, *Forum for Modern Languages Studies*, 3 (1967), 190. La misma ur-
dimbre presenta Tirso en *El celoso prudente* y el mismo Lope en *El toledano vengado (Ac. N.,* II), comedia ésta de dudosa atribución. Véase J. M. Cossío, «La
secreta venganza en Lope, Tirso y Calderón», *Fénix,* 4 (1935), 501-515. El

Los actos de Federico y Casandra, dentro del sistema patriarcal que el Duque preside, desestabilizan la relación de parentesco establecida. Federico quebrantó el pacto conyugal entre el Duque y Casandra; ésta el contrato con el ducado que encabeza y con sus vasallos. Tal pacto aseguraba, de acuerdo con Lévi-Strauss, un orden político[86]. Se vio amenazado, en este caso, por la falta de un heredero legítimo. Pero el intercambio inicial del Duque («prostitutas» por «mujer honrada») fue tan sólo aparente. De vuelta de Roma, ya convertido, se altera de nuevo: el marido «arrepentido» frente a la esposa deshonrada (adúltera e incestuosa). Las acciones siguientes al desposorio quebraron también la relación establecida. Casandra, al negarse a tener herederos, amenaza la seguridad del estado, dada la falta de un descendiente legítimo. Fracasa en este sentido el pacto conyugal. La violencia se polariza sutilmente en varios niveles. En todo sistema patriarcal, la usurpación de la hembra impone un trágico elemento desestabilizador. El acceso y la posesión del cuerpo femenino implica la desposesión del propio lecho. La imagen se extiende, metonímicamente, al palacio, ciudad e incluso al estado. La posesión real y simbólica del cuerpo representa, como en el poema «Lucrece» de Shakespeare, el poder. Tal usurpación es una trágica afrenta. Conlleva la ruptura del parentesco establecido. En juego está también el problema de la mujer casta frente a la incestuosa, incapaz ya de producir, por impura, un hijo heredero legítimo.

El honor del noble procede de su genealogía. Es tanto colectivo como individual. La castidad de la mujer es inseparable de su importancia social. La mujer manchada contamina el linaje. De ahí que «honor», «nombre» y «fama» se asocien tradicionalmente con la mujer, en concreto con su castidad. Ésta legitimiza la paternidad de cualquier des-

«castigo sin venganza», escribe T. E. May, «is a venganza sin castigo» [1987], 165; Menéndez Pidal [1958], págs. 132-52.

[86] Lévi Strauss, *The Elementary Structure of Kinship,* págs. 480 y ss.; René Girard, *Violence and the Sacred,* págs. 223-249.

cendiente, la legalidad de la herencia y el derecho jurídico del estado. La mujer sin honra ya «ningún valor tiene», expresa don Julián en relación con La Cava, en *El último godo* (96a), comedia atribuible a Lope[87]. La adúltera Casandra pierde todo valor como tal en ese sistema de intercambio político que el Duque estableció con sus vasallos. Violó también un pacto establecido. La palabra escrita —la denuncia del memorial— tan sólo se podrá destruir con la muerte de la voz que le dio origen. Pero toda cultura patriarcal ha de ocultar su propio sacrificio violento. De esta manera se podrá reestablecer de nuevo el orden. Lope estructura dramáticamente, en *El castigo sin venganza*, las estrategias de una sociedad patriarcal concebidas desde el poder: la autoridad con precedentes bíblicos (Absalón) y clásicos *(Orestiada)*. Las entrevé sutilmente en el mismo rótulo que anunció la obra. El Duque viene hecho, pues, como personaje trágico. Lo constituyen una serie de acciones que culminan con el rechazo de la recién esposada y su licenciosa vida después de casado. Pero son sus infidelidades las que hacen que esposa e hijo le traicionen, indica Wilson. El abandono de la esposa es debido a la pasión adúltera del Duque («the adulterous passion») expresa Reichenberger; en el Duque está la gran falla trágica, anota T. E. May[88]. Es un don Juan más estático y menos pendenciero que el tradicional, pero no menos pervertido sexualmente. Se asumen, a partir de las amargas quejas de Casandra, sus habituales correrías. Llega a palacio al amanecer (v. 1045), y no sólo no mira a Casandra, sino que hasta la desdeña (v. 1132), llegando a arrepentirse de estar casado (v. 1155). Tan sólo dos grandes virtudes le salvan: su lealtad al «Papa» (léase rey), quien le corona de «laureles» y

---

[87] Véase, por ejemplo, la comedia de Lope *Los yerros por amor (Ac. N.,* X, págs. 540-567). Como proverbio incluye estos versos Gonzalo Correas, *Vocabulario de refranes y frases proverbiales (1627),* ed. de Louis Combet, Burdeos, 1967, pág. 466a. Véase también *Spanish Ballads,* ed. de C. Colin Smith, Oxford, Pergamon Press Ltd., 1969, págs. 171-183; Ramón Menéndez Pidal, *De Cervantes y Lope de Vega,* 5.ª ed. (Madrid, 1958), págs. 79 y ss.

[88] Wilson [1963], 65-98; Reichenberger [1959], 303-316; May [1960], 156; Margaret A. van Antwerp [1981], 206.

«cruces» (vv. 2097-2188), y el amor paternal hacia Federico, víctima, en un simétrico reflejo de acciones, de los vicios del padre. «Father and son», explica Margaret A. van Antwerp, «are irrevocably linked by the fatal simmetry of repetition». Casandra califica a Federico, ajena a la ironía, de ser «retrato» del duque (v. 2556)[89]. En el mismo sentido se expresa el duque: «Ya sé que [Federico] me ha retratado / tan igual en todo estado, / que por mí lo habéis tenido» (vv. 2657-59). El amor de éste hacia el hijo funciona en detrimento de su caída. No calcula bien la soledad de ambos jóvenes (Federico, Casandra) en palacio; menos el peligro de la joven esposa, hermosa, jovial, frente al melancólico Conde. Sus múltiples imprudencias apuran aún más la ceguera. Su conducta, como el comendador de *Fuente Ovejuna,* se constituye en ejemplo *ex contrario.* El pesimismo que se desprende es, en el plano político, abrumador. Situado en Ferrara, tal lugar —como lo fueron para Shakespeare Verona, Padua y Venecia— se torna a su vez en metáfora espacial e histórica de la España del siglo XVII: ideología, valores, códigos de conducta, comportamientos. Deviene en un intenso microcosmos cuyas polaridades y estructuras apuntan en múltiples sentidos. Con la caída de Federico muere el presente y el futuro del Duque.

Si el amor es la otra causa que desencadena la tragedia, una segunda lectura determina la prevalencia de Casandra y Federico. La presencia en escena de ambos es casi continua (a excepción del primer cuadro), y les corresponde el 60 por 100 de los versos declamados. Al contrario que el Duque, Casandra, al igual que Federico, se constituye en figura trágica en el convivir cotidiano: durante los cuatro

---

[89] La configuración de Federico, al final del segundo acto, como «parody of resurrection», de acuerdo con Janet H. Murray [1979], 17-29, es inapropiada, ya que el término crítico («parodia») implica un proceso intertextual entre dos textos (A, B), dos convenciones o dos sistemas que se complementan en cuanto que uno (B) distorsiona elementos del primero (A). Federico se expresa dentro de la convención lírica del amor cortés, fija en los Cancioneros; la asume y adopta; en ningún modo la distorsiona. En términos más amplios T. E. May ve la obra de Lope «as a parody of the sacrifice of the son» que nosotros somos incapaces de percibir.

meses que dura la ausencia del Duque. Todo castigo como acción implica unas víctimas. Ambas son, aparentemente, las más inocentes. Destaca Casandra sobre Federico. Ésta fue la primera en sacrificarse y en ser sacrificada. Satisfizo con su desposorio las conveniencias del Duque y los deseos de su rijoso padre. Fue para el Duque un pretexto: solucionar con su boda los problemas políticos con sus vasallos prometiéndoles un heredero legítimo. Casandra sacrifica su juventud y hermosura a intereses ajenos. Es la gran frustrada como mujer, víctima, dado su sexo y posición, de una conveniencia política que le es impuesta. Jugó con gran valentía su última baza: su amor por Federico frente a la muerte que ansiosamente presentía. Clamó por el derecho de ser requerida, sexual y afectivamente, como esposa y amante, negándose a servir de utensilio, objeto o mueble de adorno. Su frustración es doble: como esposa (duerme sin marido) y, potencialmente, como madre al negarle el Duque la posibilidad de tener un hijo. Se deshacen en ella dos mitos claves en la concepción de la esposa-madre: el androcéntrico y el genocéntrico; la diosa de atractiva belleza como objeto de culto y vasallaje; de equilibrio y fertilidad. Su degradación por parte del Duque se contrarresta con su rebeldía a ser «cosificada». Adquiere una nueva dimensión femenina —y no menos feminista— situándose, como mujer rebelde ante un matrimonio injustamente impuesto, en los bordes de la modernidad. Forastera en la corte de Ferrara, es la única voz que se alza, frente a la sumisión de Federico y de los vasallos, contra el Duque, calificándolo de «esposo tirano» (v. 1381); y de «bárbaro» (verso 1564).

Frente al Duque, que se presenta en el primer cuadro como personaje sombrío, a media luz, Casandra, en contraste, aparece en el siguiente como luminosa, brillante, tentadora. La acción se desplaza de la medianoche al filo de la siesta (mediodía), en plena canícula estival. La calleja oscura contrasta también con la orilla fluvial, bucólica. Obvios matices simbólicos asocian personajes, espacios y tiempos dramáticos. Casandra sale del agua como fulgurante Venus en brazos de su «alnado»: Federico. El carruaje en el que venía, camino de Ferrara, se atolla al pasar una breve corriente que se remansa en un recodo, ocultando su profundidad bajo unos alisos que le dan sombra. El engaño se dobla incluso en el plano natural y cósmico: en el mismo *locus amoenus (Et in Arcadia, Ego)* del simbólico encuentro. Las consecuencias de este «accidente», al igual que las correrías del Duque, son no menos desastrosas. En el seno del agua nace también Federico como sustituto del padre, y surge Casandra como celosa «amante». Al recibir a Casandra, expresa Federico:

> Hoy el Duque, mi señor,
> en dos divide mi ser,
> que del cuerpo pudo hacer
> que mi ser primero fuese,
> para que el alma debiese
> a mi segundo nacer. (vv. 502-7).

En el proceso de la representación, se va paulatinamente alterando el papel impuesto como esposa (cultura) por el de adúltera (naturaleza). Ambos personajes (Casandra, Federico) no están marcados por las exigencias de estado que rigen las acciones del resto de los personajes. Es ésta, significativamente, la única escena que se desarrolla al aire libre. Tal nacimiento en las aguas (bíblico, simbólico, mítico) tiene una larga tradición. Sus múltiples interpretaciones rayan en lo psicoanalítico. Las caídas («morales») del Duque son hábito, costumbre; por el contrario, la de Casandra en el río es, por física, fortuita. Y lo es, en estas circunstancias, el encuentro con Federico. Aquí están también las raíces del sino trágico, premonitorio, que urde la casualidad. La boda del Duque conllevó un cambio radical para Federico en la relación con su padre: deja de ser heredero, pasando a primer plano su posición de hijo bastardo. La boda se constituye también en un elemento perturbador: frente a Casandra (encuentro), frente al Duque (desposorio), y frente a Aurora, quien termina siendo desdeñada por Federico. Los papeles se alteran en el tercer acto al negarse ésta a desposarse con su primo.

En esta relación múltiple se hila también la madeja de la tragedia, y no tan sólo, como opina Alexander A. Parker, en la figura del Duque. Casandra es víctima de un destino impuesto. Fue políticamente contratada para ser la esposa; y, del mismo modo, víctima. Su papel se urdió caprichosamente a sus espaldas. La misma oposición de espacios dramáticos, de situaciones temporales (calleja nocturna/ribera bucólica; medianoche/mediodía), conforman la constitución psicológica de Casandra frente al Duque. Determinan incluso los destinos inversos que mueven a las tres figuras claves. La caída de Casandra (el *fatum* de los clásicos) fue un juego fortuito de la caprichosa Fortuna. Semeja la «caída» de Calisto en *La Celestina*[90]; la de Casilda en *Peribáñez* quien vuelta del desmayo que le produce, se encuentra frente al Comendador prendado furiosamente de su belleza. De ahí que *Eros* sea la fuerza matriz del conflicto dramático: es la enfermedad que provoca melancolía y tristeza en Federico; el amor-pasión en Casandra. Es en ambos una inaplazable posesión que se sitúa en la frontera entre el gozo sublime y el seguro morir. Se justifica así el amor adúltero causado por desdén o desprecio, y la incontinencia sexual de la recién desposada, cavilando sola en su lecho mientras su marido ronda calles y puertas ajenas. El Duque fue haciendo su destino a través de sus «indignos pasos» (v. 1377). A Casandra y a Federico se lo impusieron la voluntad de sus padres, y las «ruedas» de un carruaje que apuntan, a modo de otro gran emblema, al caprichoso girar de la Fortuna. La historia de los amantes viene a ser el reverso de Macbeth y Lady Macbeth: en un principio irresolutos; atrevidos después de la declaración amorosa. La «lástima» que Casandra siente hacia Federico

---

90 José F. Montesinos, «Dos reminiscencias de *La Celestina* en comedias de Lope de Vega» [1967], págs. 101-105; las *addenda* de J. Oliver Asín, «Más reminiscencias de *"La Celestina"* en el teatro de Lope de Vega», *Revista de Filología Española*, XV (1928), 74 y ss.; la genealogía literaria de *La Celestina* con *El caballero de Olmedo* ha sido harto probada; cfr. Rico [1981], págs. 27-30, notas 31-34, lo mismo que con *La Dorotea*. Cfr. Alan S. Trueblood, *Experience and Artistic Expression*, págs. 177 y ss.; V. Gutiérrez, *«La Celestina* en las comedias de Lope de Vega», *Explicación de textos literarios,* IV, 2 (1975), 161-168.

(v. 1910), dado su estado depresivo, inclina finalmente el fiel de la balanza. Las alusiones son, en este sentido, continuas (vv. 2050, 2187, 2197). La conmiseración que pedía Aristóteles surge del mismo modo por la muerte de los dos amantes, sacrificados sobre un altar dedicado a un ídolo sin cara: el honor trocado, como lo fue Casandra, en interés personal, social, político y hasta económico.

Aurora, nombre que instaura la tradicion bucólica, representa la restitución de la mujer a su posición o función legítima dentro del orden simbólico. Cierra el último pacto matrimonial. Como sobrina del Duque es el único futuro que se puede prever para su estado. De nuevo, el simbolismo nominal —Aurora— se llena de múltiples sugerencias (vv. 795, 1624). Confía al Marqués Gonzaga el encuentro amoroso de Federico y Casandra (vv. 2039-2110); sospecha del estado melancólico de Federico; anuncia el conflicto y hasta lo adelanta en la negativa del Conde a casarse con ella (acto III). La búsqueda de tales móviles, su final decisión de desposarse con el Marqués, permiten al Duque constatar la verdad de la denuncia. Al contrario que Casandra, es calculadora, racional. Detesta fingir; aborrece el doble juego. «If Casandra is the inspirer of the Icarus in man», escribe Janet H. Murray, «Aurora represents the Daedalian spirit of reason and penetration»[91]. Está hecha de un solo hilo. Así le explica a Federico: «déjame casar, y advierte / que antes me daré la muerte, / que ayudar lo que has fingido» (vv. 2194-6). Utiliza los celos (*topoi* en la comedia) para despertar el amor de Federico hacia ella. Al igual que el matrimonio del Duque, el de Aurora con el Marqués lo originan nuevas conveniencias políticas. Casandra es elegida como víctima; por el contrario, Aurora altera planes y elige a sus víctimas.

Los personajes de Ricardo y Febo funcionan a modo de comodines. Acompañan en el primer cuadro al Duque en sus aventuras. Son voceros, como ya anotamos, de las inquietudes poéticas del autor: criticar la terminología en boga de los nuevos dramaturgos, llena de espléndidas me-

---

[91] [1979], 17-29.

táforas, en un afán de codearse Lope en el mismo terreno. Batín, diminutivo de Bato, figura de «rústico», es más complejo. Rompe el prototipo de la llamada «figura de donaire». Si bien actúa como gracioso (vv. 351-52; 412-67; 936-57), posee una rara intuición sobre la condición humana. Está al tanto de las relaciones Federico-Casandra, pese a no presenciar ninguna escena de intimidad entre los dos (vv. 1313-15). Y prevé el final trágico. De ahí que oportunamente pida al Marqués Gonzaga y a Aurora entrar a su servicio, a punto de partir éstos para Mantua (versos 2779-81). Con Lucrecia dobla, paródicamente, las acciones de los señores a quienes sirve: Lucrecia a Casandra, Batín a Federico. El gracioso tiene un papel más activo. Alude con finas observaciones al desajuste del casamiento entre el Duque y Casandra, y a lo armonioso que resultaría de ser entre Casandra y Federico, clamando contra las leyes que alteran la posibilidad de tal unión. Se hace eco Lucrecia al aludir a ese posible «nieto» del Duque tenido entre Casandra y Federico (vv. 1098-1103).

Pero es Batín además un hábil disimulador (vv. 2784-2803); inteligente y astuto. Guarda un silencio prudente sobre el *affair* (vv. 2416-19), y se mantiene distante cuando presiente la tragedia próxima. Usa del enigma para aludir a un tercer elemento que presiente como posible (vv. 261-90). Es la contrafigura del altivo, ciego de sí mismo e imprudente, Duque. Su alusión a «santo fingido» (v. 2800), refiriéndose a la nueva vida del Duque, que ha dado lugar a algunos críticos para interpretarla como falsa, se ha de tomar como graciosa agudeza. La opinión contraria, objetiva, se expresa, como vimos, por boca de Ricardo. El viaje a Roma, real y no menos simbólico, originó en el Duque, como observamos, el cambio radical. De hecho, su primer acto fue leer las demandas de sus súbditos, y acceder a sus peticiones y ruegos. May es más radical, negándole al Duque su arrepentimiento y conversión, crucial en una equilibrada lectura del texto de Lope. Lo califica «the worst sinner of all»[92]. Para A. David Kossoff «lo que ocu-

---

[92] May [1960], 177.

rre no es una conversión, un cambio violento, sino una reforma que era de esperar». Van Dam, en su «Introducción» (ed. de 1969) anota: «El lector moderno tropieza
con dificultades para creer en la conversión del Duque,
cuyos antecedentes no puede olvidar tan fácilmente». Recordemos que antes del viaje vivió despreocupado del bie-
nestar de su estado; con la «vuelta», el Duque ha cambiado
como jerarca, como político y como esposo. La ironía pervierte, trágicamente, el reverso de tal conducta, apuntán-
dose Lope un doble acierto.

3. *Género y «poiesis»*

La obra viene ensartada por una serie de *topoi* propios de
la comedia de Lope. Éstos se extienden a la referencia espacial *(locus amoenus)*, a la relación amorosa entre los personajes (padre, hijo, esposa), a la expresión del amor a base
de establecidos clichés poéticos —fraseología del *eroici fu-
rori*—, a la trama secundaria, y al mismo itinerario de la figura del Duque (triunfo, caída). Es lugar común en la comedia la presencia del gobernante que, disfrazado, sale de
noche inquiriendo sobre la opinión que de él tienen sus
súbditos (vv. 136-146). Lo es el amor no correspondido, y
su contemplación como fuerza destructiva. Y lo es el en-
vío de la carta anónima, la «cadena» que se recibe como albricias (la que da Calisto en *La Celestina*), el enjuiciamiento
público, la sustitución de la figura del padre por la del juez
(recordemos *El alcalde de Zalamea* de Calderón), al igual que
imágenes recurrentes asentadas tanto en la poesía de los
Cancioneros, italiana (Petrarca) y renacentista (Garcilaso,
Camõens), como las imágenes tomadas del bestiario medieval. La fija la archiconocida imagen del «pelícano» (Federico, v. 1503), y el poder generativo de la mítica ave Fénix (v. 2114). Asocian, como imágenes recurrentes, vida y
muerte. Y es técnica un tanto trillada el juego de la representación en la representación, que ya Lope había previamente experimentado, y que lleva a sus últimas consecuencias escénicas en la *Noche de San Juan,* en donde los re-

yes son espectadores de la obra, y se doblan a la vez como
actores dentro de la representación. Recordemos cómo en
Fuente Ovejuna el pueblo ensaya en escena el juicio, previo
al que tendrán frente a los Monarcas. El Duque oye representadas sus acciones en el cuadro primero. El mismo tra-
za en el tercer acto, el cuadro final del castigo. La inquie-
tante imaginación de lo prohibido (Federico, Casandra),
que se urde como doble de la representada, adquiere, pues,
múltiples formas[93]. En el último cuadro, como en el primero, los actores pasan a ser espectadores de otra representación. La retórica de la comedia en la comedia *(Play
within Play)* tiene una larga tradición en el teatro de la
época, lo mismo español que isabelino[94]. La metáfora de la
comedia como espejo de la vida *(imitatio vitae)* se vuelve en
este sentido al revés.

En esta configuración de la tragedia de Lope, caracteri-
zada por una gran economía dramática (no sobra una escena), todo adquiere significación. El teatro es arte de la representación. Se cumple como acción visual y como palabra oída, actualizada. Ésta, al igual que la vestimenta, el
mobiliario, el gesto, la mímica, el silencio dramático y hasta la pausa retórica, adquieren plena significación. El espacio exterior (ribera, orilla) asocia el encuentro casual.

---

93 Wardropper [1987], 189.

94 Recuérdese *Hamlet* y del mismo Lope, *Lo fingido verdadero (Ac.* IV). En
La noche de San Juan introduce a los Reyes en el escenario, en una sonada velada a la que asisten los monarcas. Los reyes como espectadores se doblan así
viéndose representados como personajes. Espectadores y actores coinciden
en un mismo plano temporal. El Duque se oye aludido en el acto I, en la escena de una comedia que está siendo representada; él mismo figura su propio
acto al final. Es así personaje en la comedia aludida y en la suya; actor al urdir
el final, claro ejemplo del llamado metateatro. Thomas Austin O'Connor,
«Is the Spanish *"Comedia"* a Metatheater?», *Hispanic Review,* 43 (1975), 275-
289; Margaret A. van Antwerp [1981], 212. Siguiendo a Lionel Abel, *Metatheater: a New View of Dramatic Form* (Nueva York, 1963), pág. 60, Susan L.
Fischer considera *El castigo sin venganza* como «metaplay in the fundamental
sense that it is self-referringly dramatic, turning back into itself to reflect
upon the invention that it is» [1981], 25. Véase además Stephen Lipmann,
«Metatheater' and the Criticism of the *Comedia*», *Modern Languages Notes,* 91
(1976), 231-46; Robert J. Nelson, *Play within a Play* (New Haven, Yale University Press, 1958), págs. 11-35.

Establece unas ligaduras ajenas a pactos o conveniencias políticas. El interior (palacio) da pie a la intriga amorosa, a la acusación y al castigo. Lo rigen unas reglas de pleitesía (el «besamanos»), y unas fórmulas de comunicación social. Del mismo modo, la noche asocia sombra, engaño, lascivia; el encuentro en el agua del río entre Federico y Casandra, claridad, purificación, inocencia. Las pervierte el sino que imponen las ruedas del coche que da vuelta. Desde esta múltiple perspectiva se configura también la *poiesis* trágica de *El castigo sin venganza*.

Lo que lleva a determinar la problemática de su género al borde de una tragicomedia que ya es más tragedia. La acción de Batín con Lucrecia en brazos (vv. 351-62), parodiando la acción de su amo, al igual que las alusiones al Duque como «santo fingido», y su sutil perspicacia entre irónica y humorística (fábula esópica, anécdota del caballo y del león), menoscaban la concepción de *El castigo* como tragedia pura, encasillada más bien dentro del género acertadamente definido por Lope de «Tragicomedia». Se da, como en ésta, la típica acción secundaria en varios planos: de señores (Aurora, el Marqués Gonzaga) y de criados (Batín, Lucrecia). Con el desplazamiento espacial de la acción (calleja nocturna, orilla fluvial, palacio), lo mismo que con los lapsos temporales entre el acto segundo, por ejemplo, y el tercero, Lope rompe las clásicas unidades. Es la época estival cuando Casandra llega a Ferrara. El Duque pasa cuatro meses en su campaña militar. Vuelve, ya en pleno otoño. El transcurso de la acción del drama se sitúa en dos zonas temporales significativas: el estío da lugar al nacimiento simbólico y a la consumación de la pasión amorosa. El otoño asocia la vuelta del héroe, su caída moral y la muerte de los dos amantes. Se ejecuta el castigo. La acción deja de ser del mismo modo continua: comedia galante (cuadro primero), realización del amor adúltero (acto II), conocimiento de la transgresión sexual (*anagnórisis*) y cumplimiento de la «sin venganza» (acto III)[95].

---

[95] Nortrop Frye, *Anatomy of Criticism* (Princeton, Princeton University Press, 1971), págs. 206-233; Terence Cave, *Recognitions. A Study in Poetics* (Clarendon Press, Oxford, 1988), págs. 10-24; 25-54.

Pero es Lope quien insiste en rotular su obra como tragedia, avalada como tal por la tradición literaria. Tanto el Duque como Federico y Casandra se constituyen en todo rigor, como vimos, en figuras trágicas. «Lo trágico y lo cómico mezclado», había expresado Lope en el *Arte nuevo*, «harán grave una parte, otra ridícula, / que aquesta variedad deleita mucho» (vv. 174; 177-78). La tragicomedia, explica años atrás en la «Dedicatoria» a *Las almenas de Toro,* es mezcla de «las personas y los estilos»[96]. La comedia, siguiendo la exégesis de Robertelio Utinense a la *Poética* de Aristóteles, «imita las humildes acciones de los hombres», frente a la tragedia, «at vero tragedia praestantiores imitator». «Tragedia es aquélla que contiene», explica Santillana, «en sy caída de grandes rreyes e príncipes»[97]. Ya Aristóteles concebía la «inevitable caída del héroe», a partir de una irremediable «falla» por él desconocida. Pedía que sus acciones causasen admiración (triunfo en este caso del héroe como militar), y que debieran ser ejemplares. En *El castigo sin venganza* destaca el Duque por su cargo y por su edad *(virilis)* frente al resto *(juvenis).* Pero su caída adquiere doble sentido. Destaca sobre ésta la muerte de los amantes quienes adquieren también verdaderas proporciones trágicas al luchar contra un *fatum* inevitable: la incontenible fuerza de la pasión amorosa. Casandra se establece también en este sentido como figura compleja.

Tanto el «castigo» como las triples caídas son ejemplares. Las avala también la tradición literaria. Cristóbal de Virués define la tragedia como un caso (o casos) de ejemplaridad. No importa tanto el motivo como los personajes en juego, el estilo (elevada *elocutio),* el propósito psicológico (mover los afectos) y el sentido patético: causar en los espectadores conmiseración[98]. Tales características se dan conjuntamente en los tres personajes centrales de la tragedia de Lope. Pertenecen, al igual que Aurora y el Marqués

---

[96] *Ac.* VIII, pág. 241.
[97] «Carta de doña Violante de Prades», *Comedieta de Ponza,* ed. de Maxim Kerkhof, Groningen, 1976, págs. 508-509, citado por Domingo Ynduráir [1987], pág. 143, nota 2.

Gonzaga, a la alta nobleza. La acción se ubica en una afamada corte, de gran rango literario. Si tenemos en cuenta que la base argumental parte de un posible hecho histórico, se acentúan aún más las características trágicas. «Tragedia semper est de altissimis personis et in altisono stilo conscripta», la definía Badío[99]. Lo es también desde el acto final de la «sin venganza», de acuerdo con Cristóbal Suárez de Figueroa en *El pasajero:* «Si un príncipe es burlado, luego se agravia y ofende, la ofensa pide venganza; la venganza causa alboroto y fines desastrosos; con que se viene a entrar en la jurisdicción de lo trágico»[100]. Tanto Morby como Reichenberger precluyen, para la tragedia, la muerte. La del Duque, aunque ni física ni pública, adquiere otros niveles. Acaece en privado: en el plano familiar, político y moral. Sus rasgos los define López Pinciano en *Filosophia antigua poética:* «Si el que va a matar... mata al que no conoce, siendo pariente o bienqueriente, como padre, hermano o hijo, enamorado, será esta acción la más trágica y aún deleytosa de todas..., trae más conmiseración que otra alguna»[101]. Pero si el énfasis de la representación se concentra en la pareja Federico-Casandra, aquí también se cumple la preceptiva de lo trágico como género y como poética. Se complementa en la estructura versificada de la obra. Hemos destacado préstamos gongoristas en forma de imágenes (vv. 256-290; 275-287), fórmulas retóricas, sintagmas propios de tal discurso, encadenamiento silogístico, y no menos el conceptismo propio de la lírica amorosa, tradicional y cortesana.

La versificación de *El castigo,* por insólita, es no menos signo de lo trágico. Sobresale, por inusitado en Lope, la

[98] Aristóteles, *Poética,* ed. de Valentín García Yebra, Madrid, 1974, 1449b 20-30; 1454b 10; 1449 10; Cristóbal Suárez de Figueroa, *El pasajero,* ed. de M.ª Isabel López Bascuñana, Barcelona, 1988, pág. 167.

[99] Cfr. *Familiaria in Terentium Praenotamenta* por *Publii Terentii Aphri... Comedia* (Roma, Claudio Mani y Stephanus Balan, 1502), fol. a VI, v.º, citado por Alberto Blecua, «Introducción», Lope de Vega, *Peribáñez, Fuente ovejuna* (ed.), Madrid, 1981, págs. 8, y 47, nota 3.

[100] *El pasajero,* ed. cit., I, pág. 222.

[101] Ed. cit («Epístola VIII»).

prevalencia de cinco soliloquios, únicos en la tragedia española, y la continua adecuación de estrofa, personaje y situación[102]. La carta que acusa se escribe en una octava (vv. 2467-91); la reflexión sobre lo leído en fulgurantes décimas (vv. 2492-2550). Eran, como el mismo Lope determinara en el *Arte nuevo* (v. 307), «¡buenas para quejas!». El soliloquio final del Duque ante el castigo que contempla se da entrecortado. El espectador puede percibir el desarrollo mental del personaje: su agobio personal. Sobresalen las fórmulas exclamativas e interrogaciones. Se cambia el tipo de estrofas (décimas, redondillas, romance) en los tres extensos monólogos (vv. 2492-2551; 2736-59; 2835-2914). Tal irregularidad plastifica, auditivamente, la lucha interior de los personajes. Son en el mismo sentido significativos los cambios bruscos de metros arbitrarios; el extenso uso de tercetos. Reflejan la gravedad de las decisiones en cuanto al gobierno del estado o los planes del matrimonio. Y lo son, sobre todo, el uso de quintillas nunca utilizadas por Lope, como indica Rozas, en las obras que comprenden el periodo de 1630-35. En quintillas dobles (vv. 1811-2030) se glosan amor y muerte. Sirven de epicentro y de premonición (vv. 1999-2005), ya entrevista en la función cortesana del «besamanos» (vv. 870-886). Paralelo, pues, con lo trágico es el entrecruzamiento polimétrico; el paso brusco de una a otra forma; el uso de quintillas en lugar que Lope nunca usó antes[103]; la abundancia de soliloquios entrecortados. El de Casandra, por ejemplo, viene dado en

---

[102] Los describe Lope en *Arte nuevo de hacer comedias*: «los soliloquios pinte de manera / que se transforme todo el recitante, / y, con mudarse a sí, mude al oyente...», recogiendo posiblemente el consejo de Horacio (*Ars poetica*, 101, 3): «Ut ridentibus arrident, / ita flentibus adsunt / humani vultus: si vis me flere, dolendum est / primum ibse tibi...» Lope, en *Lo fingido verdadero*, documenta Dixon [1973], págs. 65-66, nota 7, escribe: «Pero como el poeta no es posible / que escriba con afecto y con blandura / sentimientos de amor, si no le tiene / ... / así el representante, si no siente / las pasiones de amor, es imposible / que pueda, gran señor, representarlas» (*Ac.* IV, 58b).

[103] Anota de nuevo Dixon al respecto [1973], 71: «Of nine other authentic, datable plays after 1615, only one, *Del monte sale,* contains *quintillas;* and no other dated play after 1610 has an act ending in the metre»; Morley y Bruerton, *Cronología,* págs. 108-113; 201-205.

quintillas (vv. 1811-1858); el del Duque, en décimas (vv. 2492-2551) y en liras de seis versos (vv. 2612-2635). Y es no menos significativo el extenso uso de la silva. En este metro acaba Lope de escribir el extenso poema del *Laurel de Apolo,* y días después al *El castigo* sale en la misma estrofa *Huerto deshecho,* un amargado canto al desengaño y a la frustración personal. La redondilla y quintilla casan con el diálogo amoroso; el terceto con la formulación grave; la décima es el mejor vehículo de la queja y del soliloquio. Entra como estrofa tardía[104]. En ella se expresa, en extenso soliloquio, el Segismundo de Calderón (*La vida es sueño*). Y no menos significativa es la presencia, como ya indicamos, de la silva que tanto usará Calderón en *La hija del aire*. Lope está atento también al variado uso de la polimetría ajena.

Es significativo también el cambio de romance a décima (v. 468); el de redondilla a décima (v. 1624), y el de romance a redondilla. En romance narra Aurora al Marqués el conflicto amoroso entre Federico y Casandra («Está atento. / Yo te confieso que quise / al Conde, de quien lo fui», vv. 2039-41) para pasar a redondilla. La estrofa complementa la situación psicológica del personaje. Se combina en un juego de ritmos alternantes: el lento e interrogativo del soliloquio; el lógico y pausado del soneto; el alegre y cantarín de la quintilla y décima, y el meditado y lento del terceto. Lo inusitado de tal sistema realza el cariz trágico de *El castigo sin venganza,* el decoro de sus héroes rayando una «frontera moral» siempre en débil equilibrio[105].

Sin embargo, la tensión dramática no se establece tan sólo en la confrontación de variados discursos estróficos; se vive también en la relación de personajes, acciones y cuadros (primero frente al final); de códigos lingüísticos y poéticos. El amor cortés idealizado por imposible contrasta con el goce sexual de los dos amantes (Federico, Casandra); y éste con el sentido de justicia y de honor de casta

---

104 Cfr. Morley y Bruerton [1968]; Marín [1962].

105 A. C. Schlesinger, «Tragedy and the Moral Frontier», *Transactions of the American Philological Association,* 84 (1953), págs. 164-175.

que impone el Duque, y que niegan sus propias aventuras amorosas. Se contrasta a la vez con la sutil sorna de Batín, con los extensos símiles que entresaca del folclore, y con la alusión descarnada a prostitutas (Cintia) frente al alambicado uso de frases, en la misma escena, de cuño gongorista. Y al igual que la acción nocturna inicial contrasta frontalmente con la desarrollada a mediodía, en el primer acto, el heroísmo militar tiene su complemento en el furor amoroso de los amantes. El triunfo del Duque contrasta con su gran caída, vuelto a Ferrara, rota la moral familiar. El Duque y su familia se constituyen así en la unidad dramática *par excellence*[106].

Tal unidad está supeditada en la representación a un tiempo humano (el desarrollo de las relaciones), y a un tiempo dramático: el desarrollo de éstas sobre las tablas. Las primeras convocan un pasado y un presente temporal; un espacio dramático en un tiempo siempre en presente: la representación. El tiempo del drama distingue así, de acuerdo con María del Carmen Bobes, tres niveles: a) el de las acciones o situaciones; b) el de las palabras (discurso), y c) el de la representación[107]. Pero el tiempo teatral de *El castigo sin venganza* invoca también un futuro. La vida del Duque será aún más trágica que la muerte de sus víctimas. Se le hace difícil al espectador separar, dado su pasado libertino, el «castigo» de la «sin venganza». Las causas de éste son un secreto que, férreamente, quiso ocultar ante los cortesanos que las conocían. Y tal «secreto» es, por otra parte, incomunicable. Pisando los talones a Calderón, Lope definitivamente nos coloca, con *El castigo sin venganza*, ante la perplejidad del hombre de todos los tiempos.

---

[106] María del Carmen Bobes, *Semiología de la obra dramática* (Madrid, 1987), pág. 216.

[107] *Ibid.*, pág. 221. Sobre la relación personaje, espacio, discurso dramático y lenguaje en *El castigo sin venganza* véase el excelente estudio de Peter W. Evans [1979], 320-334.

IV. Esquema métrico

Acto primero

	Versos	Número
Redondillas	1-196	196
Madrigal[108]	197-205	8
Redondillas	206-233	27
Silva	234-339	105
Romance (e-a)	340-467	127
Décimas	468-527	59
Romance (e-a)	528-651	123
Redondillas	652-699	47
Liras (de seis versos)[109]	700-735	35

---

[108] Tanto van Dam [1928] como Morley y Bruerton (*Cronología*) y Jones [1966] clasifican estos versos como canción. Por el contrario, A. David Kossoff [1970], en una extensa nota (ed., págs. 71-72), y siguiendo a Gasparetti [1939], pág. 34, la clasifica como silva, ya que como canción, dada la forma métrica en que se presenta (paradigma), su «rima» y «silabeo», no «se halla en otra comedia de Lope», ni se documenta entre los muchos paradigmas de canción presentes en Segura Corvasi, *La canción petrarquista en la lírica española del Siglo de Oro* (Madrid, 1959). El mismo tipo de rimas se halla en *El castigo* (vv. 234-242) continúa Kossoff, que tanto van Dam como Morley y Bruerton clasifican como silva. Por otra parte, la canción no se encuentra en las comedias («auténticas fechables») de Lope, escritas entre 1610-1618; *Cronología*, págs. 18 y 161. Al quite sale Rozas [1987], 188, quien clasifica estos versos como madrigal, «ya que no otra cosa son nueve versos amorosos heptasílabos y endecasílabos». Sin embargo, y de acuerdo con Antonio Quilis, *Métrica española* (Barcelona, 1984), pág. 145, el madrigal no tiene forma fija «en cuanto al número de sus estrofas ni al número de los versos que debe contener cada una de ellas», especificando cómo el tema tratado debe ser de carácter amoroso e idílico; ha de ser breve y la combinación «armónica y sentenciosa». Karl Vossler, *La poesía de la soledad en España* (Buenos Aires, 1946), págs. 98-104, nos confirma la clasificación de Rozas al especificar que, ya desde el siglo XVII, se empezó a llamar silvas «a los poemas largos en forma de madrigal», definiendo la «silva española», frente al madrigal, como una «lira asimétrica que ha perdido la articulación de la estrofa». Véase también Tomás Navarro, *Métrica española* (Nueva York, 1966), pág. 240; Vern G. Williamsen, «The Structural Function of Polymetry in the Spanish *Comedia*», *Perspectivas de la comedia. Colección de ensayos sobre el teatro de Lope, G. de Castro, Calderón y otros*, ed. de Alva V. Eversole (Madrid, 1978), págs. 33-47.

[109] Van Dam y Jones clasifican estos versos de «sextinas». Kossoff prefiere

Redondillas	736-759	23
Romance (e-o)	760-993	233

Acto segundo

	Versos	Número
Décimas	994-1113	119
Tercetos[110]	1114-1195	81
Redondillas	1196-1295	99
Romance (a-o)	1296-1531	235
Décimas	1532-1591	59
Redondillas	1592-1623	31
Décimas	1624-1653	29
Redondillas	1654-1681	27
Silva	1682-1708	26
Romance (a-o)	1709-1796	87
Soneto	1797-1810	14
Quintillas	1811-2030	219

Acto tercero

	Versos	Número
Romance (i-e)	2031-2160	129
Redondillas	2161-2288	127
Tercetos	2289-2340	51
Romance (e-a)	2341-2466	125

«lira de seis versos» (pág. 73), indicando: «He seguido a Morley y Bruerton en llamar liras de seis versos los vv. 700-735 y 2612-2635, para evitar confusiones con la verdadera sextina petrarquista que no empleó Lope.» Presenta sextinas, sin embargo, en *El remedio en la desdicha, El Marqués de Mantua* y *El honrado hermano,* anteriores las tres a 1604. De hecho, esta forma tuvo, dada la rigidez de su esquema, poco arraigo entre los poetas y dramaturgos del siglo XVII, muy al contrario de la «lira», originalmente en «cinco versos». Véanse también vv. 2612-2635; Tomás Navarro, *Métrica española,* pág. 240.

[110] El cuarto verso termina, observa acertadamente Díez Borque (ed., pág. 96), en forma de serventesio evitando así dejar «versos sin rima». Véanse también vv. 2289-2340.

Endecasílabos pareados[111]	2467-2483	16
Octava[112]	2484-2491	8
Décimas	2492-2551	59
Romance (a-e)	2552-2611	59
Liras (de seis versos)	2612-2635	23
Redondillas	2636-2823	187
Romance (a-a)	2824-3021	197

Porcentaje general:

Estrofas	Total versos	Tanto por ciento
Romance	1315	43,52
Redondillas	764	25,28
Décimas	325	10,75
Quintillas	219	7,24
Silva	139	4,60
Tercetos	132	4,36
Liras	58	1,9
Endecasílabos pareados	16	0,5
Soneto	14	0,4
Octava	8	0,2

---

[111] Observemos cómo el v. 2473 va sin rima.

[112] Van Dam y Jones clasifican los vv. 2467-2491 como endecasílabos. A. David Kossoff, siguiendo a Morley y Bruerton (*Cronología*, págs. 47 y 345) señala que los versos 2484-2491 forman una octava (ed., pág. 345), expresando cómo mediante «un cambio de versificación Lope aísla, como en un marco, la carta delatora que lleva al duque a conocer la verdad dolorosa; entre endecasílabos pareados (sólo el v. 2473 está sin pareja) y décimas se halla engastada una octava cuya existencia v. D. (contra Buchanan) negaba rotundamente». Rozas [1987], págs. 187-8, apunta, de nuevo, con acierto: «Es única, desde luego, en este periodo, en cuatro rasgos: la mezcla de estrofas en un "curioso" monólogo lírico; en "cuatro cambios de metro arbitrarios"; en la abundancia de tercetos; y en el uso de las quintillas, nunca utilizadas en las obras de 1630-35, y desde 1613 no empleadas con tanta extensión», observación que recoge Díez Borque (ed., pág. 96).

V. Nuestra edición

El castigo sin venganza es un texto irreductible a una sola lectura. Bruce W. Wardropper indica al respecto: «Insofar as he actually succeeded in writing nature rather than art, Lope's plays thwart systematic critical procedures»[113]. De obra enigmática que ha confundido a sus lectores a lo largo de los años («has baffled its readers over the years») define Susan L. Fischer *El castigo sin venganza*[114]. Tal irreducción se plantea en el nivel más básico: el textual. El hecho de que contemos con el autógrafo no soluciona algunos casos de *lectio difficilior*, que resulta bien de sistemáticas alteraciones *(transmutatio)*, y de frecuentes sustituciones *(immutatio)*. Lope apenas puntúa. Omite varias acotaciones; se señalan entradas incorrectas, y se añaden cambios que pertenecen a otra pluma *(stilus)*. El autógrafo al ser posteriormente impreso *(Suelta,* Barcelona, 1634)[115] contó con un

---

[113] Bruce W. Wardropper, «The Criticism of the Spanish *Comedia: El caballero de Olmedo* as Object Lesson», *PQ.,* 51 (1972), 178.

[114] Susan L. Fisher [1981], 25. Véase en el mismo sentido Geraldine Cleary Nichols [1976], 209-210; Victor Dixon [1973], 63-64. Abundan también las opiniones más encontradas: Margaret A. van Antwer [1981], 205-206; Janet Horowitz Murray [1979], 17-18. Resume Donald McGrady [1988], 45, que quizá «sea *El castigo sin venganza* el drama más logrado de Lope de Vega».

[115] Herman Tiemann en *Lope de Vega in Deutschland* (Hamburgo, 1939), página 34, describe, indica Dixon [1967], 188 y [1973], 63, nota 1, una edición *Suelta* que parece se encontraba en la Preussiches Staatsbibliothek, y que fue probablemente destruida, le informan, durante la Segunda Guerra Mundial. Tiemann la data en 1635 («um 1635»), y expresa derivarse esta *Suelta* directamente del autógrafo, «independently of the other early printed texts», anota Dixon. Incluye Tiemann copia fotostática del primer folio (A r°) con sesenta versos. Estos versos presentan, documenta con rigor Kossoff (ed., pág. 45 y nota 81), cuatro variantes en relación con el Ms.: v. 7, «de algún» por «en algún»; v. 10, «se tapa» por «le tapa»; v. 31, «echen» por «echan» y v. 57, «ayudando» por «obligando». «En la puntuación y ortografía», continúa Kossoff (págs. 45-46, «esta suelta coincide frecuentemente con la Parte y la Suelta de 1634, pero ellas coinciden con el autógrafo con más frecuencia que esta suelta de Tiemann, sobre todo en lo significativo detalle respecto al uso de la *-u* por la *-v* (v. 11 y otros: *una* por *vna* en el autógrafo, Parte y *princeps*) y la *-v* por

segundo lector; y con un tercero en la edición que incluye la *Parte XXI* (Madrid, 1635). Es imposible determinar si el autógrafo en la Ticknor Collection (Boston Library, D. 174) fue el mismo que usó el impresor de Barcelona, o más bien una copia de éste, desaparecida; y del mismo modo si la *Suelta* deriva de un texto corregido por el autor, o de un texto amoldado por el impresor catalán. Varios casos de «leísmos» corregidos indican que el impresor de Barcelona, ajeno a varias formas, alteró el uso de «le» por el de «lo».

La misma indeterminación se plantea en relación con la edición de la *Parte XXI,* que bien pudo derivar de la *Suelta,* de una copia de Lope o de un texto intermedio corregido. Van Dam (ed., pág. 12) atribuye la mayoría de las variantes existentes entre el Ms. y la *Suelta* al impresor de Barcelona. En relación con las ediciones impresas *(Suelta, Parte XXI)* anula toda posible «preeminencia» entre ambas. Lo que es objetable, ya que, de acuerdo con Kossoff, y que confirma Díez Borque, las diferencias son más sustanciales que la casi equivalencia. Véanse, por ejemplo, vv. 1002, 1892, 1998, 2143, 2973. Aún más: en los impresos citados faltan los vv. 2026-2030, y se altera el v. 3015. Las mismas diferencias —de nuevo, mínimas— se realzan entre la *Suelta* y la *Parte XXI.* Éstas son dignas de anotar: a) *Suelta* corrige los vv. 1847-8; 1986, 2017, 2386, que no corrige *Parte XXI;* b) *Suelta* y *Parte XXI* enmiendan vv. 2134, 2136, 2381 y 2791; c) *Suelta* y *Parte XXI* ofrecen importantes variantes en relación con Ms. Así en vv. 74-83, 86, 98, 589, 2528. En ambas ediciones falta el v. 244. Y un

---

la *-u* (vv. 19 y 20 *nueva* y *divinos* por *nueua* y *diuinos* en el autógrafo»). La portada es significativa: *Un castigo sin venganza, Ove es, Ovando Lope Oviere.* Semeja al subtítulo que aparece en *Doze comedias las más grandiosas* (Lisboa, 1647), lo que apunta a una posible relación entre ambas. De la *Suelta* existe, aparte del ejemplar en la Biblioteca Nacional de Madrid y en Parma, otro en la de Florencia, de acuerdo con la información que A. David Kossoff recogió de su admirado maestro William L. Fichter. Para otras diferencias entre la *Parte XXI* y la *Suelta* remitimos al minucioso análisis que presenta Kossoff en la página arriba indicada.

buen número de variantes se presenta en las acotaciones[116].

El problema más grave lo presenta la puntuación: signos de admiración, interrogación y hasta el uso del paréntesis. La puntuación es mínima en el Ms. Las siguientes ediciones (tanto las antiguas como las modernas más fiables) puntúan de manera divergente. Jones, por ejemplo, tiende a ser más generoso; Kossoff, más comedido y económico; en general más acertado. Acertaba Lope al hacer mínimas las puntaciones: daba un margen de libertad al director a la hora de la puesta en escena, ya que la excesiva puntuación fuerza pausas, motiva silencios, desajusta el fluir dramático de un parlamento, el énfasis. Establece con frecuencia una lectura ajena, ya que un mismo parlamento puede variar, radicalmente, su fluir, de acuerdo con la puntuación. Por otra parte, no tenemos conocimiento de cómo se leía o declamaba la comedia en el siglo XVII. De ahí que la puntuación ajena al Ms. es un ejercicio de la modernidad, paradójico dilema que estableció magistralmente Jorge Luis Borges en su conocido relato de «Pierre Ménard».

Las inconsistencias, pues, entre punto, y punto y coma son abrumadoras entre las ediciones modernas. Tratamos de ser parcos en este sentido y, sobre todo, consistentes. En caso de una lectura ambigua o difícil *(difficilior)* argumentamos nuestra opción presentando, con frecuencia, varias posibilidades: las asentadas en ediciones previas y la diferente, si este es el caso. Y somos consistentes en la fluctuación ortográfica («estraño» frente a «extraño»), pese a que la ortografía del siglo XVII no distinguiera la diferencia. En todo caso, modernizamos las grafías de este tipo, y anulamos el uso de la diéresis que conservan David A. Kossoff («crïadas», v. 347; «crüel», v. 705; «persüades», v. 1325, «jüez», v. 2746) y también Díez Borque.

---

[116] Arnold G. Reichenberger, «Editing Spanish *Comedia* of the XVIIth Century: History and Present-Day Presence», *Editing Renaissance Dramatic Texts: English, Italian and Spanish,* ed. de Anne Lancashire (Nueva York, 1976), págs. 69-96.

De cualquier modo, Lope, al entregar el autógrafo para la imprenta, haría —suponemos— una última revisión que queda constatada en la lectura final del impresor. La edición *Suelta (princeps;* Biblioteca Nacional, R-4021), es un texto que también ofrece garantía. Basamos nuestra edición en el Ms. de Lope (autógrafo), si bien hemos tenido en cuenta, en todo momento, la *editio princeps (Suelta)* y la *Parte XXI* (cuyas variantes, mínimas, registramos). En general, no anotamos, variantes, erratas, erratas tipográficas, variación de puntuación de ediciones modernas (Hartzenbusch, van Dam, Jones, Kossoff, Díez Borque) a no ser que el sentido se altere radicalmente. La variante tipográfica, por ejemplo, de «V. Alteza» frente a «Vuestra Alteza» es mera pesquisa paleográfica que no aclara ni altera el texto; lo mismo sucede con otros deslices ortográficos. Cuando la puntuación, insistimos, ofrece lecturas ambiguas, aportamos anotaciones previas para confirmar o diferir, dentro de un sistema coherente, nuestra lectura. Una edición rigurosa de *El castigo sin venganza,* debiera tener en cuenta, ya indicamos, el Ms. y las múltiples enmiendas que, a modo de curioso palimpsesto, presenta. Tales lecturas superpuestas, que Lope va haciendo al correr de su pluma, tendrían también cabida en una monografía crítica sobre el texto. Pero nada nos ofrece en este sentido la bibliografía sobre *El castigo sin venganza*.

Modernizamos la ortografía, y ajustamos al sistema fonológico presente el vigente en tiempos de Lope. Damos enteros los nombres de los interlocutores (que se abrevian en el autógrafo). Las acotaciones, tan sólo en caso de obvia omisión, siguen en general las presentes en la *princeps*.

VI. SIGLAS UTILIZADAS

Ac. - Lope de Vega, *Obras,* ed. y estudios por Menéndez y Pelayo, Madrid, Real Academia Española, 1890-1913, 15 vols.
Ac. N: - Lope de Vega, *Obras,* nueva edición con estudios por E. Cotarelo y Mori y otros, Madrid, Real Academia Española, 1916-30, 13 vols.

Aut. - *Diccionario de autoridades (1726-1737),* Madrid, Editorial Gredos, 1963.

BAE - Biblioteca de Autores Españoles, Madrid, Rivadeneyra, 71 vols.

Cov. - Sebastián de Covarrubias, *Tesoro de la lengua castellana y española (1611),* Madrid, Ediciones Turner, 1979.

DRAE - *Diccionario de la lengua española,* Madrid, Real Academia Española, 1984, 2 vols.

Léxico - José Luis Hernández, *Léxico del marginalismo del Siglo de Oro,* Salamanca, 1977.

Ms.: - *El castigo sin venganza,* autógrafo fechado el primero de agosto de 1631, Boston Public Library (Ticknor Collection).

OS: - *Colección de las Obras sueltas, assi en prosa, como en verso, de D. Frey Lope Félix de Vega Carpio del hábito de San Juan,* ed. Cerdá y Rico, Madrid, A. de Sancha, 1776-79, 21 vols.

Bibliografía

1. *Manuscrito*

VEGA CARPIO, Lope de, *El castigo sin venganza,* 1631 (autógrafo en la
Colección Ticknor, Biblioteca Pública de Boston, D.174).

2. *Ediciones*

El castigo sin venganza, Barcelona, impresa por Pedro Lacavalleria
(1634); *editio princeps* (la llamada *Suelta*)*;* Bib. Nac., Madrid,
R-4021. Se incluye en facsímil en *Poesía, novela, teatro,* ed. M. Artigas, Madrid, Colección Tesoro de Biblioteca Nueva, 1935.
*Veinte y una parte verdadera de las comedias del Fénix de España Frei Lope
Félix de Vega Carpio,* Madrid, Vda. de A. Martín, 1635, folios
91r-113v.
*Doze comedias las mas grandiosas que asta aora han salido de los mejores y mas
insignes Poetas.* Segunda Parte, Lisboa, Pablo Craesbeeck. Impres-
sor de las Ordenes Militares. Año 1647, f. 43-64v; Bibl. Nac.,
Madrid, R-12260. El título completo de la comedia reza: *El castigo sin venganza. Tragedia. Quando Lope quiere, quiere.* Se incluye esta
edición en la *Colección de Comedias Sueltas, con algunos Autos y Entre-
meses de los mejores ingenios de España desde Lope de Vega hasta Comella,*
llevada a cabo por I.R.C., i.e. J.R. Chorley, T. I (Pte la), Lope
Félix de Vega Carpio, British Museum 11728, h. 1 (5), que anota C. A. Jones (ed. pág. 21). Sale, de acuerdo con La Barrera *(Catálogo,* pág. 704b), quien cita a Fajardo, otra copia que se incluye
en *Parte segunda de comedias de varios autores,* s. l., 1662 («o más tarde», indica Kossoff, pág. 53).
Un castigo sin venganza, que es Quando Lope quiere, s.l., s.a.; es la suelta del
siglo XVII, que Tiemann fecha alrededor de 1635, a la que aludi-
mos en nota 115. De acuerdo con Kossoff, esta copia fue exami-

nada por el profesor Fichter, creyéndola ser de casi finales del XVII, dadas sus características tipográficas y ortográficas.

Colección de las Obras sueltas, assi en prosa como en verso, de D. Frey Lope Félix de Vega Carpio del hábito de San Juan, ed. Cerdá y Rico, Madrid, A. de Sancha, 1777, vol. VIII, págs. 377-487.

Comedias escogidas de Frey Lope Félix de Vega Carpio, ed. J. E. Hartzenbusch, Madrid, M. Rivadeneyra, 1853, I, págs. 756-84. Corresponde al vol. XXIV de la Biblioteca de Autores Españoles, Madrid, Sucesores de Hernando, 1923-1925.

Ed., *Teatro selecto antiguo y moderno,* Salvador Manero, editor, Barcelona, vol. I, 1867, págs. 515-543.

Ed. Madrid, Alonso Gullón, editor, 1874, págs. 1-67; refundición de Emilio Álvarez.

Ed. Barcelona, Manuel Saurí, editor, 1875, 82 págs.

Ed. Biblioteca Universal Económica, Madrid, 1880, páginas 77-150.

Obras escogidas, ed. E. Zerolo, París, Garnier Hermanos, 1886, I, páginas 1-83.

Obras de Lope de Vega, ed. Marcelino Menéndez y Pelayo, Madrid, Real Academia Española, 1913, vol. XV, págs. 233-272.

Lope de Vega. Teatro y obras diversas, t. I. *Teatro,* prólogo de Alfonso Reyes, Madrid, S. Calleja, 1919, I, págs. 183-258.

Teatro español, Madrid, Berlín, Buenos Aires, Editora Internacional, 1924, págs. 1-151-

Ed. C.F.A. van Dam, Groningen, P. Noordhoof, 1928. Sigue esta edición el Ms autógrafo presente en la Ticknor Library de Boston. Incluye variantes de los impresos, y un estudio preliminar seguido de tres facsímiles.

Ed. J. M. Ramos, Madrid, Hernando, 1935.

Obras escogidas, ed. F. C. Sainz de Robles, Madrid, Aguilar, 1946, I, págs. 913-948.

Ed., C. A. Jones, Oxford, Pergamon Press, 1966.

Ed., J. Rodríguez, Zaragoza, Clásicos Ebro, 1966.

Ed., Josefina García Aráez, Madrid, Taurus, 1967.

Ed. C. F. A. van Dam, Salamanca, Anaya, 1968.

El perro del hortelano. El castigo sin venganza, ed. A. David Kossoff, Madrid, Editorial Castalia, 1968; 4.ª ed., 1987.

El castigo sin venganza. La moza del cántaro, Madrid, Espasa-Calpe, Colección Austral, 1970; 2.ª ed., 1984.

El castigo sin venganza. La moza del cántaro. La Arcadia. El vellocino de oro, Madrid, Emiliano Escolar, 1977.

Obras, ed. A. Valbuena Prat, Barcelona, Argos Vergara, 1979.

Fuenteovejuna. El caballero de Olmedo. La dama boba. El castigo sin venganza.

Arte nuevo de hacer comedias, Barcelona. Ed. R. Esquer Torres, Castell y Moretón, 1981.

Fuenteovejuna. El castigo sin venganza, ed. Manuel Fernández Nieto, Madrid, Sociedad General Española de Librería, 1982.

El castigo sin venganza, tragedia española de Lope de Vega. Con el Cuaderno de Dirección para el montaje de Miguel Narros durante la Temporada 85/86 en el Teatro Español, ed. Luciano García Lorenzo, Teatro Español, Ayuntamiento de Madrid, 1986. El texto va precedido de varios ensayos, notas de carácter histórico, diseño de luces, planos de movimientos. Véase bibliografía al respecto.

El villano en su rincón. El castigo sin venganza, prólogo de J. García Morales, Madrid, Sociedad Anónima de Promoción y ediciones, 1986.

El castigo sin venganza, ed. José María Díez Borque, Madrid, Espasa-Calpe, Clásicos Castellanos, Nueva Serie, 1988.

2. *Obras generales de consulta*[117]

ALBARRACÍN TEULÓN, A., *La medicina en el teatro de Lope de Vega,* Madrid, 1954.

ARCO Y GARAY, Ricardo, *La sociedad española en las obras de Lope de Vega,* Madrid, 1941.

BANDELLO, M., *Il marchese Nicoló terzo da Este trovato il figliuolo con la matrigna in adulterio, a tutti due in un medesimo giorno fa tagliar il capo in*

---

[117] Una bibliografía general sobre el teatro puede verse en Pablo Jauralde Pou, «Introducción al estudio del teatro clásico español», *Edad de Oro,* V (Madrid, Ediciones de la Universidad Autónoma de Madrid, 1986), 107-147, y en la anterior publicación (en colaboración con Juan Manuel Rozas) incluida en *Historia y crítica de la literatura española,* III, ed. de Francisco Rico: *Siglos de Oro: Barroco,* ed. de B. W. Wardropper (Barcelona, 1982), págs. 217-227; 311-321. Son de destacar algunos números monográficos de revistas como *Hispanófila,* I (1974), *Cuadernos de Filología,* I, II (1981); *Criticón,* núms. 23 (1983) y 30 (1985), *Bulletin of Hispanic Studies,* LXIV, 1 (enero de 1987), los núms. 2 y 4 de *Cahiers de l'Université* (Pau) (s. d.), titulados *IVᵉ table ronde sur le théâtre espagnol (XVIIᵉ-XVIIIᵉ siècles); Théâtre et societé,* y el número monográfico «Semiótica del teatro» que le dedica la revista *Dispositio,* vol. XIII (1988). Han adquirido importancia las *Jornadas del teatro clásico español de Almagro,* la serie de *Cuadernos de Teatro Clásico,* lo mismo que las siguientes monografías de conjunto: *La mujer en el teatro y en la novela del siglo XVII* (Toulouse, 1978); *Teoría y realidad en el teatro español del siglo XVII, La influencia italiana,* ed. de F. Ramos (Roma, 1981); *Teatros y prácticas escénicas, II: La comedia,* dir. por Juan Oleza; coordinador J. L. Canet (Londres, Tamesis, y Alfonso el M., I, 1986). Recién salido de la imprenta nos llega, *Lope de Vega: el teatro,* I, II (Madrid, Editorial Taurus,

Ferrara, incluida en *La Prima Parte de le Novelle* del Bandello, Lucca, 1554. La historia es la incluida bajo el número 44. En la colección *Il primo volume delle Novelle del Bandello novamente corretto,* etc., Venecia, 1566; la historia se incluye bajo el número 32.

BOISTEAU, Pierre, y BELLEFOREST, François, *Premier et Second Thome des Histoires Tragiques, contenants XXXVI, livres. Les six premier, par Pierre Boisteau, ... Les trente suyuans, par Fran. de Belle-Forest ... Extraictes des oeuvres Italiennes de Bandel,* París, 1568. La primera edición se data en 1559. Jones indica la posibilidad de otras ediciones (1564, 1567).

BOUISTEAU Y BELLAFOREST, *Historias trágicas exemplares de Pedro Bouisteau y Francisco de Bellaforest,* Valladolid, 1603. La primera traducción al español es de 1568.

BRADBURY, Gail, «Lope Plays of Bandello Origin», *Forum for Modern Languages Studies,* XVI (enero de 1980), 53-65.

— «Tragedy and Tragicomedy in the Theatre of Lope de Vega», *Bulletin of Hispanic Studies,* LVIII (1981), 103-111.

BYRON, Lord, *Parisina, The Poetical Works,* ed. E. H. Coleridge, Londres, 1905, págs. 370-76.

CARREÑO, Antonio, *El romancero lírico de Lope de Vega,* Madrid, Editorial Gredos, 1979.

CASTRO, Américo y RENNERT, Hugo A., *Vida de Lope de Vega (1562-1635),* Salamanca, Ediciones Anaya, 1968.

CORREA, Gustavo, «El doble aspecto de la honra en el teatro del siglo XVII», *Hispanic Review,* XXVI (1958), 99-107.

CORREAS, G., *Vocabulario de refranes y frases proverbiales,* Burdeos, ed. Combet, 1967.

DELEITO Y PIÑUELA, José, *El rey se divierte,* Madrid, Alianza Editorial, 1988.

— *También se divierte el pueblo,* Madrid, Alianza Editorial, 1988.

DÍEZ BORQUE, J. M., *Sociedad y teatro en la España de Lope de Vega,* Barcelona, 1978.

FORASTIERI, E., *Aproximación estructural al teatro de Lope de Vega,* Madrid, Hispanova de Ediciones, 1976.

1989) coordinado por A. Sánchez Romeralo, dentro de la colección «El escritor y la crítica». Inexplicablemente *El castigo sin venganza* no recibe ninguna atención crítica, pese a los excelentes ensayos de Wilson, Bradbury, Dixot *(et alii),* y la importancia de esta obra. Las publicaciones, finalmente, de la revista *Segismundo, Bulletin of the Comediantes,* la selección correspondiente a la «Bibliografía» de la *PMLA,* editada por la «Modern Language Association of America» (Nueva York), como la *Revue d'Histoire du Théâtre* (París), ayudarán a completar esta ficha bibliográfica.

GASPARETTI, Antonio, *Las novelas de Mateo Bandello como fuentes del teatro de Lope de Vega*, Salamanca, Universidad de Salamanca, 1939.

GATTI, José Francisco (ed.), *El teatro de Lope de Vega: Artículos y estudios*, Buenos Aires, 1962.

HAYES, F. C., «The use of Proverbs in Titles and Motives in the *Siglo de Oro Drama*: Lope de Vega», *Hispanic Review*, VI (1938), 305-323.

JONES. C. A., «Honor in Spanish Golden Age Drama», *Bulletin of Hispanic Studies*, XXXV (1958), 199-210.

KENISTON, H., *The Syntax of Spanish Prose in the Sixteenth century*, Chicago, 1937.

KÖHLER, Eugène, «Lope et Bandello», *Hommage à Ernest Martinenche: Études Hispaniques et Américaines*, París, 1939, págs. 116-142.

LAPESA, Rafael, «Poesía de cancioneros y poesía italianizante», *De la Edad Media a nuestros días*, Madrid, Editorial Gredos, 1967, páginas 168-71.

LARSON, R., *The Honor Plays of Lope de Vega*, Cambridge, Harvard University Press, 1977.

MARAVALL, José Antonio, *La cultura del Barroco*, Barcelona, Editorial Ariel, 3.ª ed., 1983.

MARÍN, Diego, *Uso y función de la versificación dramática en Lope de Vega*, Valencia, 1962.

MEIER, Harri, «A Honra no Drama Románico dos Séculos XVI e XVII», *Ensaios de Filología Románica*, Lisboa, 1948, págs. 243-246.

MENÉNDEZ Y PELAYO, Marcelino, *Estudios sobre el teatro de Lope de Vega*, Santander, 1949.

MOLL, Jaime, «Diez años sin licencia para imprimir comedias y novelas en los reinos de Castilla: 1625-1634», *Boletín de la Real Academia Española*, 54 (1974), 97-103.

MONTESINOS, José F., *Estudios sobre Lope de Vega*, Salamanca, Editorial Anaya, 1967.

MORBY, Edwin, S., «Some Observations on *"Tragedia"* and *"Tragicomedia"* in Lope», *Hispanic Review*, XI (1943), 185-209.

MORLEY, S. Griswold y Courtney Bruerton, *Cronología de las comedias de Lope de Vega*, Madrid, Editorial Gredos, 1968.

PARKER, Alexander A., *The Approach to the Spanish Drama of the Golden Age, Diamante, VI,* Londres, The Hispanic and Luso-Brazilian Councils, 1957; publicado posteriormente en *Tulane Drama Review*, IV (1959), 42-59. Véase una versión más reciente en *Lope de Vega: el teatro*, ed. de Antonio Sánchez Romeralo, Editorial Taurus, col. «El escritor y la crítica», 1989, I, págs. 27-61.

PÉREZ, L. y SÁNCHEZ ESCRIBANO, F., *Afirmaciones de Lope de Vega sobre preceptiva dramática*, Madrid, 1961.

91

Pring-Mill, R.D.F., «Introduction», *Lope de Vega, Five Plays,* ed. y trad. Jill Booty, Nueva York, 1961.

Reichenberger, Arnold. G., «The Uniqueness of the Comedia», *Hispanic Review,* XXVII (1959), 303-316; XXXVIII (1970), 164-73.

Rozas, Juan Manuel, *Significado y doctrina del «Arte nuevo» de Lope de Vega,* Sociedad General Española de Librería, Madrid, 1976.

Ruiz Ramón, Francisco, *Historia del teatro español (Desde sus orígenes hasta 1900),* 7.ª ed., Madrid, Editorial Cátedra, 1988, páginas 167-170.

Silverman, J. H., «Lope de Vega's Last Years and his Final Play», *The Greatest Virtue of a King» [La mayor virtud de un rey], The Texas Quarterly,* VI, I (1963), 174-186.

Varey, J. E., y Shergold, N. D., *Fuentes para la historia del teatro en España. III. Teatro y comedias en Madrid: 1600-1650. Estudios y Documentos,* Londres, Támesis, 1971.

Vossler, Karl, *Lope de Vega und sein Zeitalter* (Munich, 1932), páginas 257-60; trad. española con el título *Lope de Vega y su tiempo,* Madrid, Revista de Occidente, 1933.

Wardropper, B. W., «La comedia española del Siglo de Oro», con Elder Olson, *Teoría de la Comedia,* Barcelona, Editorial Ariel, 1978, págs. 81-242.

3. *Estudios sobre «El castigo sin venganza»*

Alborg Day, Concha, «El teatro como propaganda en dos tragedias de Lope de Vega: *El duque de Viseo y El castigo sin venganza», Actas del I Congreso Internacional sobre Lope de Vega. Lope de Vega y los orígenes del teatro español,* ed. Manuel Criado de Val, Madrid, 1981, págs. 745-754.

Alonso, Amado, «Lope de Vega y sus fuentes», *Thesaurus, Boletín del Instituto Caro y Cuervo,* VIII (1952), 1-24; incluido posteriormente en *El teatro de Lope de Vega. Artículos y estudios,* ed. José Francisco Gatti, Buenos Aires, 1962, págs. 193-218.

Alvar, Manuel, «Reelaboración y creación en "*El castigo sin venganza*"», «*El castigo sin venganza» y el teatro de Lope de Vega,* ed. Ricardo Doménech, Madrid, 1987, págs. 207-22; anteriormente incluido en *Revista de Filología Española,* LXVI (1986), 1-38.

Andrews, J. R. y Silverman, J. H., «Two Notes on Lope de Vega's *El castigo sin venganza», Bulletin of the Comediantes,* XVII, 1 (1965), 1-5.

Aranguren, José Luis, «La feliz imperfección de Lope», *El castigo sin venganza,* ed. Luciano García Lorenzo, Madrid, Teatro Español, Ayuntamiento de Madrid, 1985, págs. 37-47.

ARJONA, J. H., «Modern Psichology in Lope de Vega», *Bulletin of the Comediantes,* VIII, 1 (1956), 5-6.

BIANCO, Frank J., «Lope de Vega's *El castigo sin venganza* and Free Will», *Kentucky Romance Quarterly,* XXVI, 4 (1979), 461-68.

CASTRO, Américo, «Por los fueros de nuestro teatro clásico: *El castigo sin venganza* de Lope de Vega», *La Unión Hispano Americana,* III, 36 (1919), 15.

CONSIGLIO, Carlo, «La fuente italiana de *El castigo sin venganza* de Lope», *Mediterráneo,* XII (1945), 250-255.

COSSÍO, José María, «El mote "sin mí, sin vos y sin Dios", glosado por Lope de Vega», *Revista de Filología Española,* XX (1933), 397-400.

D'AGOSTINO, C., «Un peccato di fantasia: lettura del *Castigo sin venganza* di Lope de Vega», *Quaderni di Letterature Iberiche e Iberoamericane,* 3 (1985), 27-59.

DIXON, Victor, *«El castigo sin venganza:* The Artistry of Lope de Vega», *Studies in Spanish Literature of the Golden Age Presented to Edward M. Wilson,* Londres, Támesis, 1973, págs. 63-81.

DIXON, Victor y PARKER, Alexander A., *El castigo sin venganza:* Two Lines, Two Interpretations», *Modern Languages Notes,* 85, 2 (marzo de 1970), 157-166.

DUNN, P. N., «Some Uses of Sonnets in the Plays of Lope de Vega», *Bulletin of Hispanic Studies,* XXXIV (1957), 213-22.

EVANS, Peter W., «Character and Context in *El castigo sin venganza»,* *The Modern Languages Review,* 74, 2 (abril de 1979), 321-34.

EVERSOLE, A. V., «Lope de Vega and *El castigo sin venganza»,* *Studies in the Spanish Golden Age,* ed. D. Drake y J. A. Madrigal, Miami, Ediciones Universal, 1977, págs. 76-83.

FISCHER, Susan L., «Lope's *El castigo sin venganza* and the Imagination», *Kentucky Romance Quarterly,* 28, 1 (1981), 23-36.

FOX, Dian, «Grace and Conscience in *El castigo sin venganza, Studies in Honor of Bruce W. Wardropper,* ed., Dian Fox, Harry Sieber, Robert Ter Horst, Juan de la Cuesta, Newark, Delaware, 1989, págs. 125-134.

FRENK, Margit, «Claves metafóricas en *El castigo sin venganza»,* *Filología,* 20, 2 (1985), 147-155.

GARCÍA LORENZO, Luciano, «Cuando Lope quiere, quiere: vida y obra de Lope de Vega», *El castigo sin venganza,* ed., págs. 13-21.

GICOVATE, B., «Lo trágico en Lope: *El castigo sin venganza»,* *Anuario de Letras,* 16 (1978), 301-311.

GIGAS, Emile, «Etudes sur quelques *"comedias"* de Lope de Vega. III,

El castigo sin venganza», *Revue Hispanique,* LIII\(1921), 589-604.

GITLITZ, David M., «Ironía e imágenes en *El castigo sin venganza»*, *Revista de Estudios Hispánicos,* XIV, 1 (1980), 19-41.

GONZÁLEZ ECHEVARRÍA, Roberto, «Poetry and Painting in Lope's *El castigo sin venganza»*, *Studies in Honor of Robert Earl Kaske,* ed. Arthur Groos, Emerson Brown, Jr., Thomas D. Hill, Giuseppe Mazzotta y Joseph S. Wittig, Nueva York, Fordham University Press, 1986, págs. 273-287.

GWYNNE, Edwards, «Lope and Calderón: The Tragic Pattern of *El castigo sin venganza»*, *Bulletin of the Comediantes,* 33, 2 (otoño de 1981), 107-120.

HESSE, Everett W., «The Art of Concealment in Lope's *El castigo sin venganza»*, *Oelschläger Festschrift,* Estudios de Hispanófila, Chapel Hill, University of North Carolina, 1976, págs. 203-10.

— «The Perversion of Love in Lope de Vega's *El castigo sin venganza»*, *Hispania,* LX (1977), 430-35.

ISSACHAROFF, Dora, «El origen histórico-literario de *El castigo sin venganza:* resolución barroca de un conflicto manierista», *Lope de Vega y los orígenes del teatro español,* págs. 143-150.

KIRK, K. L., «Image as Revealer of Truth in Two Plays by Lope de Vega, *Ariel,* 1. 1 (1983), 9-14.

LEY, Ch. D., «Lope de Vega y la tragedia», *Clavileño,* 1,4(1950),9-12.

LÓPEZ ESTRADA, Francisco, «Preludio literario para una representación actual de *El castigo sin venganza»*, en *El castigo sin venganza,* ed. Luciano García Lorenzo, págs. 23-36.

MAY, T. E., «Lope de Vega's *El castigo sin venganza:* the Idolatry of the Duke of Ferrara», *Bulletin of Hispanic Studies,* XXXVII (1960), 154-82; incluido en T. E. May, *Wit of the Golden Age. Articles on Spanish Literature,* Kassel, Edition Reichenberger, 1986, páginas 154-184.

McCRARY, William C., «The Duke and the *Comedia:* Drama and Imitation in Lope's *El castigo sin venganza»*, *Journal of Hispanic Philology,* II (1978), 203-22.

— «Lope's Alfonso VIII and the Duque of Ferrara», *Studies in the Spanish Golden Age,* ed. D. Drake y J. A. Madrigal, págs. 84-95.

McGRADY, Donald, «Sentido y función de los cuentecillos en *El castigo sin venganza* de Lope», *Bulletin Hispanique,* LXXXV, 1-2 (enero-junio de 1983), 45-64.

McKENDRICK, MELVEENA, «Language and Silence in *El castigo sin venganza»*, *Bulletin of the Comediantes,* 351 (1983), 79-95.

MENÉNDEZ PIDAL, Ramón, *«El castigo sin venganza,* un oscuro problema de honor», *El P. Las Casas y Vitoria con otros temas de los siglos XVI y XVII* (Madrid, 1958), págs. 123-52.

94

Montesinos, José F., *El castigo sin venganza* (reseña), ed. de C. F. Adolfo van Dam (Gronigen, 1928), *Revista de Filología Española*, XVI (1929), 179-88.

Morris, C. B., «Lope de Vega's *El castigo sin venganza* and Poetic Tradition», *Bulletin of Hispanic Studies*, XL (1963), 69-79.

Murray, Janet Horowitz, «Lope through the Looking-Glass: Metaphor and Meaning in *El castigo sin venganza*», *Bulletin of Hispanic Studies*, LVI (1979), 17-29.

Nichols, Geraldine Cleardy, «The Rehabilitation of the Duke of Ferrara», *Journal of Hispanic Philology*, I (1977), 209-30.

Ortigoza-Vieyra, C., *Aniquilamiento del móvil honor en «Antioco y Seleuco» de Moreto respecto «El castigo sin venganza» de Lope* (Bloomington, Indiana, 1969).

Rennert, H. A., Über Lope de Vega's *El castigo sin venganza*», *Zeitschrift für Romanische Philologie*, XXV (1901), 411-23.

Rodríguez Puértolas, J., «La soledad del duque de Ferrara», *Las constantes estéticas de la «comedia» en el Siglo de Oro*, ed. *Diálogos Hispánicos de Amsterdam*, 2 (Spaans Seminarium, Universiteit van Amsterdam, 1981), 103-116; posteriormente en *Miscelánea Conmemorativa*, Madrid, Universidad Autónoma, 1982.

Rosendorfsky, J., «Einige italianische Motive in Lope de Vega's Dramen», *Sborník Prací Filosofiké Fakulty Berněnske University*, Berna, Checoslovaquia, Series D, IX, 7, 1960, págs. 130-148.

Rozas, Juan Manuel, «Texto y contexto en *El castigo sin venganza*», «*El castigo sin venganza» y el teatro de Lope de Vega*, págs. 163-190.

Scarfe, Bruno, «Concerning the Publication by Carlos Ortigoza-Vieyra, *Aniquilamiento del móvil honor en "Antioco y Seleuco" de Moreto respecto "El castigo sin venganza" de Lope*», *Journal of the Australasian Universities Language and Literature Association*, 34 (1970), 292-307.

Stern, Charlotte, «*El castigo sin venganza* and Leibniz's Theory of Possible Worlds», *Studies in Honor of William C. McCrary*, eds., Robert Fiore, Everett W. Hesse, John E. Keller, José A. Madrigal, University of Nebraska, Lincoln, 1986, págs. 205-213.

Thompson, Currie K., «Unstable Irony in Lope de Vega's *El castigo sin venganza*», *Studies in Philology*, LXXVIII, 3 (1981), 224-240.

Triwedi, Mitchel, D., «The Source and Meaning of the Pelican Fable in *El castigo sin venganza*», *Modern Language Notes*, 92, 2 (1977), 326-329.

Van Antwerp, Margaret A., «Fearful Symmetry: The Poetic World of Lope's *El castigo sin venganza*», *Bulletin of Hispanic Studies*, LVIII, 3 (1981), 205-16.

Varey, John, «*El castigo sin venganza* en las tablas de los corrales de comedias», *«El castigo sin venganza» y el teatro de Lope de Vega*, páginas 223-239.

WADE, Gerald E., «Lope de Vega's *El castigo sin venganza:* Its Composition and Presentation», *Kentucky Romance Quarterly,* XXIII (1976), 357-64.

WARDROPPER, Bruce W., «Civilización y barbarie en *El castigo sin venganza», El castigo sin venganza y el teatro de Lope de Vega,* páginas 191-205.

WILSON, Edward. M., «Cuando Lope quiere, quiere», *Cuadernos Hispanoamericanos,* núms. 161-62 (mayo-junio 1963), 265-98.

WILLIAMSEN, Vern G., *«El castigo sin venganza* de Lope de Vega: una tragedia novelesca», *4th Louisiana Conference on Hispanic Languages and Literatures (La Chispa, 1983). Selected Preceedings,* ed. G. Paolini, Nueva Orleáns, Tulane University, 1983, 315-25.

YNDURÁIN, Domingo, *«El castigo sin venganza* como género literario», *«El castigo sin venganza» y el teatro de Lope de Vega,* páginas 141-161.

El castigo sin venganza

Tragedia

EN MADRID, A 1º DE AGOSTO DE 1631

PERSONAS QUE HABLAN EN ELLA

EL DUQUE DE FERRARA	*Autor*
EL CONDE FEDERICO	*Arias*
ALBANO	
RUTILIO	
FLORO (criados)	
LUCINDO	
EL MARQUÉS GONZAGA	*Salas*
CASANDRA (dama)	*Autora*
AURORA (dama)	*Ber(nar)da*
LUCRECIA (dama)	*Gerónima*
BATÍN (gracioso)	*Salinas*
CINTIA	*María de Caballos*
FEBO Y RICARDO (criados)	

---

* En el autógrafo se encabeza una lista de actores al inicio de cada acto: «Personas del primer acto»; «Hablan en el segundo acto» y «Personas del tercer acto». La lista del primer acto corresponde con el resto de los actos. A esta relación de personas de mano de Lope se añade otra incompleta de los actores, «de otra mano, probablemente la de Vallejo», conjetura van Dam (pág. 125). *Parte XXI* identifica, observa Kossoff (pág. 230), a Casandra, Lucrecia y Aurora como «dama(s)»; a Batín como «gracioso» y a Lucindo, Albano, Floro, Rutilio, Febo y Ricardo como «criados». La lista incluye: Duque de Ferrara, Marqués Gonzaga; Casandra, dama; Lucrecia, dama; Lucindo, Albano y Floro, criados; Conde Federico; Batín, gracioso; Aurora, dama; Cintia; Rutilio, Febo y Ricardo, criados, sin indicar los nombres de los actores. La entrada en *Suelta* es «Personas del P[rimer]o acto»; en *Parte XXI,* «Personas que hablan en ella». En *Suelta:* «Rutila» por «Rutilio»; no abreviándose el nombre de «Bernarda» (observa también Díez Borque, pág. 107). Véase bibliografía pertinente al respecto en la nota al verso 178.

Acto primero

(El Duque de Ferrara, *de noche;* Febo *y* Ricardo,
criados.)

Ricardo.	¡Linda burla!
Febo.	Por extremo;
	pero ¿quién imaginara
	que era el Duque de Ferrara?
Duque.	Que no me conozcan temo.
Ricardo.	Debajo de ser disfraz 5
	hay licencia para todo,
	que aun el cielo en algún modo
	es de disfraces capaz.

---

[1] *burla* alude al gesto de desaire o engaño que procede de alguna mujer que
habita las mancebías. Es signo que condiciona la andadura trágica de la obra
de Lope y del mismo Duque como figura central, que da de burlador (act. I)
en burlado (act. II). Asocia el *topos* del «mundo al revés» (corte de Ferrara), y
con el sentido de engaño que, llevado a múltiples niveles, domina en la obra:
el «loco engaño» (v. 295) en que Federico ha vivido; los «escuros intentos»,
«claras confusiones» y «confusas verdades», en que se encuentra Casandra
(vv. 1542-76). Cfr. David M. Gitlitz [1980], 21-22.

[4] *Que no me conozcan temo:* van Dam anota el uso redundante del «no»; es
forma pleonástica, usada con frecuencia en expresiones que denotan miedo
(Keninston, 386-7, núms. 29.482); Kossoff, pág. 231.

[5] *Debajo de ser:* equivalente a «supuesto que».

[8] *disfraces:* «es el hábito y vestido que un hombre toma para disimularse y
poder ir con más libertad. Particularmente se usan estos disfraces en los días
de carnestolendas, que en cierta manera responden a los días saturnales de
los romanos, en los cuales los señores tomaban los vestidos de sus esclavos y
sus capas aguaderas o gasconas» *(Cov.).*

Primera página del manuscrito de *El castigo sin venganza*.

Js Mª Joseph Crisº

P.

Acto Primero

El duque de Ferrara de noche, febo y Ricardo
criados
───────────

Ric. linda burla es, i por estremo
pero quien ymaginara
q̃ era el duque de Ferrara
du. q̃ no me conoscan temo
febo de baxo de ser disfraz?
Ay licencia para todo,
y aun el cielo ençapirrado.
es de disfrazes capaz
o piensas tu q̃ es el velo
con que la noche se tapa
sino una escarneçida capa
con que se disfraza el cielo.
.... y para dar luz alguna
essas estrellas .... que dilaze
son passamanos de plata
.... y una encomiendas la luna
du. ya comienças desatinos
fe. no lo á pensado Poeta
destos de la nueva seta
q̃ se y maginan dicuinos

Página del primer acto de *El castigo sin venganza*.

¿Qué piensas tú que es el velo
con que la noche le tapa?   10
Una guarnecida capa
con que se disfraza el cielo.
Y para dar luz alguna
las estrellas que dilata
son pasamanos de plata,   15
y una encomienda la luna.

DUQUE.   ¿Ya comienzas desatinos?

FEBO.   No, lo ha pensado poeta
destos de la nueva seta,

---

¹⁴ *dilata:* «propagar, extender» *(DRAE).*

¹⁵ *pasamanos:* el borde de la escalera; se llama la guarnición del vestido por
echarse en el borde *(Cov.);* «galón o trencilla de oro, plata, seda o lana que se
hace o sirve para guarnecer y adornar los vestidos y otras cosas por el borde o
canto» *(Aut.).*

¹⁶ *encomienda:* «encargo que se hace a alguno; o el que uno se toma al hacer
alguna cosa; vale también memoria cortesana y recado que se envía al que
está ausente; también dignidad dotada de renta competente; merced o renta
vitalicia que se da sobre algún lugar, heredamiento o territorio; amparo, cus-
todia y patrocinio» *(Aut.).* Tal descripción se elabora, de acuerdo con Wilson
[1963], 268, sobre la formulada en el célebre soneto de Bartolomé L. de Argensola, «Yo os quiero confesar, don Juan primero / ...» La imagen adquiere
un sentido visual: semeja el distintivo que llevan los caballeros de las órdenes
militares; A. Domínguez Ortiz, *La sociedad española en el siglo XVII,* I (Madrid,
1963), pág. 200.

¹⁸⁻²⁰ Jones y Kossoff difieren en la puntuación de esta línea. Jones lee:
«No lo ha pensado poeta / destos de la nueva seta, / que se imaginan divinos.» Por el contrario, Kossoff puntúa así: «No; lo ha pensado poeta...», indicando cómo Febo explica que «no desatina»; que «lo ha pensado un poeta /
destos de la nueva seta». De acuerdo con la puntuación de un buen número
de ediciones (Hartzenbusch, *Ac.;* van Dam, Jones), Ricardo también podría
parodiar el lenguaje culterano, ridiculizando así a los poetas que han llegado
a usar expresiones tan desatinadas. El Duque se pone de parte de Febo (posible máscara de Lope), arremetiendo contra la nueva ola y criticando «el estado» a que ha llegado la poesía. Es esta una obsesión recurrente en Lope, llena
de un buen número de contradicciones. Si detrás de la figura de Ricardo está
Pellicer y Tovar (Rozas [1967], págs. 168-190), a quien Lope dirige sus pu-
llas, es obvio que el ataque procede más bien del Duque. Ricardo explica ser
tales metáforas —«licencias»— («pasamanos de plata», «encomienda de
luna», vv. 15-16) prestadas (v. 21). Tal verso («Si a sus licencias apelo») pone
en entredicho la lectura de Jones.

¹⁹ *nueva seta:* por secta nueva, con obvio sentido religioso y herético. «Secta
se llama al error o falsa religión, diversa o separada de la verdadera y católica

	que se imaginan divinos.	20
RICARDO.	Si a sus licencias apelo,	
	no me darás culpa alguna;	
	que yo sé quien a la luna	
	llamó requesón del cielo.	
DUQUE.	Pues no te parezca error;	25
	que la poesía ha llegado	
	a tan miserable estado,	
	que es ya como jugador	
	de aquellos transformadores,	
	muchas manos, ciencia poca,	30
	que echan cintas por la boca,	
	de diferentes colores.	
	Pero, dejando a otro fin	
	esta materia cansada,	
	no es mala aquella casada.	35

---

cristiana» (*Cov.*). Su asociación con Lutero la tiene Lope en mente. Véase
González de Amezúa, *Epistolario de Lope de Vega Carpio,* II, pág. 340. El término, al igual que «hereje», alude a la poesía culta que implanta Góngora frente
al estilo «llano» que defendía Lope. El término ya había sido lanzado por
Cristóbal de Castillejo contra Garcilaso (*Obras,* II, Madrid, 1926-28; páginas 226-7), y termina siendo un motivo favorito de la literatura jocosa.
Luis de Tribaldo indica cómo «esta nueva secta alude a la imitación de Góngora; es decir a los poetas cultos». Cfr. Francisco Cascales, *Cartas filológicas,* I
(Madrid, 1941), pág. 219; Andrée Collard, *Nueva poesía. Conceptismo, cultera-
nismo en la crítica española* (Madrid, 1971), págs. 73-82.

[30] *muchas manos:* referencia a los muchos y malos imitadores (transforma-
dores en el sentido de magos; prestidigitadores de la palabra) que ha genera-
do la lírica de Góngora; *ciencia poca:* es parte del concepto que tiene Lope de la
«nueva poesía» (concepto, agudeza) frente al mero furor de sonidos de que
acusaba a los culteranos. Consagra tal ataque en el famoso soneto burlesco
«Pululando de culto, Claudio amigo» que incluye en *La Dorotea* (act. IV, escena 2), dirigido a los seguidores de Góngora. Observa el personaje César:
«Algunos grandes ingenios adornan y visten la lengua castellana, hablando y
escriuiendo, orando y enseñando, de nueuas frases y figuras retóricas que la
embellecen y esmaltan con admirable propiedad, a quien como a maestros
—y más a alguno que yo conozco— se deue toda veneración» (ed. cit., página 317); Lope de Vega, *Poesía selecta* (ed.), págs. 419-20; Orozco Díaz, *Lope y
Góngora frente a frente,* págs. 370-74; Díez Borque (ed.), pág. 115. *Parte XXI:*
«menos».

[34] *materia cansada:* es decir, pesada, aburrida. *Parte XXI:* «causada». La -n
parece tachada a mano.

103

RICARDO.	¿Cómo mala? Un serafín;
	pero tiene un bravo azar,
	que es imposible sufrillo.
DUQUE.	¿Cómo?
RICARDO.	Un cierto maridillo,
	que toma y no da lugar. 40
FEBO.	Guarda la cara.
DUQUE.	Ése ha sido
	siempre el más cruel linaje
	de gente deste paraje.
FEBO.	El que la gala, el vestido,
	y el oro deja traer, 45
	tenga, pues él no lo ha dado,
	lástima al que lo ha comprado,
	pues si muere su mujer,
	ha de gozar la mitad
	como bienes gananciales. 50
RICARDO.	Cierto que personas tales
	poca tienen caridad,
	hablando cultidiablesco,

---

³⁵ *serafín:* «personaje de singular hermosura» *(DRAE).*

³⁷ *bravo:* «al hombre llamamos bravo cuando es valiente, o cuando está enojado, o cuando sale muy galán y bizarro» *(Cov.); azar:* estorbo, o desvío; mala suerte. Se alude a la «mala suerte» de tener un hombre muy valiente, de acuerdo con los vv. 39-40.

³⁸ *sufrillo:* sufrirlo. Esta asimilación de la -r del infinitivo por la -l del enclítico, frecuente en la literatura medieval, es uso común en la comedia del Siglo de Oro. Tal licencia facilitaba la combinación de la rima.

³⁹ *maridillo:* el marido ruin y despreciable *(Aut.);* «marido consentidor», cornudo; *Léxico,* pág. 514a.

⁴⁰ *que toma y no da lugar; tomar:* embarazar, preñar, en sentido más amplio, «fornicar», visto sobre todo desde el punto de vista del varón *(Léxico,* página 740b). Vale asimismo cubrir el macho a la hembra; quitar o hurtar *(Aut.); y no da lugar:* es decir, no deja lugar, ocasión.

⁴¹ *Guarda la cara:* ocultarse, procurar no ser visto ni conocido *(DRAE). Suelta* y *Parte XXI* abrevian en adelante la entrada de Febo con «Fe» o «Feb», indistintamente.

⁴³ *paraje:* lugar, sitio o estancia; se toma también por el estado o disposición de alguna cosa *(Aut.).*

⁵²⁻⁵³ En el Ms. Lope tacha el verso «tienen poco cuidado», y escribe el v. 52 con el fuerte hipérbaton. Obviamente tenía de nuevo en mente la sátira contra los culteranos; probablemente, y a tenor de lo expresado por Juan Ma-

por no juntar las dicciones.

DUQUE.   Tienen esos socarrones   55
            con el diablo parentesco;
               que, obligando a consentir,
            después estorba el obrar.

RICARDO.   Aquí pudiera llamar;
            pero hay mucho que decir.   60

DUQUE.   ¿Cómo?

RICARDO.   Una madre beata
            que reza, y riñe a dos niñas
            entre majuelos y viñas,

---

nuel Rozas [1987], págs. 176-77, un ataque contra los «cutidiablescos» (detrás Pellicer, cuyo nombre de pila está enmascarado bajo el del personaje que habla, Ricardo); *cultidiablesco:* en *La Dorotea* Lope define el término como un «compuesto de diablo y culto» (ed. cit., pág. 366, nota 232). De acuerdo con Romera Navarro (*La preceptiva dramática de Lope de Vega,* Madrid, 1935, página 154), la más antigua alusión a los culteranos de fecha cierta se encuentra en la jornada II de *El desdén vengado* (Ac. XV, 433a) en donde Tamín expresa: «Plega a Dios que cuando hables / Halles la lengua en estilo / Que no aciertes, de infamada, / Con vocablos inauditos.» Con Tamín, explica Harry W. Hilburn («El creciente gongorismo en las comedias de Lope de Vega», *Homenaje a William L. Fichter,* pág. 286) comienza la costumbre de usar al gracioso como vocero del autor en materia crítica literaria. Reflejos de Góngora se encuentran en *La corona de Hungría* (1623) (*Ac. N.,* II, pág. 40b). En *Las bizarrías de Belisa* (1634), cercana a *El castigo sin venganza,* resalta la imagen tan de Góngora, «plumas de los aires» (Ac. N., XI, 440a). Si bien censura el estilo de los «cultos», don Juan promete componer un soneto para Belisa, indicando: «Pero advertid que no soy / Culto; que mi corto ingenio / En darse a entender estudio» (pág. 448); Hilburn, art. cit., págs. 293-4. La lengua viene a ser para Lope, explica Márquez Villanueva, una «esencia irreductible de la patria», concluyendo cómo estima «que la limpieza y honor de su lengua castellana han de ser salvados del vicio y lujuria de los nuevos moldes culteranos...» (*Lope: vida y valores,* págs. 218-19).

54 *Suelta, Parte XXI:* «diciones».

57 Dixon señala (reseña citada) la variante «ayudando» por «obligando», que señala Herman Tiemann en *Lope de Vega in Deutschland.* Véase nota 115 en nuestra «Introducción».

58 *Suelta:* «estorbe».

61 *madre beata.* prefigura celestinesca asociable fácilmente a la Gerarda de *La Dorotea.* Lope está a punto de rematar esta obra a la hora de escribir *El castigo.*

63 *majuelos:* «la viña nuevamente plantada» (*Cov.*); obvia alusión, como bien indica A. David Kossoff (pág. 234) a la edad de las muchachas. La acepción es erótica. La documenta el *Cancionero de Sebastián de Horozco,* ed. de Jack

	una perla, y otra plata.	
DUQUE.	Nunca de exteriores fío.	65
RICARDO.	No lejos vive una dama,	

una perla, y otra plata.
DUQUE. Nunca de exteriores fío.   65
RICARDO. No lejos vive una dama,
      como azúcar de retama,
         dulce y morena.
DUQUE.   ¿Qué brío?
RICARDO. El que pide la color;
      mas el que con ella habita   70
      es de cualquiera visita
      cabizbajo rumiador.
FEBO.   Rumiar siempre fue de bueyes.
RICARDO. Cerca he visto una mujer,
      que diera buen parecer   75

Weiner (Berna y Frankfurt, 1975), pág. 47, y el *Cancionero de burlas* (62-63):
«Doña Ynes aunque soy niña / siempre terne con ti riña / hasta que podes
mi viña / y me riegues mi majuelo.» «Regar el majuelo» alude al semen expe-
lido sobre éste. Se completa con el estribillo «Olalla, no hay medicina / que
me dé mayor consuelo / como el nabo de mi majuelo», del romance que empieza «Fue Teresa a su majuelo». Cfr. *Poesía erótica del siglo de oro,* ed. de Pierre
Alzieu, Robert Jammes, Yvan Lissorgues (Barcelona, 1984), págs. 277-282;
Léxico, pág. 498b.

⁶⁷⁻⁶⁸ *azúcar de retama:* el sabor agridulce de la savia de tal arbusto se asocia
de nuevo con el contexto erótico de estas damas de la «vida»; sexualmente
«dulces» (azúcar), pero no menos agrestes («retama», «morena»). De morena
caracterizó Lope a Elena Osorio, que se dobla, como mujer de mancebía, en
La Dorotea. La misma acepción erótica adquiere *brío.* Para las «briosas» reco-
mienda Lope, en el conocido romance «Hortelano era Belardo», «lechugas»
(«Lechugas para briosas / que cuando llueve se queman», vv. 33-34), hortali-
za que el Dioscórides aconseja como freno a los apetitos venéreos. Cfr. *La
Materia Médica de Dioscórides. Transmisión Medieval y Renacentista,* trad y comentario de don Andrés de Laguna, ed. de César E. Dubler, Barcelona, 1955, páginas 220-21. (Lope de Vega, *Poesía selecta,* ed., págs. 186-191.) *Parte XXI:*
«Que bió?»

⁶⁹ *color:* se vacila en la época de Lope sobre el género de este sustantivo
asociado poéticamente al lenguaje del amor. Véase William L. Fichter, «Color Symbolism in Lope de Vega», *Romanic Review,* 18 (1927), 220-31. *Parte
XXI:* «calor».

⁷³ *rumiador:* rumiar. La analogía «buey-hombre» asocia, de acuerdo con
van Dam, el sentido de «cornudo» (pág. 302), acepción que cuestiona Kossoff al indicar que «también podría representar el macho incapaz de satisfacer a la hembra» (pág. 235). Jones (ed.), opone «manso lugar» a «feroz toro»
(pág. 123).

⁷⁴ *Parte XXI* presenta la variante: «Cerca habita una mujer.»

⁷⁵ *que diera buen parecer:* opinar cuerdamente; sugerir. *Cov.* define: «el voto

	si hubiera estudiado leyes.
DUQUE.	Vamos allá.
RICARDO.	No querrá
	abrir a estas horas.
DUQUE.	¿No?
	¿y si digo quién soy yo?
RICARDO.	Si lo dices, claro está.	80
DUQUE.	Llama pues.
RICARDO.	Algo esperaba,
	que a dos patadas salió

(CINTIA *en alto.*)

CINTIA.	¿Quién es?
RICARDO.	Yo soy.
CINTIA.	¿Quién es yo?
RICARDO.	Amigos, Cintia; abre, acaba,
	que viene el Duque conmigo;	85
	tanto mi alabanza pudo.
CINTIA.	¿El Duque?
RICARDO.	¿Eso dudas?
CINTIA.	Dudo,
	no digo el venir contigo,
	mas el visitarme a mí
	tan gran señor y a tal hora	90
RICARDO.	Por hacerte gran señora
	viene disfrazado ansí.
CINTIA.	Ricardo, si el mes pasado
	lo que agora me dijeras

---

que uno da en algún negocio que se le consulta, como pareceres de letrados» (pág. 235).

82 El giro coloquial «que a dos patadas salió» indica que Cintia estaba despierta, y que salió al instante; al oír las patadas en la puerta. La acotación en la *Suelta* y en la *Parte XXI,* lo mismo que en el autógrafo, escribe «Cintia en lo alto».

83 *Suelta:* «yo soy?».

86 *Parte XXI:* «tu alabanza».

92 *ansí:* así.

94-95 Expresión, dado el hipérbaton, un tanto elíptica. Indica que si Ricardo le hubiera dicho del Duque lo que «me dices ahora», me hubiera persuadi-

Folio autógrafo de *El castigo sin venganza*.

del Duque, me persuadieras   95
que a mis puertas ha llegado;
    pues toda su mocedad
ha vivido indignamente,
fábula siendo a la gente
su viciosa libertad.   100
    Y como no se ha casado
por vivir más a su gusto,
sin mirar que fuera injusto
ser de un bastardo heredado,
    aunque es mozo de valor   105
Federico, yo creyera
que el Duque a verme viniera;
mas ya que como señor

---

do. *Agora:* ahora. Procede de *hac hora* que da «agora». El giro moderno «ahora» se origina, de acuerdo con Ramón Menéndez Pidal, de *ad-hora;* véase *Manual de gramática histórica* (Madrid, 1966), pág. 128, 3.

[98] *Parte XXI* presenta la variante «ha gastado» por «vivido».

[99] *fábula:* rumor, hablilla *(DRAE).*

[100] *viciosa libertad:* desvergüenza, libertinaje.

[102] El motivo de la «bastardía» es recurrente en las comedias de carácter
histórico de Lope; véase *Las mocedades de Bernardo de Carpio (Ac.* VII, página 254a). Se concibe como una dramatización del problema de la bastardía
(«siendo hijo de tu hermano, / todos me llaman bastard»). Y «Bastardo me
llaman rey», del romance «Por las riberas de Arlanza» de Juan de Timoneda,
Rosa española, fol. 10. Véase Joaquín Roses Lozano, «Algunas consideraciones
sobre la leyenda de Bernardo de Carpio en el teatro de Lope de Vega», *Inti.
Revista de Literatura hispánica,* 28 (otoño 1988), págs. 89-105. El epíteto se incluye en la obra de Lope, *El bastardo Mudarra* (1612). Bajo tal calificativo se
podría incluir parte de la prole de Lope. La historia es no menos ejemplar.
Recordemos, por ejemplo, el sonado caso de «La Beltraneja», el de Juan de
Austria. Sonadas fueron las correrías amorosas de Felipe IV, tenido por mujeriego, enamorado y libertino, fama que confirman los diplomáticos y visi-
tantes extranjeros, entre ellos el francés Antonio de Brunel, *Voyage d'Espagne*
(Colonia, 1666), capt. IV. Véase ed. crítica de Charles Caverie, *Revue Hispanique,* XXX (1914), 119-375. Y sonados fueron sus hijos e hijas «bastardos».
Entre ellos don Fernando Francisco, tenido con la hija del conde de Chirel;
don Juan de Austria, tenido con la actriz María Calderón *(la Calderona);* don
Alfonso, fraile dominico y obispo de Málaga, don Alfonso Antonio de San
Martín, tenido con la dama de la reina, doña Tomasa Alana, que llegó a ser
obispo de Oviedo *(et alii).* Entre las hijas destaca Ana Margarita, monja agus-
tina en el convento de la Encarnación de Madrid. El rumor público le llegó a
asignar veintitrés hijos bastardos (los historiadores, Cánovas, Silvela, Hume,
ocho). Cfr. José Deleito Piñuela, *El rey se divierte,* págs. 82-83.

se ha venido a recoger,
y de casar concertado,   110
su hijo a Mantua ha enviado
por Casandra, su mujer,
    no es posible que ande haciendo
locuras de noche ya,
cuando esperándola está   115
y su entrada previniendo;
    que si en Federico fuera
libertad, ¿qué fuera en él?
Y si tú fueras fiel,
aunque él ocasión te diera,   120
    no anduvieras atrevido
deslustrando su valor;
que ya el Duque, tu señor,
está acostado y dormido,
    y así cierro la ventana;   125
que ya sé que fue invención
para hallar conversación.
Adiós, y vuelve mañana.

DUQUE.   ¡A buena casa de gusto
me has traído!

RICARDO.   Yo, señor,   130
¿qué culpa tengo?

---

109 *recoger:* retirarse *(Cov.);* separarse de la demasiada comunicación y co-
mercio de gentes *(DRAE).*

116 *previniendo:* anticipando, apercibiendo *(Cov.).* El Duque se propone
cambiar de vida, ya que anticipa la llegada de Casandra y su próxima «entrada» en la ciudad.

122 *deslustrando:* quitar y privar del lustre alguna cosa; «hacer perder la estimación y crédito con alguna acción indigna» *(Aut.).*

129 *casa de gusto:* prostíbulo *(Léxico,* 187b). Sobre la prostitución en las
obras dramáticas de Lope, véase Ricardo del Arco y Garay, «El mundo de la
prostitución», *La sociedad española en las obras dramáticas de Lope de Vega* (Madrid,
Real Academia Española, 1941), págs. 833 y ss.; en general Everett W. Hesse, *Theology, Sex, and the Comedia* (Potomac, Maryland, Porrúa, 1982). Anota
Antoine de Brunel que son las «mujeres las que arruinan en esta época la mayor parte de las casas. No hay nadie que no mantenga su dama y que no caiga
en las redes de alguna prostituta», *Voyage d'Espagne* [1655], *Revue Hispanique,*
XXX [1914], 155-156; Marcellin Defourneaux, *La vida cotidiana en la España
del Siglo de Oro* (Barcelona, 1983).

Folio autógrafo de *El castigo sin venganza*.

DUQUE. Fue error
fiarle tanto disgusto.
FEBO. Para la noche que viene,
si quieres, yo romperé
la puerta.
DUQUE. ¡Que esto escuche!
FEBO. Ricardo la culpa tiene.
Pero, señor, quien gobierna,
si quiere saber su estado,
cómo es temido o amado,
deje la lisonja tierna
del criado adulador,
y disfrazado de noche,
en traje humilde, o en coche,
salga a saber su valor;
que algunos emperadores
se valieron deste engaño.
DUQUE. Quien escucha, oye su daño:

131-134 Se ofrecen aquí varias lecturas posibles. De acuerdo con Jones (página 124), el Duque se dirige a Febo, lamentándose de haber fiado a Ricardo el correr de esta noche. Kossoff pone en boca del Duque tan sólo los versos 131-132; Jones, los vv. 131-133, deduciendo que el v. «para la noche que viene» es alusión al nuevo plan que contempla el Duque en su próxima correría. En la edición de Kossoff (págs. 237-38), el verso «si quieres, yo romperé / la puerta» se atribuye a Febo. Está conforme con la versión del autógrafo que analizamos con cuidado. La *Suelta* incluye en el v. 134 la acotación «Fed.» por «Febo». No corresponde que el Duque conteste a Ricardo diciéndole: «Fue error / fiarte tanto disgusto / para la noche que viene», dado el carácter de éste, un tanto reservado, culto y sofisticado. Sí casa en Febo, quien se adelanta empezando el parlamento: «Para la noche que viene, / si quieres, yo romperé / la puerta.»

135 *escuche:* «escuché» es la forma verbal preferida por otros editores (Hartzenbusch, van Dam, Kossof). Jones, al igual que Díez Borque, mantienen el presente.

141 *criado adulador:* uno de los *topoi* en la comedia de Lope y en sus seguidores (Tirso, Mira de Amescua).

145-6 Posible alusión a Nerón y a Harún-al-Raschid, explica van Dam (pág. 305). Jones indica aludir a Pedro el Cruel, añadiendo cómo Calderón en *El médico de su honra* usa el mismo tipo de imagen.

147 Es también lugar común en la comedia, como indicamos en la «Introducción», el gobernante que indaga, encubierto, sobre el parecer de sus súbditos.

Ricardo   Todo eso parece
pero señor quien es tierno
si quiere saber su estado
como es temido, o amado
dexe la lisonja tierna
del criado adulador
y disfraçandose
en traje humilde, vencose,
salga a saber su valor
que algunos Emperadores
se valieron deste engaño

Duq.   quien sabe que escucha, y su daño
y fueron, aunque los dos
filosofos matadores
por que el Vulgo no es censor
de la verdad y es error
de entendimientos groseros
fiar la buena opinion
de quien inconstante y vano
todo lo juzga al contrario
de la ley de la razon
un poderoso, un descontento
cela ~~vanidad~~ por vengarse fragua
en el Vulgo una mentira
a la novedad atento
y como por su corrida
no la puede averiguar
ni en los palacios entrar
murmura de la grandeza
yo confieso que he vivido
libremente y sin pensarme

Folio autógrafo de *El castigo sin venganza*

y fueron, aunque los dores,
    filósofos majaderos,
porque el vulgo no es censor   150
de la verdad, y es error
de entendimientos groseros
    fiar la buena opinión
de quien inconstante y vario,
todo lo juzga al contrario   155
de la ley de la razón.
    Un quejoso, un descontento
echa, por vengar su ira,
en el vulgo una mentira,
a la novedad atento.   160
    Y como por su bajeza
no la puede averiguar,
ni en los palacios entrar,
murmura de la grandeza.
    Yo confieso que he vivido   165
libremente, y sin casarme,
por no querer sujetarme,
    y que también parte ha sido
pensar que me heredaría

---

148 *dores:* dorar, «metafóricamente vale encubrir los defectos de alguna cosa, refiriéndola y exornándola de tal manera que parezca buena» *(Aut.); Suelta,* «dolores».

150 *vulgo:* la idea de vulgo como necio o loco cunde en el pensamiento renacentista; como público que aplaude o desdeña, usado en forma despectiva, incide Lope múltiples veces. Lo documenta profusamente Carlos Fernández Gómez, *Vocabulario completo de Lope de Vega* (Madrid, Real Academia Española, 1971), 3 vols.; Otis H. Green, «On the Attitude toward the *Vulgo* in the Spanish Siglo de Oro», *Studies in the Renaissance,* IV (1957), 190-200; en el teatro, Werner Bahner, «Die Bezeichnung "vulgo" und der Ehrbegriff des Spanischen Theaters im Siglo de Oro», *Homagiu lui Iorgu Iordan* (Bucarest, 1958), págs. 58-68. El motivo cruzó fronteras. Le dedica un tratado C. de Aldana, *Discorso contro il vogi in cui con buone regione si reprovano molte sue false opinioni* (Florencia, 1578); también J. M. Díez Borque, «Lope para el vulgo. Niveles de significación», *Teoría y realidad en el teatro español del Siglo XVII. La influencia italiana,* ed. de F. Ramos (Roma, 1981), págs. 297-314, con alusión en concreto a estos versos.

160 *novedad:* ocurrencia reciente, noticia extraña o admiración que causan las cosas antes no vistas u oídas *(DRAE).*

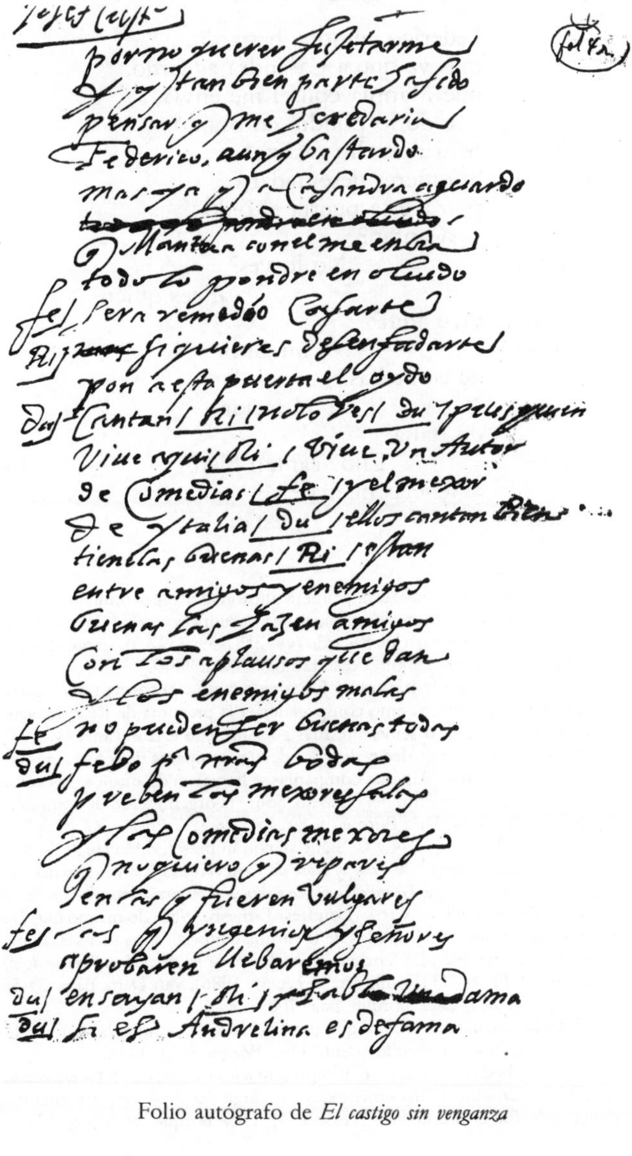
porque quieren sujetarme
y tambien parte ha sido
pensar que me heredaria
Federico, aunque bastardo
mas ya que a Casandra aguardo
que mantenga con el me enoja
todo lo pondre en olvido
Fed: Para remedio casarte
Ri: si quieres desenfadarte
pon a esta puerta el oydo
Dus: Cantan / Ri / nota versos / Du / aqui pues aqui
viue? / Ri / viue un Autor
de Comedias / Fe / y el mexor
de ytalia / Du / ellos cantan bien
tienelas buenas / Ri / estan
entre amigos y enemigos
buenas las hazen amigos
con los aplausos que dan
y los enemigos malas
Fe: no pueden ser buenas todas
Dus: fedo por mis bodas
y veben los mexores salas
y las comedias mexores
que no quiero que reparen
dentro que fueren vulgares
fe: las que ingenios y señores
aprobaren llebaremos
Dus: ensayan / Ri / hablaba una dama
Dus: si es Andrelina es de fama

Folio autógrafo de *El castigo sin venganza*

	Federico, aunque bastardo:	170
	mas ya que a Casandra aguardo,	
	que Mantua con él me envía,	
	todo lo pondré en olvido.	
FEBO.	Será remedio casarte.	
RICARDO.	Si quieres desenfadarte,	175
	pon a esta puerta el oído.	
DUQUE.	¿Cantan?	
RICARDO.	¿No lo ves?	
DUQUE.	¿Pues quién	
	vive aquí?	
RICARDO.	Vive un autor	
	de comedias.	
FEBO.	Y el mejor	
	de Italia.	
DUQUE.	Ellos cantan bien.	180
	¿Tiénelas buenas?	
RICARDO.	Están	

---

¹⁷³ *todo lo pondré en olvido:* esta primera alusión al arrepentimiento del Duque contrasta con las posteriores quejas de Casandra (vv. 1034-38), la confirmación, positiva por parte de Ricardo (vv. 2357-59; 2392-3), frente al «santo fingido» de Batín (v. 2800). Véase también vv. 2398-9.

¹⁷⁷ Seguimos aquí la lectura de Jones en cuanto a la forma interrogativa («¿Cantan?»), que surge como consecuencia a la pregunta de Ricardo: «¿No lo ves?» Véase un caso semejante más adelante con «¿Ensayan?» (v. 194).

¹⁷⁸ *autor de comedias:* es decir, director de una compañía de actores; a modo del actual empresario. Algunas compañías se llamaban de «título»: su «autor» debía tener nombramiento del Consejo. Sobre la organización de compañías y actores, véase J. M. Díez Borque, *Sociedad y teatro en la España de Lope de Vega* (Barcelona, 1978), págs. 44 y ss. Sigue siendo imprescindible Hugo A. Rennert, *The Spanish Stage in the Time of Lope de Vega* (Nueva York, Hispanic Society, 1909), al igual que *Genealogía, origen y noticia de los comediantes de España,* ed. de N. D. Shergold y J. E. Varey (Londres, Tamesis, 1985), lo mismo que *Teatros y comedias recientes (...),* salidos de la misma editorial. Para una visión más general, véase también J. Oehrlein, *Der Schauspieler im spanischem Theater des Siglo de Oro (1600-1681)* (Frankfurt, Vervuert, 1986); van Dam, págs. 54-56; Kossoff, pág. 230; Díez Borque, pág. 108, nota 1.

¹⁸¹ *Suelta:* «tieulas», variante que destaca Kossoff, aunque la -n tiene los rasgos de -u, observa acertadamente Díez Borque (pág. 124).

¹⁸¹⁻⁹¹ Las bodas celebradas con representaciones teatrales y piezas menores están extensamente documentadas a lo largo del siglo XVII. El tema más concurrido fue el mitológico. Véase J. M. Díez Borque (ed.), pág. 124.

	entre amigos y enemigos:	
	buenas las hacen amigos	
	con los aplausos que dan,	
	y los enemigos malas.	185
FEBO.	No pueden ser buenas todas.	
DUQUE.	Febo, para nuestras bodas	
	prevén las mejores salas,	
	y las comedias mejores,	
	que no quiero que repares	190
	en las que fueren vulgares.	
FEBO.	Las que ingenios y señores	
	aprobaren, llevaremos.	
DUQUE.	¿Ensayan?	
RICARDO.	Y habla una dama.	
DUQUE.	Si es Andrelina, es de fama.	195
	¡Qué acción! ¡Qué afectos! ¡Qué extremos!	

(Dentro.)

Déjame, pensamiento;
no más, no más, memoria,
que mi pasada gloria

---

192 *ingenios:* se toma muchas veces por el sujeto mismo ingenioso; y así se suele decir de las comedias de un ingenio; o de dos o tres ingenios *(Aut.)*. El término fue, de acuerdo con van Dam (pág. 309), sinónimo de dramaturgo.

195 *Andrelina:* actriz y poetisa italiana, Isabel Indreini, que muere en 1604. Las referencias son obviamente anacrónicas, indica Jones (pág. 124), pero no viene al caso clamar ante ellas por ser de nuevo parte de la convención en la comedia de Lope. La misma (Isabela Andreina) es mencionada dos años después en *Las bizarrías de Belisa* (1634). Sobre la organización comercial de «actiores», «autores, poetas, ingenios y gastos», véase José Deleito y Piñuela, *... también se divierte el pueblo,* págs. 256 y ss., Díez Borque, *Sociedad,* págs. 61 y ss., y nota 16.

196 Tanto Kossoff (ed.), como Jones (ed.), observan la presencia de la acotación, señalando la persona «Muj[er]». Lo que explica que, posiblemente, los versos siguientes (197-205), fueran recitados por ésta. Registra la entrada *Parte XXI. Afectos:* pasión de ánimo que redunda en la voz; la altera, y causa en el cuerpo un particular movimiento *(Cov.)*. Los tres términos («acción», «afectos» y «extremos») definen, indica Díez Borque (ed., pág. 125), las características básicas de la *comedia nueva.*

117

	conviertes en tormento,	200
	y deste sentimiento	
	ya no quiero memoria, sino olvido;	
	que son de un bien perdido,	
	aunque presumes que mi mal mejoras,	
	discursos tristes para alegres horas.	205
DUQUE.	¡Valiente acción!	
FEBO.	Extremada.	
DUQUE.	Más oyera; pero estoy	
	sin gusto. Acostarme voy.	
RICARDO.	¿A las diez?	
DUQUE.	Todo me enfada.	
RICARDO.	Mira que es esta mujer	210
	única.	
DUQUE.	Temo que hable	
	alguna cosa notable.	
RICARDO.	De ti ¿cómo puede ser?	
DUQUE.	Agora sabes, Ricardo,	
	que es la comedia un espejo,	215

---

[200] *Suelta:* «coviertes», que señala acertadamente Díez Borque (pág. 125). En la copia xerográfica del autógrafo de que disponemos (gentileza de A. David Kossoff) leemos «conuiertes».

[203-205] Claro caso de hipérbaton. Se viene a indicar que los discursos (palabras, expresiones) de un «bien perdido» son tristes para alegres horas.

[206] Para el *topos* de la comedia dentro de la comedia *(Play within Play)* véase lo señalado en la «Introducción», y nota 94; también Francisco Ynduráin, *Relección de clásicos* (Madrid, 1969), págs. 87-112; Emilio Orozco, *El teatro y la teatralidad del Barroco* (Barcelona, 1969), págs. 169-234. Su correspondencia en las artes plásticas sirvió de objeto a la magnífica monografía de Julián Gállego, *El cuadro dentro del cuadro* (Madrid, 1984).

[207] *Suelta, Parte XXI:* «óyela».

[208] *Suelta:* «A acostarme voy.» Díez Borque (pág. 126) anota al respecto las varias observaciones a este verso, presentes en las ediciones de van Dam y Kossoff.

[215] Desde antiguo circuló una definición de comedia que Diomedes atribuyó a Cicerón: imitatio vitae speculum consuetudinis et imago veritatis. Cfr. *Familiaria in Terentium praemotamenta por Publii Terentii Aphri (...) comedia (...)* (Roma, Claudio Mani y Stephanus Balan, 1502), fol. VIIr. Ya el cura de *El Quijote* (I, 48) critica, como buen inquisidor, la «comedia nueva», «cómo las que agora se usan..., han dejado de ser lo que Cicerón quería: "ejemplo de la vida humana, espejo de costumbres y imagen de la vida"». La frase, fue también consagrada por Elio Donato, *Comentum Terentii* (V, i). La recoge

en que el necio, el sabio, el viejo,
el mozo, el fuerte, el gallardo,
   el rey, el gobernador,
la doncella, la casada,
siendo al ejemplo escuchada   220
   de la vida y del honor,
   retrata nuestras costumbres,
o livianas o severas,
mezclando burlas y veras,
   donaires y pesadumbres.   225
   Basta que oí del papel
de aquella primera dama
el estado de mi fama;
   bien claro me hablaba en él.
   ¿Que escuche me persuades   230
la segunda? Pues no ignores
que no quieren los señores
   oír tan claras verdades.

Lope en el *Arte nuevo de hacer comedias:* «Por eso Tulio las llamaba espejo / de
las costumbres y una viva imagen / de la verdad» (vv. 123-5). Véase Juan
Manuel Rozas [1976], págs. 52-54; Lope de Vega, *Peribáñez,* vv. 938 y ss. Tirso en *El vergonzoso en palacio* tiene también en mente el doble papel de deleitar
aprovechando (*prodesse, delectare*).

226 *que oí del papel: Suelta* y *Parte XXI* leen «Hasta que o[h]i del papel.»

227 Se alude bajo la «primera dama» a Cintia, quien habla extensamente
sobre el caso del Duque en los vv. 93-128; la «segunda» sería la aludida actriz,
que representa la otra acción (vv. 197-205).

232-33 El Duque no quiere verse de nuevo aludido en la comedia, y menos
representado como «libertino» y «lujurioso». Wilson [1963], págs. 269-70, resume admirablemente este primer cuadro: «Un duque disfrazado se compor-
ta como un ciudadano cualquiera; un hombre en vísperas de matrimoniar
(*sic*) va rondando las casas de las cortesanas. El cielo es realmente una capa.
Los poetas modernos no son poetas, sino prestidigitadores. Hay un cornudo
que en realidad no lo es. Al duque no se le reconoce porque sus acciones privadas no concuerdan con sus funciones públicas. Un hecho verdadero es in-
terpretado como una treta para entablar una vana conversación. Sirvientes
aduladores intentan dar un aspecto optimista a lo que el propio duque reconoce como su defecto. El recitado de una ficción hace darse cuenta al duque
de un hecho moral. El duque admite que la gente no puede soportar que se le
diga la verdad sobre sí misma. En todos estos momentos se nos enseña cómo
la realidad y la apariencia chocan con frecuencia entre sí. Este tema se repite
constantemente a medida que avanza la obra.» *Parte XXI* incluye como acotación, después del verso 233, «salen...».

(Salen. FEDERICO *de camino, muy galán, y* BATÍN,
criado.)

BATÍN.   Desconozco el estilo de tu gusto.
                ¿Agora en cuatro sauces te detienes,   235
                cuando a negocio, Federico, vienes
                de tan grande importancia?
FEDERICO.   Mi disgusto
                no me permite, como fuera justo,
                más prisa y más cuidado;
                antes la gente dejo, fatigado   240
                de varios pensamientos,
                y al dosel destos árboles que, atentos
                a las dormidas ondas deste río,
                en su puro cristal, sonoro y frío,
                mirando están sus copas,   245
                después que los vistió de verdes ropas.
                De mí mismo quisiera retirarme,
                que me cansa el hablarme
                del casamiento de mi padre, cuando
                pensé heredarle; que si voy mostrando   250
                a nuestra gente gusto, como es justo,
                el alma llena de mortal disgusto,
                camino a Mantua, de sentido ajeno;

---

[235] *cuatro sauces:* el sauce es, de acuerdo con Donald McGrady [1983], página 60, nota 19, «símbolo del pesar». Véanse también vv. 544-45.

[239] *Suelta, Parte XXI,* «priesa».

[240] *Suelta,* «fatigada»; *Parte XXI* «y fatigado».

[242] *dosel:* la cortina con su cielo, que ponen a los reyes y después a los titulados *(Cov.).*

242-6 Lugar común *(locus amoenus),* tanto en la lírica renacentista como en la comedia nueva. Asocia con frecuencia la Arcadia pastoril y la presencia, en el mismo espacio, de la muerte como figuración de lo trágico. Renato Poggioli le dedicó un valioso estudio. Véase en *The Oaten Flute, Essays on the Pastoral Poetry and the Pastoral Ideal,* ed. de A. Bartlett Giamatti, Cambridge, Harvard University Press, 1975. El v. 244 falta en *Suelta* y *Parte XXI.*

253-5 Federico se muestra contrariado ante el casamiento de su padre. Pierde con ello su derecho al ducado en favor de los posibles hijos de su madrastra. De tales contrariedades es eco Batín (vv. 313-318). Con la llegada de Casandra persiste tal contrariedad, motivada, como se verá, por estas causas. El vocablo «veneno» se carga de múltiple sentido. Véase también v. 1894.

	que voy por mi veneno
	en ir por mi madrastra, aunque es forzoso. 255
BATÍN.	Ya de tu padre el proceder vicioso

que voy por mi veneno
en ir por mi madrastra, aunque es forzoso. 255
BATÍN.   Ya de tu padre el proceder vicioso
de propios y de extraños reprehendido,
quedó a los pies de la virtud vencido;
ya quiere sosegarse,
que no hay freno, señor, como casarse. 260
Presentóle un vasallo
al Rey francés un bárbaro caballo,
de notable hermosura,
Cisne en el nombre, y por la nieve pura
de la piel que cubrían   265
las rizas canas, que a los pies caían
de la cumbre del cuello, en levantando
la pequeña cabeza.
Finalmente le dio naturaleza,

---

259 *sosegarse:* «vale aquietar, *quasi subsedare;* sosiego, sosegado, sosegarse» (*Cov.*).

260 El matrimonio se vio como remedio a la incontinencia sexual. San Pablo, en la «Epístola a los Corintios» (1 Cor. 7, 2.9) aconseja «Quod si non se continent, nubant. Melius est enim nubere, quam uri.» El panegírico sobre la vida conyugal disfruta de una larga tradición. Así, por ejemplo, en Suárez de Figueroa, *Pusílipo. Ratos de conversación en lo que dura el paseo* (Nápoles, 1629), pág. 180, con precedentes en Marsilio Ficino *(Platonis Opera),* cap. IV, y en *Diálogos de Amor* de León Hebreo, ed. de José M.ª Reyes (Barcelona, 1986), págs. 115-116.

261-89 El caballo es un reconocido símbolo erótico. Juega un papel importante, como sabemos, en Lorca. Lo es del mismo modo el campo semántico con que se asocia: «cabalgar», «montar», «correr», «trotar», etc., como bien documenta José Luis Hernández *(Léxico),* y la colección antológica de *Floresta de poesías eróticas* (ed. cit.). Donald McGrady asocia el caballo con Casandra y el león con el Duque, aunque la función de ambos puede ser también intercambiable (vv. 1356-69). Es cierto, sin embargo, que se asocia a éste, en su función bélica y heráldica, con el león. El «Exemplo IX» de *El conde Lucanor* de don Juan Manuel, «De lo que contesçió a los dos cavallos con el león», guarda cierta relación con el caso expuesto por Batín. La tiene del mismo modo la del cordero que se coloca al lado del lobo en *El Guzmán de Alfarache. La novela picaresca,* I, ed. de Francisco Rico, Barcelona, 1967, págs. 885-86. El animal salvaje que da en manso, documenta McDonald [1983], lo registra Stith Thompson en su [...] *Motif Index of Folk Literature* (Bloomington, Indiana University Press, 1932-36); 6 vols. (B, 771). El motivo adquiere varias formas narrativas; Margaret A. van Antwerp [1981], págs. 209 y ss.

266 *Suelta* y *Parte XXI* leen «ricas» en vez de «rizas»; *rizas:* «rizadas».

que alguna dama estaba imaginando   270
hermosura y desdén, porque su furia
tenía por injuria
sufrir el picador más fuerte y diestro.
Viendo tal hermosura y tal siniestro,
mandóle el Rey echar en una cava   275
a un soberbio león, que en ella estaba;
y en viéndole feroz, apenas viva
el alma sensitiva,
hizo que el cuerpo alrededor se entolde
de las crines, que ya crespas sin molde   280
(si el miedo no lo era),
formaron como lanzas blanca esfera,
y en espín erizado
de orgulloso caballo transformado,
sudó por cada pelo   285
una gota de hielo,
y quedó tan pacífico y humilde,
que fue un enano en sus arzones tilde,
y el que a los picadores no sufría,
los pícaros sufrió desde aquel día.   290

---

274 *siniestro:* «el vicio y mala costumbre que tiene o el hombre o la bestia» (*Cov.*).

275 *cava:* vale lugar hondo donde se suelen congregar las aguas que concurren de los collados vecinos (*Cov.*).

278 *alma sensitiva:* Aristóteles en *De Anima* (libr. 2) la define como «Est enim actus primus corporis physici organici, vitam habentis in potentia», distinguiéndola de la vegetativa (plantas) y racional (hombre).

279 *entolde:* entoldar, cubrir las calles o las paredes de los templos con paños o sedas en señal de fiesta (*Cov.*).

280 *sin molde:* es decir, sin forma.

282 *formaron como lanzas blanca esfera:* figuración plástica de las crines que levantadas en alto y retorcidas simulaban, a modo de lanzas, una esfera. Tal fue el resultado del miedo producido, semejándose así el caballo a un puerco espín, que se ha enrollado («entoldado»), erizadas sus púas ante el espantoso león.

288 *Parte XXI* lee «a sus arzones tilde»; *«arzones»:* trasero y delantero en la silla; *tilde:* el punto diacrítico sobre la «ñ». Expresa así cómo el caballo, achicado por el miedo, podía ser montado por un signo tan diminuto como el de la tilde de la «eñe».

FEDERICO. Batín, ya sé que a mi vicioso padre
          no pudo haber remedio que le cuadre
          como es el casamiento;
          pero ¿no ha de sentir mi pensamiento
          haber vivido con tan loco engaño?   295
          Ya sé que al más altivo, al más extraño,
          le doma una mujer, y que delante
          deste león, el bravo, el arrogante
          se deja sujetar del primer niño,
          que con dulce cariño   300
          y media lengua, o muda o balbuciente,
          tiniéndole en los brazos le consiente
          que le tome la barba.
          Ni rudo labrador la roja parva,
          como un casado la familia mira,   305
          y de todos los vicios se retira.
          Mas ¿qué me importa a mí que se sosiegue
          mi padre, y que se niegue
          a los vicios pasados,
          si han de heredar sus hijos sus estados,   310
          y yo, escudero vil, traer en brazos
          algún león, que me ha de hacer pedazos?
BATÍN.   Señor, los hombres cuerdos y discretos,

---

296 *extraño:* la edición de Jones es con frecuencia inconsistente en el uso de «x» por «s»; así estremos (v. 196) y «estremada» (v. 206). El mismo tipo de vacilación se registra en otras ediciones modernas (Kossoff), continuándose la existente en el siglo XVII. Kossoff define el término como «ajeno, indiferente», aportando un ejemplo de Herrera, que documenta en su *Vocabulario de la obra poética de Herrera* (Madrid, 1966), artículo «extraño», 3.ª acepción.

301 *Suelta:* «media»; *Parte XXI:* «media legua muda». Kossoff «medio». En el Ms. la vocal final del vocablo tiene la forma de -u incompleta, con un punto sobre su centro; preferimos como Jones y Díez Borque «media».

302 *Suelta, Parte XXI:* «teniéndole».

304 *parva:* la mies que tiene el labrador en la era trillada y recogida en un monton (*Cov.*). En *El alcalde de Zalamea* de Calderón, que se escribe una década después de *El castigo* (alrededor de 1642; la primera edición impresa es de 1651), la «parva» de Pedro Crespo simboliza la riqueza del villano (I, versos 424-42) que pone en peligro la furia amorosa que el capitán siente hacia la hija de aquél.

312 Ni Kossoff ni Jones cierran la interrogación que se abre en el v. 307.

cuando se ven sujetos
a males sin remedio,   315
poniendo la paciencia de por medio,
fingen contento, gusto y confianza
por no mostrar envidia y dar venganza.

FEDERICO. ¿Yo sufriré madrastra?

BATÍN.   ¿No sufrías
las muchas que tenías   320
con los vicios del Duque? Pues agora
sufre una sola, que es tan gran señora.

FEDERICO. ¿Qué voces son aquéllas?

BATÍN. En el vado del río suena gente.

FEDERICO. Mujeres son; a verlas voy.

BATÍN.   Detente.   325

FEDERICO. Cobarde, ¿no es razón favorecellas?

(Vase.)

BATÍN. Escusar el peligro es ser valiente.
¡Lucindo! ¡Albano! ¡Floro!

(Éstos salen.)

LUCINDO.   El Conde llama.

ALBANO. ¿Dónde está Federico?

FLORO.   ¿Pide acaso
los caballos?

BATÍN.   Las voces de una dama,   330
con poco seso y con valiente paso
le llevaron de aquí; mientras le sigo,
llamad la gente.

(Vase.)

_____

318 *dar:* equivalente a «ocasionar», Martín Alonso, *Enciclopedia del idioma,*
indica Jones.

328 *Suelta* omite los nombres. Incluye como acotación, al igual que *Parte XXI:* «Salen Lucindo, Albano, Floro.» En *Suelta* la acotación viene después
del v. 327.

333 *Suelta* y *Parte XXI* omiten la acotación.

LUCINDO.	¿Dónde vas? Espera.
ALBANO.	Pienso que es burla.
FLORO.	Y yo lo mismo digo;

aunque suena rumor en la ribera   335
de gente que camina.

LUCINDO.   Mal Federico a obedecer se inclina
el nuevo dueño, aunque por ella viene.

ALBANO.   Sale a los ojos el pesar que tiene.

(FEDERICO *sale con* CASANDRA *en los brazos.*)

FEDERICO. Hasta poneros aquí,   340
los brazos me dan licencia.

CASANDRA. Agradezco, caballero,
vuestra mucha gentileza.

FEDERICO. Y yo a mi buena fortuna
traerme por esta selva,   345
casi fuera de camino.

CASANDRA. ¿Qué gente, señor, es ésta?

FEDERICO. Criados que me acompañan.
No tengáis, señora, pena;
todos vienen a serviros.   350

(BATÍN *sale con* LUCRECIA, *criada, en los brazos.*)

BATÍN.   Mujer, dime, ¿cómo pesas,
si dicen que sois livianas?

---

339 *Sale a los ojos:* «vale también manifestarse, descubrirse o darse al público» (*Aut.*).

340-41 Un buen número de críticos alude acertadamente a este pasaje ya como premonición de la fortuita caída en el amor tanto de Casandra como de Federico, y del nacimiento mutuo. Cfr. Mircea Eliade, *Birth and Rebirth* (Nueva York, 1958). Kossoff (pág. 249) apunta al deseo de tocarse dado el atractivo que siente Federico hacia Casandra. Véanse vv. 341 y 408. Casandra, es nombre consagrado por la antigüedad. Fue hija de Príamo y Hécuba. Fue considerada como la más bella de las mujeres, pero a la vez como una de las más desgraciadas. Bandello la describe «bella e vezzosa molto».

349 *Suelta:* «soñora».

352 *livianas:* con acepción de ligereza, también de fácil mudanza; caracterización que ya había fijado el Derecho Romano sobre la mujer como objeto ju-

125

LUCRECIA.   Hidalgo, ¿dónde me llevas?
BATÍN.   A sacarte por lo menos
             de tanta enfadosa arena,   355
             como la falta del río
             en estas orillas deja.
             Pienso que fue treta suya,
             por tener ninfas tan bellas,
             volverse el coche al salir;   360
             que si no fuera tan cerca
             corriérades gran peligro.
FEDERICO.   Señora, porque yo pueda
             hablaros con el respeto
             que vuestra persona muestra,   365
             decidme quién sois.
CASANDRA.   Señor,
             no hay causa porque no deba
             decirlo. Yo soy Casandra,
             ya de Ferrara Duquesa,
             hija del Duque de Mantua.   370
FEDERICO.   ¿Cómo puede ser que sea
             vuestra Alteza, y venir sola?

---

rídico: *imbecillitas* (inferioridad psicológica), *fragilitas* (debilidad e inferioridad
física) y *levitas animi* (frivolidad). *Aut.* aplica también el término a hombre
«inconstante y que fácilmente se muda». En el lenguaje de los maleantes se
tomó como acepción de «mujer de costumbres desenfadadas y alegres». Batín
usa el término con doble sentido. Su acción remeda la de su amo. Lucrecia se
asoció también con la Cava (*Poesía erótica*, págs. 214-215).

356 *Suelta, Parte XXI:* «falda».

358 *treta:* «metafóricamente vale artificio sutil e ingenioso para conseguir
algún intento» (*Aut.*). Es término de la esgrima.

360 *volverse:* «dar vuelta, o vueltas a alguna cosa» (*Aut.*). El significado es
obvio: fue treta del río ya que el carro llevaba ninfas tan bellas que el río
(personificación) causó el que se volcara al llegar a su vado u orilla. Se perso-
nifica al río como figura sexual.

365 *muestra:* en el sentido de requerir, demandar, indica Jones (pág. 125);
tal acepción casaría si Federico supiese de antemano la alcurnia de la mujer
que trae en sus brazos. Este no es el caso; más bien en el sentido de «portarse
correspondientemente a su oficio, dignidad o calidad, o darse a conocer en
alguna especie», e incluso «dar a entender o conocer con las acciones alguna
calidad del ánimo» (*Aut.*).

372*Suelta, Parte XXI* transcriben siempre «V. Alteza» frente a «vuestra Alteza» del Ms.

126

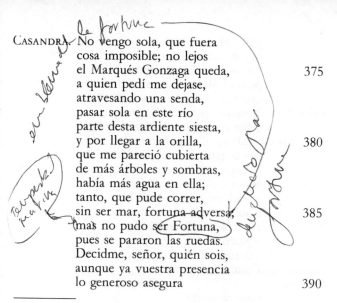

CASANDRA. No vengo sola, que fuera
cosa imposible; no lejos
el Marqués Gonzaga queda,   375
a quien pedí me dejase,
atravesando una senda,
pasar sola en este río
parte desta ardiente siesta,
y por llegar a la orilla,   380
que me pareció cubierta
de más árboles y sombras,
había más agua en ella;
tanto, que pude correr,
sin ser mar, fortuna adversa;   385
mas no pudo ser Fortuna,
pues se pararon las ruedas.
Decidme, señor, quién sois,
aunque ya vuestra presencia
lo generoso asegura   390

---

[377] *Parte XXI*: «travesando».

[379] *ardiente siesta:* el viaje, la caída casual, el encuentro en un espacio ameno
de los dos amantes (el «dolce chiare e fresche acque» petrarquista), su nacimiento, lo asocia Northrop Frye con el mito del verano: con el «romance»; la
caída del héroe con el mito del otoño: la tragedia. *Vid. Anatomy of Criticism,*
págs. 186-206; 223; *Suelta:* «de esta».

[380-3] Jones (pág. 125) explica el orden y sentido de estos versos indicando
cómo Casandra supuso que en la otra orilla había más agua. Pero es un poco
al revés; es decir, Casandra, viendo la otra orilla cubierta de árboles y sombras la supuso de fácil accesso; al llegar se dio cuenta que era tan profunda
(«sin ser mar») que estuvo a punto de correr «adversa Fortuna»: es decir, de
perecer ahogada. El remanso cubierto de árboles, en sombra, no dejaba ver
bien la profundidad. La apariencia, incluso en el nivel natural, crea un engañoso espejo.

[386-7] *se pararon las ruedas:* la rueda de la Fortuna y las del carro o coche en
que viaja Casandra son signos premonitorios de lo trágico. Tal concepción
de la «Fortuna» como un golpe del azar fue representada por Covarrubias en
sus *Emblemas morales* (núm. 165); véase Jesús Gutiérrez, *La «Fortuna bifrons» en
el teatro del Siglo de Oro* (Santander, 1975). El amor que surge viendo a la amada bañándose en el agua (Casandra lava sus pies, vv. 532-5), tiene antiguas
raíces bíblicas: David y Betsabé, Susana y los Jueces, comentadas extensamente por Lope en *Pastores de Belén* (1612). Tal sucede en su comedia *Las paces
de los Reyes y judía de Toledo* en donde el joven Alfonso VIII queda prendado de
Raquel, viéndola bañarse en las aguas del Tajo.

[390] *Suelta:* «asigura».

127

```
                y lo valeroso muestra;
                que es razón que este favor,
                no sólo yo le agradezca,
                pero el Marqués y mi padre,
                que tan obligados quedan.                    395
FEDERICO.    Después que me dé la mano,
                sabrá quién soy vuestra Alteza.
CASANDRA.      De rodillas es exceso.
                No es justo que lo consienta
                la mayor obligación.                         400
FEDERICO.    Señora, es justo y es fuerza;
                mirad que soy vuestro hijo.
CASANDRA.  Confieso que he sido necia
                en no haberos conocido.
                ¿Quién sino quien sois pudiera              405
                valerme en tanto peligro?
                Dadme los brazos.
FEDERICO.                              Merezca
                vuestra mano.
CASANDRA.                           No es razón.
                Dejaldes pagar la deuda,
                señor Conde Federico.                        410
```

---

³⁹⁴ *pero:* con el sentido de sino.

³⁹⁸ Varía la puntuación en las ediciones de Jones y Kossoff. Se puede suponer que Casandra, viendo de rodillas a Federico, se sorprenda y le interrogue, admirada (Jones). El autógrafo no incluye ningún signo de interrogación. Sin embargo, tanto la *Suelta* como la *Parte XXI* añaden admiración.

⁴⁰² Como sabemos, no es propiamente su hijo *(strictu sensu)* sino su «hijastro».

⁴⁰⁷ Hay todo un simbolismo implícito en la serie de ceremonias de etiqueta entre Fedrico y Casandra. Implican el beso de mano, rodilla en tierra (v. 395): el sentarse frente al estarse en pie (v. 862), y el final abrazo que ofrece Casandra (vv. 1296-1303); tuvieron su inicio con Casandra en brazos de Federico (v. 339). Se completan con el último beso durante el ceremonial del «besamanos», por donde «sube / el veneno al corazón» (vv. 2014-15). Casandra se muestra en este sentido más espontánea y hasta natural; Federico más reservado. Véanse también vv. 396-411, 538, 556, 774. Actos que implican el mismo tipo de homenaje, dirigidos a la «nueva» reina, se encuentran en otras obras de Lope: en *La discreta venganza (BAE,* XLI, pág. 301c) y en *La humildad y la soberbia (Ac. N.,* X, págs. 83-4); cfr. Dixon [1973], páginas 77-78, nota 42.

⁴⁰⁹ *Dejaldes:* metátesis por «dejadles» que, como en los casos de asimilación

128

FEDERICO.   El alma os dé la respuesta.

(Hablen quedo, y diga BATÍN.*)*

BATÍN.	Ya que ha sido nuestra dicha	
	que esta gran señora sea	
	por quien íbamos a Mantua,	
	sólo resta que yo sepa	415
	si eres tú, vuesa merced,	
	señoría o excelencia,	
	para que pueda medir	
	lo razonado a las prendas.	
LUCRECIA.	Desde mis primeros años	420
	sirvo, amigo, a la Duquesa;	
	soy doméstica criada;	
	visto y desnudo a su Alteza.	
BATÍN.	¿Eres camarera?	
LUCRECIA.	No.	
BATÍN.	Serás hacia camarera,	425
	como que lo fuiste a ser,	
	y te quedaste a la puerta.	
	Tal vez tienen los señores	
	como lo que tú me cuentas,	

---

del infinitivo (v. 38), facilita la combinación de la rima. La vacilación entre
«dalde» y «dadle», «teneldo», y «tenedlo», «matalde» y «matadle» se prolongó
hasta la época de Calderón, documenta Lapesa, *Historia de la lengua española*
(Madrid, 1985), págs. 391-393.

416 *Suelta:* «vuestra». Parte de este verso («tú, vuesa merced»), al igual que
el siguiente, lo transcribe Kossoff en cursiva; lo mismo, siguiendo a Kossoff,
Díez Borque (pág. 139).

419 *lo razonado:* lo que es justo y razonable (Kossoff, pág. 252); *prendas:* «se
llaman las buenas partes, cualidades o perfecciones, así del cuerpo como del
alma, con que la naturaleza adorna algún sujeto» *(Aut.).*

424 *camarera:* «la mujer que sirve y cuida de vestir y tocar a su ama. Díjose
así porque es la que está siempre dentro de la cámara, y en lo más retirado de
la casa, por ser de las criadas la de más estimación» *(Aut.);* Ricardo del Arco
y Garay, *La sociedad española en las obras dramáticas de Lope de Vega* págs. 583-623;
Miguel Herrero, *Los oficios populares en la sociedad de Lope de Vega* (Madrid,
1977), págs. 21-55.

427 *tal vez:* algunas veces.

<pre>
                unas criadas malillas,   430
                entre doncellas y dueñas,
                que son todo y no son nada.
                ¿Cómo te llamas?
LUCRECIA.   Lucrecia.
BATÍN.   ¿La de Roma?
LUCRECIA.   Más acá.
BATÍN.   ¡Gracias a Dios que con ella   435
                topé! Que desde su historia
                traigo llena la cabeza
                de castidades forzadas,
                y de diligencias necias.
                ¿Tú viste a Tarquino?
LUCRECIA.   ¿Yo?   440
BATÍN.   ¿Y qué hicieras si le vieras?
</pre>

---

430 *criadas malillas:* «Carta que en algunos juegos de naipes forma parte del estuche y es la segunda entre las de más valor» (*DRAE*); también personaje secundario; criado para todo; generalizado a partir de las cartas que pueden hacer de malilla o comodín en el juego de este nombre; cosa o persona mal empleada o empleada fuera del lugar y sitio que le corresponde (*Léxico,* 500-501); Kossoff nota, pág. 253.

431 *doncellas:* la mujer moza y por casar (*Cov.*). Se llama también la criada de una casa, que sirve a la señora, y de hacer labor (*Aut.*); *dueñas:* «señora anciana, viuda; ahora significa comúnmente las que sirven con tocas largas y monjiles, a diferencia de las doncellas. Y en palacio llaman dueñas de honor, personas principales que han enviudado, y las reinas y las princesas las tienen cerca de sus personas en sus palacios» (*Cov.*).

433 *Lucrecia:* fue muy extendida y comentada la historia de Lucrecia. Mujer de Tarquino Colatino, fue forzada por Sexto Tarquino, hijo de Tarquino el Soberbio, el último rey de Roma. Tal violación fue consagrada por Tiziano (alrededor de 1568-71). Muestra a Sexto Tarquino pidiendo a Lucrecia acceda a sus deseos. El cuadro fue pintado para Felipe II, el gran protector de este pintor. Véase Frederick de Armas, «Lope de Vega and Titian», *Comparative Literature,* 30 (1978), 338-53. Lucrecia pasa al teatro como tradicional símbolo de castidad.

439 Jones indica que Batín sugiere que al igual que Lucrecia pudo recibir de buen agrado las insinuaciones de un Tarquino, del mismo modo el gracioso asume el papel de este último. La criada de Casandra responde que Batín bien puede pedir consejo a su mujer —si es que tiene una—, en cómo actuar en tal situación. Lucrecia se muestra, como Batín, hábil, inteligente y astuta; *El perro del hortelano,* v. 1336; *vid.* J. E. Gillet, «Lucrecia-necia», *Hispanic Review,* XV (1947), 120-136. Véase también la extensa nota en Kossoff (páginas 253-54), que recoge, en parte, la edición de Díez Borque (págs. 140-141).

LUCRECIA.	¿Tienes mujer?
BATÍN.	¿Por qué causa
	lo preguntas?
LUCRECIA.	Porque pueda
	ir a tomar su consejo.
BATÍN.	Herísteme por la treta. 445
	¿Tú sabes quién soy?
LUCRECIA.	¿De qué?
BATÍN.	¿Es posible que no llega
	aun hasta Mantua la fama
	de Batín?
LUCRECIA.	¿Por qué excelencias?
	Pero tú debes de ser 450
	como unos necios que piensan
	que en todo el mundo su nombre
	por único se celebra,
	y apenas le sabe nadie.
BATÍN.	No quiera Dios que tal sea, 455
	ni que murmure envidioso
	de las virtudes ajenas;
	esto dije por donaire,
	que no porque piense o tenga
	satisfacción y arrogancia. 460
	Verdad es que yo quisiera
	tener fama entre hombres sabios,
	que ciencia y letras profesan;
	que en la ignorancia común
	no es fama sino cosecha, 465
	que sembrando disparates
	coge lo mismo que siembra.
CASANDRA.	Aún no acierto a encarecer

---

442 *Suelta, Parte XXI:* «Porque». Véanse también vv. 449, 1799.

445 *Parte XXI:* «treta»; en la *Suelta,* «tinta». El Ms. parece transcribir «trata». Véase v y nota 358.

460 *satisfacción:* «se toma asimismo por lo mismo que presunción» *(Aut.);* *Suelta:* «satisfacción».

464-67 Es decir, explica van Dam [1928], págs. 326-7, «... entre la gente ignorante la fama no es sino cosecha, de modo que el que siembra disparates coge lo mismo que siembra».

el haberos conocido;
poco es lo que había oído   470
para lo que vengo a ver.
El hablar, el proceder
a la persona conforma,
hijo y mi señor, de forma,
que muestra en lo que habéis hecho   475
cuál es el alma del pecho
que tan gran sujeto informa.
      Dicha ha sido haber errado
el camino que seguí,
pues más presto os conocí   480
por yerro tan acertado;
cual suele en el mar airado
la tempestad, después della
ver aquella lumbre bella;
así fue mi error la noche,   485
mar el río, nave el coche,
yo el piloto, y vos mi estrella.
      Madre os seré desde hoy,
señor Conde Federico,
y deste nombre os suplico   490

---

⁴⁷³ *conforma:* «concordar, convenir, corresponder y venir bien una cosa con otra» (*Aut.*).

⁴⁸¹ *yerro:* Peter W. Evans [1979], 332, señala toda una asociación semántica y fónica entre «yerro/herrar/errar», y hasta con la forma arcaica de «herrara», con obvias resonancias fónicas en el topónimo «Ferrara»; véanse I, vv. 481, 591, 654, 687, 756-57, 806-7, 887-8; II, vv. 1180-85, 1578-82, 1986-99.

⁴⁸⁴ *lumbre bella:* alusión al fuego de San Telmo («o lume vivo» que narra Camões en *Os Lusíadas,* V, xvii, 2) que aparece después de la tempestad en lo alto del mástil de las naves en forma de descarga eléctrica incandescente, formando una esfera luminosa. El fenómeno era conocido en la antigüedad. Cuando las emisiones de la corriente ocurrían en forma doble se denominaron «Castor» y «Pollux»; *La Dorotea,* act. II, esc. v. Díez Borque, teniendo en cuenta el v. 487 («lumbre bella»), indica que puede interpretarse como una o varias estrellas sin tener que acudir a la explicación del Fuego de San Telmo, que documenta van Dam (pág. 328). Véanse también Jones (pág. 126) y Kossoff (pág. 256).

⁴⁸⁵ El error físico, previamente aludido (vv. 478-80), premoniza, en cierto modo, el gran error moral que desencadenará el final trágico de los dos amantes. Véanse, por ejemplo, vv. 591-92; 1986-90.

132

                    que me honréis, pues ya lo soy.
                    De vos tan contenta estoy,
                    y tanto el alma repara
                    en prenda tan dulce y cara,
                    que me da más regocijo   495
                    teneros a vos por hijo,
                    que ser Duquesa en Ferrara.
FEDERICO.   Basta que me dé temor,
                    hermosa señora, el veros;
                    no me impida el responderos   500
                    turbarme tanto favor.
                    Hoy el Duque, mi señor,
                    en dos divide mi ser,
                    que del cuerpo pudo hacer
                    que mi ser primero fuese,   505
                    para que el alma debiese
                    a mi segundo nacer.
                    Destos nacimientos dos
                    lleváis, señora, la palma,
                    que para nacer con alma   510
                    hoy quiero nacer de vos;
                    que, aunque quien la infunde es Dios,
                    hasta que os vi, no sentía
                    en qué parte la tenía,
                    pues si conocerla os debo,   515
                    vos me habéis hecho de nuevo,
                    que yo sin alma vivía.

---

495 *vos:* en *El pasajero* de Suárez de Figueroa se alude a la abominación del uso del «vos» por parte de ciertos señores (ed. cit., II, pág. 368). Las Premáticas llegaron a imponer «penas» contra los transgresores. Ver Rafael Lapesa, «Personas gramaticales y tratamientos en español», *Revista de la Universidad de Madrid,* XIX (1963), 153-154.

505-17 Este discurso de Federico sobre el segundo nacer de su alma ante la presencia física de Casandra, de atractiva hermosura, se carga de connotaciones neoplatónicas, que se reflejan en el conceptismo amoroso de los Cancioneros del siglo XV y en la lírica religiosa del XVI. Tal lenguaje amoroso es común a ambas laderas. Díez Borque (pág. 144) ve un «juego de alusiones a la maternidad», observando «la frecuencia con que aparecen en la comedia términos de paternidad real para situaciones de paternidad fingida o ficticia».

```
                Y desto se considera,
               /pues que de vos nacer quiero,
              ( que soy el hijo primero                    520
               \ que el duque de vos espera.
               \Y de que tan hombre quiera
                nacer no son fantasías;
                que para disculpas mías,
                aquel divino crisol                        525
                ha seis mil años que es sol,
                y nace todos los días.
```

(El MARQUÉS GONZAGA, RUTILIO, *y criados.)*

RUTILIO.	Aquí, señor, los dejé.
MARQUÉS.	Extraña desdicha fuera,
	si el caballero que dices 530
	no llegara a socorrerla.
RUTILIO.	Mandóme alejar, pensando
	dar nieve al agua risueña,
	bañando en ella los pies

---

534 *bañando en ella los pies:* «El pie desnudo», escribe Kossoff, adquiere «un
papel importante en el comienzo de los amores entre Federico y Casandra».
Véase «"El pie desnudo": Cervantes y Lope», *Homenaje a William L. Fichter,*
pág. 385. Por ejemplo, las adornadas chinelas que calza Inés en *El caballero de
Olmedo* (vv. 107-11) son el más grande atractivo de su vestimenta. Nótese que
no se alude a «pie desnudo». La chinela es a modo de fuerza violenta, victo-
riosa, superior al mirar de los ojos (vv. 511-513). El terceto que concluye el
soneto es bien explícito: «Si matas con los pies, Inés hermosa, / ¿Qué dejas
para el fuego de tus ojos?» (vv. 515-16). Pero los vv. 835-38 son aún más ex-
plícitos: «En fin, en las verdes cintas / de tus pies llevastes presos / los suyos,
y ya el amor / no prende con los cabellos...» Es fácil aportar otras comedias
de Lope donde se incide en el mismo motivo, *El castigo del discreto,* por ejemplo. Aquí las «virillas» de los dorados chapines son la esclavitud de los ojos
(vv. 1555-58); y en *Porfiando vence amor,* de nuevo, las cintas de las chinelas
«son liga de los ojos». Las «doradas chinelas», lo mismo que los pies, «que aun
apenas / Los vio mi imaginación», son los máximos atractivos con que Julio
presenta a Amarilis (Dorotea) en *La Dorotea* de Lope (act. I, esc. v). Pero estos son «pies» lindamente adornados con chinelas y atados con cintas de vario color. El «pie desnudo», refrescado en el agua de una corriente —como el
de Casandra— está aludido en *Don Quijote* (I, 28). El *topos* como incentivo sexual erótico fue sutilmente parodiado por Lope al aludir a los pies de la la-
vandera Juana, de quien anda perdidamente enamorado un trasnochado clé-

134

<pre>
                  para que corriese perlas,   535
                  y así no pudo llegar
                  tan presto mi diligencia,
                  y en brazos de aquel hidalgo
                  salió, señor, la Duquesa;
                  pero como vi que estaban   540
                  seguros en la ribera,
                  corrí a llamarte.
MARQUÉS.   Allí está
                  entre el agua y el arena
                  el coche solo.
RUTILIO.   Estos sauces
                  nos estorbaron el verla.   545
                  Allí está con los criados
                  del caballero.
CASANDRA.   Ya llega
                  mi gente.
MARQUÉS.   ¡Señora mía!
CASANDRA. ¡Marqués!
MARQUÉS.   Con notable pena
                  a todos nos ha tenido   550
                  hasta agora vuestra Alteza;
                  gracias a Dios que os hallamos
                  sin peligro.
CASANDRA.   Después dellas
                  las dad a este caballero;
                  su piadosa gentileza   555
                  me sacó libre en los brazos.
</pre>

---

rigo, de raída sotana (Tomé de Burguillos): «Juanilla, por tus pies andan per-
didos / Mas poetas que bancos». Véase *Rimas humanas y divinas de Tomé de Burguillos,* fol. 15v; también 4v. El calzado, con obvio sentido erótico, está presente en *El Lazarillo.* Realza inteligentemente el motivo Harry Sieber *(Language and Society in La vida de Lazarillo de Tormes,* Baltimore y Londres, The
Johns Hopkins University Press, 1978, págs. 45-58). El antecendente está incluso en la literatura judaica. Cfr. Jacob Nacht, «The Symbolism of the Shoe
with Special Reference to Jewish Sources», *The Jewish Quarterly Review,* 6
(1915-16), 1-22.
   541-42 *Suelta, Parte XXI:* «seguras». En Ms. se lee la acotación «go[nzaga]».
   543 *el arena:* el artículo masculino se usa con -a átona; Rafael Lapesa *(Historia).*

MARQUÉS.   Señor Conde, ¿quién pudiera
sino vos, favorecer
a quien ya es justo que tenga
el nombre de vuestra madre?   560
FEDERICO.   Señor Marqués, yo quisiera
ser un Júpiter entonces,
y transformándome cerca
en aquel ave imperial,
aunque las plumas pusiera   565
a la luz de tanto sol,
ya de Faetonte soberbia,
entre las doradas uñas,
tusón del pecho la hiciera,
y por el aire en los brazos,   570
por mi cuidado la vieran
los del Duque, mi señor.
MARQUÉS.   El cielo, señor, ordena
estos sucesos que veis,
para que Casandra os deba   575
un beneficio tan grande,
que desde este punto pueda
confirmar las voluntades,

---

563 *cerca*: con el significado de inmediatamente; «presto, luego, en breve, próximamente» (*Aut.*).

569 *tusón del pecho la hiciera*: tusón es lo mismo que vellón, el que se quita y esquila de la oveja del carnero. De aquí tomó el nombre de Orden del Tusón o Toisón, que instituyó el duque Filipo de Borgoña (1429), en el Pontificado de Martín V. Su insignia era una cadena de oro engarzada de pedernales y eslabones. Por pendiente lleva un carnero que denota el vellocino de oro que Jasón ganó en Colchos. Tanto el mito de Ganimedes y Júpiter, el de Faetón como el de Jasón y los Argonautas, la referencia bíblica a Gedeón (Jueces 3, 36-40) y la heráldica, visualizan la acción de Federico quien, como águila, agarraría con sus uñas a Casandra y, apoyada sobre su pecho, volaría para entregarla con rapidez al Duque; Faetón «es un símbolo de la impaciencia y el arrebato juvenil», indica J. A. Pérez-Rioja, *Diccionario de símbolos y mitos* (Madrid, Editorial Tecnos, 1984), pág. 202b. *Tusón*, es también metonímicamente, prenda dorada, valiosa; oro, dinero; alguien digno de gran nobleza. McGrady [1983], 45-64 desarrolla el símil del cordero (tusón; Casandra) que será sexualmente devorado por el águila (Federico). Ve en sus uñas un símbolo fálico, asociado del mismo modo «tusón» con su derivado «tusona» (prostituta).

y en toda Italia se vea
amarse tales contrarios,
y que en un sujeto quepan.

(*Hablen los dos, y aparte* CASANDRA *y* LUCRECIA.)

CASANDRA.	Mientras los dos hablan, dime	
	qué te parece, Lucrecia,	
	de Federico.	
LUCRECIA.	Señora,	
	si tú me dieses licencia,	585
	mi parecer te diría.	
CASANDRA.	Aunque ya no sin sospecha,	
	yo te la doy.	
LUCRECIA.	Pues yo digo...	
CASANDRA.	Di.	
LUCRECIA.	que más dichosa fueras	
	si se trocara la suerte.	590
CASANDRA.	Aciertas, Lucrecia, y yerra	
	mi fortuna; mas ya es hecho,	
	porque cuando yo quisiera,	
	fingiendo alguna invención,	
	volver a Mantua, estoy cierta	595
	que me matara mi padre,	
	y por toda Italia fuera	
	fábula mi desatino;	
	fuera de que no pudiera	
	casarme con Federico,	600
	y así no es justo que vuelva	
	a Mantua, sino que vaya	
	a Ferrara, en que me espera	

---

580 *amarse tales contrarios;* alusión a las situaciones opuestas de hijastro (Federico) y madrastra (Casandra).

589-90 Lucrecia augura el posterior desarrollo de la acción: el amor carnal entre madrastra (Casandra) y alnado (Federico). *Suelta:* «Di?»

602-3 Es común también en la comedia de Lope la oposición de dos espacios físicos. Recordemos, por ejemplo, Olmedo y Medina en el *Caballero de Olmedo.* Las cortes de Ferrara y Mantua fueron, con Florencia y Venecia, de las más distinguidas. «Mantua and Rome», escribe Peter W. Evans [1979],

                 el Duque, de cuya libre
                 vida y condición me llevan   605
                 las nuevas con gran cuidado.
MARQUÉS.   Ea, nuestra gente venga,
                 y alegremente salgamos
                 del peligro desta selva.
                 Parte delante a Ferrara,   610
                 Rutilio, y lleva las nuevas
                 al Duque del buen suceso,
                 si por ventura no llega
                 anticipada la fama,
                 que se detiene en las buenas   615
                 cuanto corre en siendo malas.
                 Vamos, señora, y prevengan
                 caballo al Conde.
FLORO.   El caballo
                 del Conde.
CASANDRA.   Vuestra Excelencia
                 irá mejor en mi coche.   620

323, «share an *in absentia* relationship with Ferrara»; continúa: «allusion is made to these places, but rather than serving as places of contrast of difference, they provide characters and spectators with replicas of the grim world of Ferrara. Mantua, Rome, Nature, Ferrara, are all part of the same world of values, since the audience's penetration of these places is always supervised either by the figure of the Duke himself, or by his shadow, given shape by the cloying reach of his mind». El Papa y su poderoso concilio de Cardenales mantenía en Roma un potente estado; en Florencia dominaban los Médices; en Milán los Sforza, Ferrara debió sus momentos ilustres a los esfuerzos de los Este, Mantua a los Gonzaga y Urbino, por ejemplo, a los Della Rovere. Ferrara, como pequeño estado con propio gobierno, se aliaba a veces con sus vecinos; otras mantenían abiertas rivalidades que transcendían a internas. Se revelan en parte en el pasado de Aurora, huérfana de madre y padre; éste, hermano del Duque (vv. 700-716). Aurora aún retiene los estados que había heredado (vv. 1401-2). Reconocida fue la academia de Ferrara donde en cierta ocasión, indica Lope en las *Rimas* (ed. G. Diego, Madrid, 1963, página 32) Torcuato Tasso disertó sobre un soneto de Monseñor de la Cada.

606 *nuevas:* las cosas que se cuentan acontecidas de fresco en diversas partes (*Cov.*). Casandra alude a la vida libertina del Duque.

619 *Suelta, Parte XXI:* «V. Excelencia», variante semejante a «V. Alteza». Véase nota al v. 372. La misma variante ocurre en el v. 802.

138

FEDERICO.   Como mande vuestra Alteza
      que vaya, la iré sirviendo.

(El MARQUÉS *lleve de la mano a* CASANDRA,
    y queden FEDERICO *y* BATÍN.)

BATÍN.   ¡Qué bizarra es la Duquesa!
FEDERICO. ¿Parécete bien, Batín?
BATÍN.   Paréceme una azucena,   625
      que está pidiendo al aurora
      en cuatro cándidas lenguas
      que le trueque en cortesía
      los granos de oro a sus perlas.
      No he visto mujer tan linda.   630
      Por Dios, señor, que si hubiera
      lugar (porque suben ya,
      y no es bien que la detengas),
      que te dijera...
FEDERICO.   No digas
      nada, que con tu agudeza   635
      me has visto el alma en los ojos,
      y el gusto me lisonjeas.
BATÍN.   ¿No era mejor para ti
      esta clavellina fresca,
      esta naranja en azar,   640

---

[622] *Suelta, Parte XXI* incluyendo la acotación después del v. 622; *Suelta* y *Parte XXI:* «... quédense...». En *Parte XXI:* «Betán» (por «Batín»), obvio error tipográfico.

[625-29] Batín indica cómo Casandra se asemeja a una azucena, símbolo, ya en la iconografía medieval, de virginidad y pureza. Tierna, bellísima, le parece como si estuviera pidiendo a la Aurora, a través de sus «cuatro cándidas lenguas» (los estambres), que intercambie sus «granos de oro» (el polen de la azucena) por «perlas» (el rocío de la Aurora) o las estrellas. El siguiente verso confirma el asombro de Batín ante la hermosura de Casandra; Díez Borque, págs. 150-151.

[631] Jones y Kossoff omiten «que» (si hubiera), lectura clara en Ms. Díez Borque detecta también la omisión (pág. 151).

[640] *azar:* azahar, la flor del naranjo. Es símbolo de «pureza y de la virginidad, por lo que sirve de adorno a la novia en el día de bodas», Pérez-Rioja, *Diccionario de símbolos y mitos,* pág. 88a. *Suelta:* «hazar».

toda de pimpollos hecha,
esta alcorza de ámbar y oro,
esta Venus, esta Elena?
¡Pesia las leyes del mundo!

FEDERICO. Ven, no les demos sospecha,   645
y seré el primer alnado
a quien hermosa parezca
su madrastra.

BATÍN.   Pues, señor,
no hay más de tener paciencia,
que a fe que a dos pesadumbres   650
ella te parezca fea.

(Salgan el DUQUE DE FERRARA *y* AURORA, *su sobrina.)*

DUQUE.   Hallarála en el camino
Federico, si partió
cuando dicen.

AURORA.   Mucho erró,
pues cuando el aviso vino,   655

---

642 *alcorza:* «hombre o mujer alcorza o de alcorza; melindroso, afeminado; mujer alcorzada hace alusión a prostituta (*Léxico*, 24b-25a); también «costra de azúcar refinado con mezcla de polvos cordiales» (*Cov.*). Es obvia la alusión al goloso apetito sexual que despierta Casandra. Se realza al compararla con la mítica Helena y Venus.

643 *Venus... Elena:* la primera se consagra como «diosa de la belleza y de los placeres, y como madre del Amor (Cupido)». Del mismo modo, la belleza de Helena «era tan extraordinaria que, apenas adolescente, despertó violenta pasión en el héroe Teseo. Tuvo numerosos adoradores, de los que eligió por esposo a Menelao, rey de Esparta. Luego, fue seducida por el apuesto Paris, y este hecho produjo la guerra de Troya»; Pérez-Rioja (*Diccionario de símbolos y mitos,* págs. 313-14 y 236-37, respectivamente) continúa: «La figura de Helena es de las más complejas y contradictorias: un don supremo de hermosura y una fuerza demoniaca, el ideal y el engaño, la belleza y el desastre.»

644 *pesia:* «interjección de desazón y desenfado» (*DRAE); Suelta, Parte XXI:* «Pese.»

646 *alnado:* «el hijo que trae cualquiera de los casados al segundo matrimonio, que también llaman antenado» (*Cov.*). Véase v. 778.

654 *erró:* de errar, «vale asimismo andar vagando sin saber el camino» (*Aut.*). La forma verbal es, en cierto sentido, emblemática de las acciones que desarrolla el Duque. La introduce el Duque en el primer cuadro (v. 25),

                era forzoso el partir
                a acompañar a su Alteza.
DUQUE.   Pienso que alguna tristeza
                pudo el partir diferir;
                    que en fin, Federico estaba   660
                seguro en su pensamiento
                de heredarme, cuyo intento,
                que con mi amor consultaba,
                    fundaba bien su intención,
                porque es Federico, Aurora,   665
                lo que más mi alma adora,
                y fue casarme traición
                    que hago a mi propio gusto;
                que mis vasallos han sido
                quien me han forzado y vencido   670
                a darle tanto disgusto;
                    si bien dicen que esperaban
                tenerle por su señor,
                o por conocer mi amor,
                o porque también le amaban;   675
                    mas que los deudos que tienen

---

aplicándola como acción a Ricardo por incompetente como alcahuete (v. 131); y «errado» fue el camino que siguió Casandra (vv. 478-81). Cfr. además vv. 1582-3 y 1986-90.

662 *cuyo*: aparece aquí con el significado de «el igual».

663 *consultar*: concordar. *Cov.* define «consultar» como «tomar parecer fundado de hombre que le puede dar»; tal definición nos parece más acertada que la propuesta por Jones de «concordar» (pág. 127).

664 *Suelta*: «inteneión».

670-71 El uso de la forma singular «quien» por el plural «quienes» aparece con frecuencia en el Siglo de Oro (Lapesa, *Historia de la Lengua*). El casamiento por conveniencias políticas fue práctica común. Pasa como motivo, al igual que «la razón de estado», a las comedias del ciclo histórico de Lope. Por ejemplo, en *El bastardo Mudarra*, Almanzor aprisiona a Bustos «Porque es razón de estado aprisionarte» (*Ac.* 478a), y al desposorio por «conveniencias políticas» se alude en *El primer rey de Castilla* (*Ac. N.*, 192a), comedia atribuible a Lope.

676 *mas que*: las ediciones modernas presentan el lexema «mas que» como conjunción adversativa; Kossoff prefiere convertir el «mas» en adverbio («más»), «porque me parece que el duque hace un contraste entre sus vasallos (de quienes se trata en los versos precedentes, 669-675) y los deudos, dicien-

141

```
              derecho a mi sucesión
              pondrán pleito con razón;
              o que si a las armas vienen,
                no pudiendo concertallos,           680
              abrasarán estas tierras,
              porque siempre son las guerras
              a costa de los vasallos.
                Con esto determiné
              casarme; no pude más.                 685
AURORA.       Señor, disculpado estás;
              yerro de Fortuna fue.
                Pero la grave prudencia
              del Conde hallará templanza
              para que su confianza                 690
              tenga consuelo y paciencia;
                aunque en esta confusión
              un consejo quiero darte,
              que será remedio en parte
              de su engaño y tu afición.            695
                Perdona el atrevimiento;
              que fiada en el amor
              que me muestras, con valor
              te diré mi pensamiento.
                Yo soy, invicto Duque, tu sobrina;  700
              hija soy de tu hermano,
```

---

do que aquéllos tienen más derecho a pleitear sobre la sucesión que los deudos» (véase pág. 264, nota). Como forma adversativa pleitear también cuadra en la locución reflexiva del Duque. La lectura de Kossoff hace separación entre deudos y vasallos, pero el Duque no hace tal distinción, ya que los
«deudos» son a su vez «sus vasallos». De acuerdo con los vv. 678-80, los deudos tienen dos posibles acciones: a) pleitear (forma legal); o b) venir a las armas (forma violenta). Si no les puede «concertar» el Duque, la guerra es in-
minente. Siguiendo, pues, el silogismo del Duque, el «mas que» obviamente
funciona a modo de adversativa, al oponer otro tipo de acción; concuerda
también con la acción disyuntiva «o por conocer» (v. 674), y «o porque también» (v. 675). Véase al respecto Díez Borque (ed.), pág. 153.

677 *Suelta:* «succesión».

680 *concertallos:* «lo mismo que componer, ajustar, acordar» *(Aut.);* sobre la
asimilación de -r, véase nota 38.

697 *Suelta, Parte XXI:* «fiado».

que en su primera edad, como temprano
almendro que la flor al cierzo inclina,
cinco lustros (¡ay suerte
cruel!), rindió la inexorable muerte.   705
    Criásteme en tu casa, porque luego
quedé también sin madre;
tú sólo fuiste mi querido padre,
y en el confuso laberinto ciego
de mis fortunas tristes,   710
el hilo de oro que de luz me vistes.
    Dísteme por hermano a Federico,
mi primo en la crianza,
a cuya siempre honesta confianza
con dulce trato honesto amor aplico,   715
no menos dél querida
viviendo entrambos una misma vida.
    Una ley, un amor, un albedrío,
una fe nos gobierna,
que con el matrimonio será eterna,   720
siendo yo suya, y Federico mío;
que aun apenas la muerte
osará dividir lazo tan fuerte.

704-6 Jones define «rindió» por «venció», leyendo como es «tu hermano, a
quien la inexorable muerte venció en su primera edad». Hartzenbusch y van
Dam leyeron el verso como «rindió a la inexorable muerte». Kossoff lee los
vv. 704 de la siguiente manera: «(¡cinco lustros! ¡ay suerte / cruel!), rindió la
inexorable muerte». Seguimos la lectura de Jones (pág. 49), ya que cinco lustros es la referencia temporal: el tiempo (25 años) en que la muerte «rindió»
(venció) al hermano del Duque, siendo innecesario, creemos, el uso de los
signos exclamativos en el sintagma temporal «cinco lustros».

708 *Suelta*: «quedrido».

711 Es decir, «el hilo de oro de luz que me vistes», según indica Jones (página 127). Kossoff ve, acertadamente, una lejana referencia al «hilo» del mito de
Ariadna (pág. 265). Enamorada ésta de Teseo, le dio un hilo con el cual éste
pudo salir del Laberinto. Aurora vendría a ser, en este sentido, la figura de
Teseo. Lo que concuerda, como hemos explicado en la «Introducción», con
el simbolismo de su nombre.

717 *Suelta*: «mesma vida».

718 *albedrío*: «vale también cualquiera acción que el hombre ejecuta como si
no tuviese superior, ciegamente y por su antojo, sin fundamento de razón
mas que su gusto o deleite» (*Aut.*).

                    Desde la muerte de mi padre amado,
                    tiene mi hacienda aumento;   725
                    no hay en Italia agora casamiento
                    más igual a sus prendas y a su estado;
                    que yo entre muchos grandes,
                    ni miro a España, ni me aplico a Flandes.
                        Si le casas conmigo, estás seguro   730
                    de que no se entristezca
                    de que Casandra sucesión te ofrezca,
                    sirviendo yo de su defensa y muro.
                    Mira si en este medio
                    promete mi consejo tu remedio.   735

DUQUE.   Dame tus brazos, Aurora,
                    que en mi sospecha y recelo
                    eres la misma del cielo,
                    que mi noche ilustra y dora.
                        Hoy mi remedio amaneces,   740
                    y en el sol de tu consejo
                    miro, como en claro espejo,
                    el que a mi sospecha ofreces.
                        Mi vida y honra aseguras;
                    y así te prometo al Conde,   745
                    si a tu honesto amor responde
                    la fe con que le procuras;
                        que bien creo que estarás
                    cierta de su justo amor,
                    como yo, que tu valor,   750
                    Aurora, merece más.

---

⁷²⁵ *Suelta:* «augmento».

⁷²⁶⁻²⁸ *grandes:* grande, prócer. Varía la puntuación en algunas ediciones modernas (Jones, Kossoff). Nuestra puntuación destaca al «yo» (Duque) entre otros muchos grandes, cuyo casamiento no tiene ahora igual. Con tal unión se unen así, piensa el Duque, dos poderosos estados. Completa la caracterización de soberbio y arrogante que han destacado la mayoría de los críticos; Wilson entre otros. *Parte XXI:* «enrre» en vez de «entre» (v. 728).

⁷³⁹ *ilustra:* «engrandecer o ennoblecer alguna cosa» *(Aut.)*.

⁷⁴⁷ *procuras:* procurar, «solicitar alguna cosa» *(Cov.)*. En el Ms. se lee «fee» (lo mismo en vv. 833, 1032, 1277); *Suelta* y *Parte XXI:* «fe», que preferimos.

144

                    Y así, pues vuestros intentos
                conformes vienen a ser
                palabra te doy de hacer
                juntos los dos casamientos.   755
                    Venga el Conde, y tú verás
                qué día a Ferrara doy.
AURORA.   Tu hija y tu esclava soy.
                No puedo decirte más.

                        (*Entre* BATÍN.)

BATÍN.   Vuestra Alteza, gran señor,   760
                reparta entre mí y el viento
                las albricias, porque a entrambos
                se las debe de derecho;
                que no sé cuál de los dos
                vino en el otro corriendo: 765
                yo en el viento, o él en mí,
                él en mis pies, yo en su vuelo.
                La Duquesa mi señora
                viene buena, y si primero
                dijo la fama que el río,   770
                con atrevimiento necio,
                volvió el coche, no fue nada,
                porque el Conde al mismo tiempo
                llegó, y la sacó en sus brazos,
                con que las paces se han hecho   775
                de aquella opinión vulgar
                que nunca bien se quisieron
                los alnados y madrastras;
                porque con tanto contento
                vienen juntos, que parecen   780
                hijo y madre verdaderos.
DUQUE.   Esa paz, Batín amigo,
                es la nueva que agradezco;

_____
760 En la acotación entre este verso y el anterior el Ms. omite «Batín».
762 *albricias:* «lo que se da al que nos trae algunas buenas nuevas»
(*Cov.*).

                                                             145

	y que traiga gusto el Conde,	
	fuera de ser nueva es nuevo.	785
	Querrá Dios que Federico	
	con su buen entendimiento	
	se lleve bien con Casandra.	
	En fin, ¿ya los dos se vieron,	
	y en tiempo que pudo hacerle	790
	ese servicio?	

BATÍN.   Prometo
a vuestra Alteza que fue
dicha de los dos.

AURORA.   Yo quiero
que me des nuevas también.

BATÍN.   ¡O Aurora, que a la del cielo   795
das ocasión con el nombre
para decirte concetos!
¿Qué me quieres preguntar?

AURORA.   Deseo de saber tengo
si es muy hermosa Casandra.   800

BATÍN.   Esa pregunta y deseo
no era de vuestra Excelencia,
sino del Duque, mas pienso
que entrambos sabéis por fama
lo que repetir no puedo,   805
porque ya llegan.

DUQUE.   Batín,
ponte esta cadena al cuello.

---

797 *concetos:* se mantiene una continua vacilación, en todo el Siglo de Oro, entre la forma latina de los cultismos («efecto», «perfecto», «concepto»), y la tendencia a adaptarlos a los hábitos de la pronunciación romance («afeto», «perfeto», «conceto»). «Ni siquiera a fines del siglo XVII», escribe Lapesa, «existía criterio fijo; el gusto del hablante y la mayor o menor frecuencia del uso eran los factores decisivos» (*Historia de la lengua,* pág. 390). Sobre tal vacilación Francisco Rico (ed., *El caballero de Olmedo,* III, v. 819) aporta un texto significativo de Lope: «¡Oh, breve conceto! / *Conceto?* No dije bien. / *Concepto* con *p* es mejor.»

807 Este regalo de la cadena que el duque concede a Batín asocia la recibida por Fabia (*El caballero de Olmedo,* vv. 204-5), y por la Celestina en *La Celestina* de Fernando de Rojas. La genealogía literaria entre Lope y Rojas ha sido extensamente ampliada: desde Marcel Bataillon, *«La Célestine» selon Fernando*

(Entren con grande acompañamiento y bizarría RUTILIO, FLORO, ALBANO, LUCINDO, EL MARQUÉS GONZAGA, FEDERICO, CASANDRA *y* LUCRECIA.)

FEDERICO.	En esta güerta, señora,	
	os tienen hecho aposento	
	para que el Duque os reciba,	810
	en tanto que disponiendo	
	queda Ferrara la entrada,	
	que a vuestros merecimientos	
	será corta, aunque será	
	la mayor que en estos tiempos	815
	en Italia se haya visto.	
CASANDRA.	Ya, Federico, el silencio	
	me provocaba a tristeza.	
FEDERICO.	Fue de aquesta causa efeto.	
FLORO.	Ya salen a recibiros	820
	el Duque y Aurora.	
DUQUE.	El cielo,	
	hermosa Casandra, a quien	

---

de Rojas (París, 1961), págs. 237-50 al masivo trabajo de María Rosa Lida de Malkiel, *La originalidad artística de «La Celestina»* (Buenos Aires, 1962). El regalo de la «cadena» vino a ser un tópico; en Lope, en *Servir a señor discreto* (versos 875-879); en Tirso, *Averígüelo Vargas* (vv. 1978-80). Sobre las características y función del noble donante, véase J. M. Díez Borque, *Sociología de la comedia española del siglo XVII* (Madrid, 1976), págs. 277 y ss.

808 *güerta:* la *-h* aspirada, procedente de *-f* latina y de aspiradas de origen árabe (la fricativa velar /X/ que resulta de /z/ y /s/) dio también en aspirada, confundiéndose con aquélla. El cambio de *h* por g o j denuncia, de acuerdo con Lapesa *(Historia de la lengua*, págs. 379-80), «baja extracción social». En *El Buscón* de Quevedo se aconseja sobre el habla del hampa de Sevilla: «Haga vucé cuando hablare de las *g, h,* y de las *h, g;* diga conmigo *gerida* ['herida'], *mogino* ['mohíno'], *jumo, pahería, mohar, habalí* y *harro* de vino.» Así, al igual que *güerto* y *güerta* se transcribe en *Cov. Suelta, Parte XXI:* «huerta».

812 José María Díez Borque (ed., pág. 159) detalla cómo estas entradas y fiestas de recibimiento se celebraban «con gran aparato de público: comitivas ricamente engalanadas, arquitectura efímera, carros triunfales, fuegos de artificio, donativos, juegos de toros y cañas» realzando el gran renombre y aparato que adquirieron las fiestas barrocas italianas; cita el estudio de M. Fagiolo dell'Arco y S. Carandini, *L'effimero barocco. Strutture della festa nella Roma del'600* (Roma, Bulzoni, 1977).

819 *efeto:* se tiende a suprimir, como hemos visto, los grupos consonánticos cultos; en este caso el grupo-ct.

	con toda el alma os ofrezco	
	estos estados, os guarde,	
	para su señora y dueño,	825
	para su aumento y su honor,	
	los años de mi deseo.	
CASANDRA.	Para ser de vuestra Alteza	
	esclava, gran señor, vengo,	
	que deste título sólo	830
	recibe mi casa aumento	
	mi padre honor y mi patria	
	gloria, en cuya fe poseo	
	los méritos de llegar	
	a ser digna de los vuestros.	835
DUQUE.	Dadme vos, señor Marqués	
	los brazos, a quien hoy debo	
	prenda de tanto valor.	
MARQUÉS.	En su nombre los merezco,	
	y por la parte que tuve	840
	en este alegre himeneo,	
	pues hasta la ejecución	
	me sois deudor del concierto.	
AURORA.	Conoced, Casandra, a Aurora.	
CASANDRA.	Entre los bienes que espero	845
	de tanta ventura mía,	
	es ver, Aurora, que os tengo	
	por amiga y por señora.	
AURORA.	Con serviros, con quereros	
	por dueño de cuanto soy,	850
	sólo responderos puedo.	
	Dichosa Ferrara ha sido,	
	o Casandra, en mereceros,	

---

826 *Suelta:* «augmento»: lo mismo en v. 831.

827 *los años de mi deseo:* es decir, «los años que deseo», de acuerdo con Kossoff (pág. 270), en sugerencia que recoge de su estimado maestro Fichter.

839 *Parte XXI* atribuye estos versos al Duque; se corrige, como observa Díez Borque (pág. 160), a mano.

841 *himeneo:* boda o casamiento; también composición poética en que se celebra un casamiento. *Suelta, Parte XXI:* «Himeneo». En Ms. se lee «Himineo».

148

	para gloria de su nombre.	
CASANDRA.	Con tales favores entro,	855
	que ya en todas mis acciones	
	próspero fin me prometo.	
DUQUE.	Sentaos, porque os reconozcan	
	con debido amor mis deudos	
	y mi casa.	
CASANDRA.	No replico;	860
	cuanto mandáis obedezco.	

(Siéntense debajo de dosel el DUQUE *y* CASANDRA,
y el MARQUÉS *y* AURORA.)*

CASANDRA.	¿No se sienta el Conde?	
DUQUE.	No;	
	porque ha de ser el primero	
	que os ha de besar la mano.	
CASANDRA.	Perdonad, que no consiento	865
	esa humildad.	
FEDERICO.	Es agravio	
	de mi amor; fuera de serlo,	
	es ir contra mi obediencia.	
CASANDRA.	Eso no.	
FEDERICO.	Temblando llego.	
CASANDRA.	Teneos.	
FEDERICO.	No lo mandéis.	870
	Tres veces, señora, beso	

---

857 *próspero fin:* el personaje habla aquí ajeno a su destino; irónicamente se instaura detrás del autor que pervierte la expresión. La ironía es fundamental, de acuerdo con Frye, en la figuración dramática de las acciones de los personajes de la tragedia (*Anatomy of Criticism,* págs. 285-89).

861 *Suelta* y *Parte XXI* escriben como acotación: «Siéntense debajo del dosel el Duque y Casandra, el Marqués y Aurora.»

870 *teneos:* es decir, detenos.

871 Federico besa tres veces la mano de Casandra. Este número era para Pitágoras perfecto, ya que contiene un principio, un medio y un fin; para Freud era emblema sexual; base del principio divino, que se halla en todos los cultos, según Bayard (Pérez-Rioja, *Diccionario de símbolos y mitos,* páginas 405b-406a). En el act. I de la comedia de Moreto, *Antioco y Seleúco,* el príncipe besa la mano de la reina tres veces: «Tres veces la mano beso: / pri-

vuestra mano: una por vos,
con que humilde me sujeto
a ser vuestro mientras viva,
destos vasallos ejemplo;   875
la segunda por el Duque
mi señor, a quien respeto
obediente; y la tercera
por mí, porque no teniendo
más por vuestra obligación,   880
ni menos por su preceto,
sea de mi voluntad,
señora, reconoceros;
que la que sale del alma
sin fuerza de gusto ajeno,   885
es verdadera obediencia.

CASANDRA.   De tan obediente cuello
sean cadena mis brazos.

DUQUE.   Es Federico discreto.

MARQUÉS.   Días ha, gallarda Aurora,   890
que los deseos de veros
nacieron de vuestra fama,

---

mero por reina mía... / otra por esposa y dueño / de mi padre, / de quien se
cifra: / y la tercera es por ser...» (*BAE*, XXXIX, pág. 44). Véanse también
las comedias de Lope, documenta Dixon [1973], pág. 79, nota 48, *La envidia
de la nobleza* (*Ac.* XI, pág. 28a); *La bella Aurora* (*Ac.* VI, págs. 221b y 228b); *El
galán de la membrilla*, ed. de D. Marín y E. Rugg (Madrid, 1962), págs. 180-81;
Nadie se conoce (*Ac. N.*, VII, pág. 681); *Porfiar hasta morir* (*Ac.* X, pág. 92b); *Po-
breza no es vileza* (*Ac.*, XII, 509b); M. Romera-Navarro, «Apuntaciones
sobre viejas fórmulas castellanas de saludo», *Romanic Review*, XXI (1930), 218-23.
A. González de Amezúa, *Epistolario de Lope de Vega*, II (Madrid, 1940), página 656, escribe que Lope, para «representar el amor material, con un delicioso
eufemismo que le librara de otras y más escabrosas descripciones, se sirve tan
sólo de dos voces, *los brazos* [...]. Y así, siempre que en el *Epistolario* alude a
ellos, ya sabemos lo que Lope quiere significar «con esa discreta alusión: goce
físico, unión de los cuerpos, ausencia de toda espiritualidad».

[879] *Suelta, Parte XXI:* «teniendo»; Ms. «tiniendo».

[881] *preceto:* véase nota al v. 797. En esta ceremonia del «besamanos», Federico expresa (vv. 879-81) que el tercer beso en la mano implica haber com-
plido la obligación que tiene hacia Casandra, y a la vez el mandato del Duque, siendo de su voluntad el reconocerla por lo que es. *Suelta, Parte XXI:*
«procepto».

	y a mi fortuna le debo	
	que tan cerca me pusiese	
	de vos, aunque no sin miedo,	895
	para que sepáis de mí	
	que, puesto que se cumplieron,	
	son mayores de serviros	
	cuando tan hermosa os veo.	
AURORA.	Yo, señor Marqués, estimo	900
	este favor como vuestro,	
	porque ya de vuestro nombre,	
	que por las armas eterno	
	será en Italia, tenía	
	noticia por tantos hechos;	905
	lo de galán ignoraba,	
	y fue ignorancia, os confieso,	
	porque soldado y galán	
	es fuerza, y más en sujeto	
	de tal sangre y tal valor.	910
MARQUÉS.	Pues haciendo fundamento	
	dese favor, desde hoy	
	me nombro vuestro, y prometo	
	mantener en estas fiestas	
	a todos los caballeros	915
	de Ferrara, que ninguno	
	tiene tan hermoso dueño.	
DUQUE.	Que descanséis es razón;	
	que pienso que entreteneros	
	es hacer la necedad	920
	que otros casados dijeron.	

---

897 *Puesto que:* «aunque».

911 *haciendo fundamento:* en el sentido de haciendo apoyo en algo que se toma como base.

912 *Suelta, Parte XXI:* «de ese».

913 Ms.: «nambro» que las ediciones posteriores corrigen en «nombro».

914 *mantener:* «ser el principal en la justa, torneo u otro festejo, esperando en el circo o palestra a los que hubieren de venir a lidiar o contender con él» (*Aut.*), dentro del sentido de «afirmar algo contra otros en un torneo», como explica van Dam.

919-25 El Duque deja que Casandra descanse, dado el largo viaje. No quiere

151

No diga el largo camino
que he sido dos veces necio,
y amor que no estimo el bien,
pues no le agradezco el tiempo.   925

(Todos se entran con grandes cumplimientos,
y quedan FEDERICO *y* BATÍN.)

FEDERICO. ¡Qué necia imaginación!
BATÍN.   ¿Cómo necia? ¿Qué tenemos?
FEDERICO. Bien dicen que nuestra vida
           es sueño, y que toda es sueño,
           pues que no sólo dormidos,   930
           pero aun estando despiertos,
           cosas imagina un hombre
           que al más abrasado enfermo
           con frenesí, no pudieran

---

cometer, excusándose así, inteligentemente, la necedad propia de los recién
desposados, que se tornan en tediosos. Así «Amor» no le podrá acusar del
afecto que siente hacia Casandra, concediéndole a ésta el tiempo que necesita. Irónicamente se entrevee la poca atención que el Duque concede a la recién llegada. Díez Borque (ed., pág. 164) sugiere, acertadamente, la inclusión
de la preposición «de» para el verso 921 («que de otros casados dijeron»);
Kossoff, pág. 273. Van Dam (pág. 340) califica el verso 925 de «obscuro».
Kossoff le da el significado de «aprovecharme del tiempo de estar a solas con
ella». *Suelta* y *Parte XXI* incluyen como acotación, después de este verso: «... y
quédanse Federico y Batín.»

[926-30] *necia imaginación:* la imaginación, han notado varios críticos, adquiere
en la obra un gran valor moral. Da cuerpo al conflicto interior de Federico.
Se asocia con el «sueño», fruto de la necia fantasía. Se barrunta la posibilidad
de que tales sueños se hagan reales. Véanse, por ejemplo, vv. 959-65. A sus
«fantasías» alude más tarde Casandra (v. 1107), al igual que a la imaginación
(vv. 1532, 1591), estableciéndose ésta como agente perturbador. Error imaginado será para Casandra el adulterio que da en justificación. Sobre el concepto de sueño o de que la vida es sueño, Jones indica: «It is hardly neccess-
ary to argue that the occurrence of this phrase here proves that Calderon
wrote his play *La vida es sueño* before (1631), since it is a commonplace» (página 128). Van Dam explica que otra mano que la del poeta tachó en el Ms. la -s
final de «dormidos» y «despiertos» (vv. 930-1), forma plural en *Suelta* y *Parte XXI.*

[934] *frenesí:* «metafóricamente vale disparate o capricho tenaz», locura, deli-
rio *(Aut.).*

	llegar a su entendimiento.	935
Batín.	Dices bien; que alguna vez	
	entre muchos caballeros	
	suelo estar, y sin querer	
	se me viene al pensamiento	
	dar un bofetón a uno,	940
	o mordelle del pescuezo.	
	Si estoy en algún balcón,	
	estoy pensando y temiendo	
	echarme dél y matarme.	
	Si estoy en la iglesia oyendo	945
	algún sermón, imagino	
	que le digo que está impreso.	
	Dame gana de reír	
	si voy en algún entierro;	
	y si dos están jugando,	950
	que les tiro el candelero.	
	Si cantan, quiero cantar;	
	y si alguna dama veo	
	en mi necia fantasía,	
	asirla del moño intento,	955
	y me salen mil colores,	
	como si lo hubiera hecho.	
Federico.	¡Jesús! ¡Dios me valga! ¡Afuera,	
	desatinados conceptos	

---

940 Díez Borque (ed., pág. 166) ve el parlamento de Batín dentro de la retórica del «mundo al revés»: realidad insatisfecha, acciones irracionales, «aunque sea», especifica, «bajo la capa de la graciosidad del donaire, que, no obstante, no adopta los tópicos habituales y repetidos».

941 *Suelta:* «y mordelle»; *Parte XXI:* «y morderle». En Ms. se lee «u mordelle». Kossoff, al igual que Díez Borque, «o mordelle», que seguimos.

947 La influencia de los sermonarios en la literatura del siglo XVII ha sido extensamente documentada. Le dedicó una valiosa monografía Hilary Dansey Smith, *Preaching in the Spanish Golden Age* (Oxford, Oxford University Press, 1978), págs. 5-28. Con una amplitud europea véase Louis L. Martz, *The Poetry of Meditation* (New Haven, Yale University Press, 1974), págs. 25-70; 71-117.

950 *Suelta* y *Parte XXI:* «juzgando».

951 *candelero:* la elipsis omite «imagino» con el sentido de «que les tiró el candelero». *Suelta* y *Parte XXI:* «un candelero».

	de sueños despiertos! ¿Yo	960
	tal imagino, tal pienso?	
	¿Tal me prometo, tal digo?	
	¿Tal fabrico, tal emprendo?	
	No más ¡Extraña locura!	
BATÍN.	¿Pues tú para mí secreto?	965
FEDERICO.	Batín, no es cosa que hice,	
	y así nada te reservo;	
	que las imaginaciones	
	son espíritus sin cuerpo.	
	Lo que no es ni ha de ser	970
	no es esconderte mi pecho.	
BATÍN.	Y si te lo digo yo,	
	¿negarásmelo?	
FEDERICO.	Primero	
	que puedas adivinarlo,	
	habrá flores en el cielo,	975
	y en este jardín estrellas.	
BATÍN.	Pues mira como lo acierto:	
	que te agrada tu madrastra,	
	y estás entre ti diciendo...	
FEDERICO.	No lo digas, es verdad;	980
	pero yo, ¿qué culpa tengo,	
	pues el pensamiento es libre?	
BATÍN.	Y tanto, que por su vuelo	
	la inmortalidad del alma	
	se mira como en espejo.	985
FEDERICO.	Dichoso es el Duque.	
BATÍN.	Y mucho.	
FEDERICO.	Con ser imposible, llego	

---

971 Expresión elíptica en que se indica no esconder nada de lo que pasa en mi pecho; es decir, nada te oculto si no te digo lo que no ha ocurrido ni ocurrirá, sentido que adoptan Jones (pág. 128), Kossoff (pág. 275) y últimamente Díez Borque (pág. 167).

974 *primero:* con el sentido de «antes».

981-85 El hecho de que el pensamiento es libre facilita que el alma se examine viéndose como en un espejo, afirmándose así en su inmortalidad, siguiendo la exégesis de Kossoff (pág. 276).

988 *Suelta:* «invidioso».

	a estar envidioso dél.	
BATÍN.	Bien puedes, con presupuesto	
	de que era mejor Casandra	990
	para ti.	
FEDERICO.	Con eso puedo	
	morir de imposible amor,	
	y tener posibles celos.	

---

992 *morir de imposible amor:* el *topos* literario, presente en la poesía de Cancioneros y trovadoresca, que forma parte del código del amor cortés, se torna en signo premonitorio del final trágico de Federico. Sobre el final de este acto Díez Borque escribe: «Lope no desaprovecha los finales de acto, como lugar privilegiado, para efectos de tensión, suspense (en otras piezas comicidad)» (ed., pág. 169). Véase en este sentido los vv. 20; 25-30.

Página del segundo acto de *El castigo sin venganza*.

Acto segundo

(Salen. Casandra *y* Lucrecia.*)*

Lucrecia.	Con notable admiración	
	me ha dejado vuestra Alteza	995
Casandra.	No hay altezas con tristeza,	
	y más si bajezas son.	
	Más quisiera, y con razón,	
	ser una ruda villana	
	que me hallara la mañana	1000
	al lado de un labrador,	
	que desprecio de un señor,	
	en oro, púrpura y grana.	

Suelta y *Parte XXI* insertan, después del v. 993 la acotación «Salen [...]».

1002 *Suelta* y la *Parte XXI* alteran el verso («que desprecio de un señor»), lo mismo van Dam y Jones. Kossoff arguye por la versión del autógrafo, indicando que «el sentido de la enmienda está bien, pero tiene la desventaja de cambiar un "texto perfectamente aceptable" donde no es fácil que la combinación de palabras sea un desliz de Lope». Documenta casos semejantes en *Peribáñez* (vv. 1584, 2044). El problema se plantea entre la preferencia del «autógrafo» frente a la *princeps,* y en la suposición de que Lope no hiciese ningún cambio a la hora de imprimirlo. Díez Borque (ed., pág. 174) apunta la posibilidad de «señor de un desprecio», dado el hipérbaton, refiriéndose la dama a sí misma en masculino, sin embargo ve forzada tal lectura.

1003 El tema del «desprecio de corte y alabanza de aldea» («labrador» frente a «señor») fue extensamente tratado, como bien se sabe, en las letras del Siglo de Oro. Numerosas veces por Lope, tanto en sus comedias como en sus obras líricas y en prosa. Las raíces son clásicas. Sobresalen varias comedias

```
            ¡Pluguiera a Dios que naciera
        bajamente, pues hallara                         1005
        quien lo que soy estimara,
        y a mi amor correspondiera!
        En aquella humilde esfera,
        como en las camas reales,
        se gozan contentos tales,                       1010
        que no los crece el valor,
        si los efetos de amor
        son en las noches iguales.
            No los halla a dos casados
        el sol por las vidrieras                        1015
        de cristal, a las primeras
        luces del alba, abrazados
        con más gusto, ni en dorados
        techos más descanso halló,
        que tal vez su rayo entró                        1020
        del aurora a los principios,
        por mal ajustados ripios,
        y un alma en dos cuerpos vio.
            Dichosa la que no siente
        un desprecio autorizado,                         1025
        y se levante del lado
        de su esposo alegremente;
        la que en la primera fuente
        mira y lava, ¡o cosa rara!
```

(entre otras muchas): *El villano en su rincón*, *Peribáñez* y *Fuente ovejuna*. También
la canción (lira de seis versos) «Cuán bienaventurado» incluida en *Pastores de Belén* (libr. I); Noël Salomón, *Lo villano en el teatro del Siglo de Oro* (Madrid, 1985), págs. 706-761.

1008 *esfera*: «clase o condición de una persona» *(DRAE)*.

1015 En Ms. se lee «vedrïeras» que Kossoff y Díez Borque conservan; *Suelta, Parte XXI*: «vidrieras».

1022 *ripios*: «cerca de los canteros son las piedras menudas que saltan de las
piezas que van logrando u otro género de piedras menudas; son de gran importancia para rehenchir las paredes de manpostería e irles dando los asien-
tos y lechos» *(Cov.)*.

1025 *desprecio autorizado*: es decir, procedente de una persona autorizada
(Kossoff, pág. 278).

1029 *Suelta, Parte XXI*: «o lava»; Kossoff «¡o cosa rara!» así en Ms. (sin los
signos de admiración).

158

con las dos manos la cara,   1030
y no en llanto, cuando fue
mujer de un hombre sin fe,
con ser Duque de Ferrara.
  Sola una noche le vi
en mis brazos en un mes,   1035
y muchos le vi después
que no quiso verme a mí.
Pero de que viva ansí
¿cómo me puedo quejar,
pues que me pudo enseñar   1040
la fama que quien vivía
tan mal, no se enmendaría,
aunque mudase lugar?
  Que venga un hombre a su casa,
cuando viene al mundo el día,   1045
que viva a su fantasía,
por libertad de hombre pasa.
¿Quién puede ponerle tasa?
Pero que con tal desprecio
trate una mujer de precio,   1050
de que es casado olvidado,
o quiere ser desdichado
o tiene mucho de necio.
  El Duque debe de ser
de aquellos cuya opinión,   1055
en tomando posesión,
quieren en casa tener
como alhaja la mujer,

1036 *Suelta, Parte XXI:* «y muchas».

1043 *mudase lugar?:* recuerda el cierre de *El Buscón* de Quevedo: «pues nunca mejora su estado quien muda solamente de lugar, y no de vida y costumbres», con obvios remedos en Horacio: «Caelum non animun mutant, qui trans mare currunt» (*Epíst.*, I, 11, 27); «[...] quid terras alio calentis / sole mutamus? patria quis exsul / se quoque fugit?» (*Odae*, II, XVI, 18-20); «In culpa est animus, qui se no effugit umquam» (*Epíst.*, I, XIV, 13), y en Montaigne (*Essais*, I xxxviii); *lugar:* «estado»; también «tiempo, espacio, oportunidad u ocasión» (*Aut.*).

1058 *alhaja:* «lo que comúnmente llamamos en casa colgaduras, tapicería,

para adorno, lustre y gala,
silla o escritorio en sala;   1060
y es término que condeno,
porque con marido bueno,
¿cuándo se vio mujer mala?
            La mujer de honesto trato
viene para ser mujer   1065
a su casa, que no a ser
silla, escritorio o retrato.
Basta ser un hombre ingrato,
sin que sea descortés;
y es mejor, si causa es   1070
de algún pensamiento extraño,
no dar ocasión al daño,
que remediarle después.

LUCRECIA.   Tu discurso me ha causado
lástima y admiración;   1075
que tan grande sinrazón

---

camas, sillas, bancos, mesas» *(Cov.)*. Díez Borque explica (ed. pág. 176) cómo
para una época «en que tan escasísimos testimonios pictóricos hay de interio-
res resultan sugestivos versos como éste, por lo que nos descubren sobre costumbres decorativas. Pertenecería este pasaje a la vena feminista de Lope,
que han puesto de relieve algunos críticos, como forma de agradar a la «cazuela».

[1061] *término:* «vale también forma, o modo de portarse o hablar en el trato
común» *(Aut.)*.

[1066] La puntuación tiende a ser en algunas ediciones modernas, como ya
indicamos, un tanto inconsistente. Por ejemplo, antes de disyuntiva («o») se
puntúa a veces con coma; otras con punto y coma, otras sin ningún signo.
Véase, por ejemplo, en este caso, v. 1060: «silla, o escritorio en sala» (Jones)
frente a «silla, escritorio o retrato», tanto en Jones como en Kossoff. Se anula
o se establece con frecuencia una pausa retórica que tan sólo concierne a la representación teatral y al director en turno. En otros casos se establece frente
al autógrafo, cuya puntuación es mínima, dos posibles lecturas.

[1070-1] El desencanto de Casandra hacia el Duque es progresivo. Tiene en
estos versos ya máxima expresión al sentirse considerada como mero objeto
físico. A modo de *captatio benevolentiae,* recién llegada a Ferrara, donde es una
forastera, había indicado que mejor querría tener al Conde por hijo que ser
Duquesa de este estado (vv. 495-7). Se queja de la vida irregular del Duque;
de la frialdad con que éste la recibe (vv. 602-6), planeando ya, ante tanto desdén, su propia venganza: el adulterio (vv. 1136-7).

[1073] *remediarle:* notemos un caso de «leísmo», frecuente en Lope.

            puede ponerte en cuidado.
            ¿Quién pensara que casado
            fuera el Duque tan vicioso,
            o que no siendo amoroso,   1080
            cortés, como dices, fuera,
            con que tu pecho estuviera
            para el agravio animoso?
              En materia de galán
            puédese picar con celos,   1085
            y dar algunos desvelos
            cuando dormidos están:
            el desdén, el ademán,
            la risa con quien pasó,
            alabar al que la habló,   1090
            con que despierta el dormido;
            pero celos a marido,
            ¿quién en el mundo los dio?
              ¿Hale escrito vuestra Alteza
            a su padre estos enojos?   1095
CASANDRA. No, Lucrecia, que mis ojos
            sólo saben mi tristeza.
LUCRECIA. Conforme a naturaleza
            y a la razón, mejor fuera
            que el Conde te mereciera,   1100
            y que contigo casado,
            asegurando su estado,
            su nieto le sucediera.

[1080] En Ms. se lee: «o que que».

[1083] *animoso:* «valeroso, bizarro, alentado, esforzado y valiente» *(Aut.).*

[1087] Ms.: «dormirdos».

[1094] *Hale:* por «le ha», forma enclítica ya fuera de uso.

[1103] *nieto:* alusión al nieto del Duque y no del Conde. Ya Lucrecia, y Batín anteriormente (vv. 589-90), había insinuado que Casandra hubiera sido más feliz casándose con el Conde; más de acuerdo con la Naturaleza y hasta con la razón: los dos, jóvenes, y sintiendo mutua atracción. En tal punto había insistido Batín al final del primer acto (vv. 987-91) y rotundamente Lucrecia al mencionar el posible nieto que, de haberse realizado la «imaginada» unión, sucedería al Duque (vv. 1098-1103).

           Que aquestas melancolías
           que trae el Conde no son,   1105
           señora, sin ocasión.
CASANDRA. No serán sus fantasías,
           Lucrecia, de envidias mías,
           ni yo hermanos le daré;
           con que Federico esté   1110
           seguro que no soy yo
           la que la causa le dio:
           desdicha de entrambos fue.

[1104] *aquestas:* equivalente a «estas». Resulta, de acuerdo con Menéndez Pidal, *Manual de gramática española* (98, 3) de la forma reforzada del demostrativo del latín vulgar «eccu(m)iste» que da «aqueste», «aquese»; del mismo modo «eccu(m)istas» da «aquestas». *Melancolías:* «enfermedad conocida y pasión muy ordinaria, donde hay poco contento y gusto» *(Cov.).* Era uno de los cuatro humores del cuerpo humano que la medicina llama primarios; también tristeza grande y permanente. Procedía del humor melancólico que domina, «y hace que el que la padece no halle gusto ni diversión en cosa alguna» *(Aut.).* En *Los locos de Valencia (BAE,* I, 128c) de Lope, Gerarda consulta al médico Verino sobre el estado de su hija. Este atribuye su «calentura» a «humores melancólicos». Castiglione en *El cortesano,* recogiendo la tradición de Ovidio, describe del enamorado, el andar ordinariamente afligido en continuas lágrimas y sospiros, el estar triste, el callar siempre y quejarse, el desear la muerte y, en fin, el vivir en extrema miseria y aventura. Son estas las puras cualidades *(affectuus melancholicus)* que se dicen ser propias de los enamorados. Véase R. Schevill, *Ovid and the Renaissance in Spain* (Berkeley, 1913), pág. 41; *Novelas amorosas de diversos ingenios del siglo XVII,* ed., introducción y notas de Evangelina Rodríguez Cuadros, Madrid, 1986; C. B. Morris [1963], 69-78. La melancolía y la enfermedad de amor, rozando con la locura, las desarrolla Lope en *El príncipe melancólico [Ac. N.,* I]. Los tratados sobre el tema abundan en la época:Juan Huarte de San Juan, *Examen de ingenios* (Madrid, 1578); Andrés Velázquez, *Libro de la melancholía en que se trata de la naturaleza de esta enfermedad* (Sevilla, Hernando Dtoz, 1585); Luis de Mercado, «De Melancholia», *Opera Omnia,* I (Madrid, 1604); Cristóforo de Vega, *Opera Omnia* (Lyon, 1621); Alfonso de Santa Cruz, *De melancholia inscriptus* (Madrid, 1622); y el *Comentario a El Banquete de Platón* de Marsilio Ficino *(De Amore,* ed. de R. de la Villa Ardura, Madrid, 1986, pág. 145). Cfr. Robert Burton, *The Anatomy of Melancholy* (1621); A. Albarracín Teulón [1954], y, «Lope de Vega y el hombre enfermo», *Cuadernos Hispanoamericanos,* núms. 161-162 (1963), 454-463. La dependencia de la mujer hacia el hombre que, como «materia» apetece la unión, se da, por ejemplo, en *Los Tellos de Meneses (BAE,* I, 514c), *El sembrar en buena tierra* (ed. de William L. Fichter, Nueva York, 1944), explica Peter N. Dunn, en «"Materia la mujer, el hombre forma": Notes on the Development of Lopean Topos», *Homenaje a William L. Fichter,* págs. 189-199.

[1113] Incluimos la acotación después de este verso tal como está en el Ms.;

(*El* Duque *y* Federico *y* Batín.)

DUQUE.	Si yo pensara, Conde, que te diera
tanta tristeza el casamiento mío,	1115
antes de imaginarlo me muriera.

FEDERICO.	Señor, fuera notable desvarío
entristecerme a mí tu casamiento,
ni de tu amor por eso desconfío.

Advierta pues tu claro entendimiento 1120
que si del casamiento me pesara,
disimular supiera el descontento.

La falta de salud se ve en mi cara,
pero no la ocasión.

DUQUE.	Mucho presumen
los médicos de Mantua y de Ferrara,	1125
y todos finalmente se resumen
en que casarte es el mejor remedio,
en que tales tristezas se consumen.

FEDERICO.	Para doncellas era mejor medio,
señor, que para un hombre de mi estado, 1130
que no por esos medios me remedio.

CASANDRA.	Aún apenas el Duque me ha mirado.
¡Desprecio extraño y vil descortesía!

LUCRECIA.	Si no te ha visto, no será culpado.

---

así en van Dam y Díez Borque. En *Suelta* y *Parte XXI:* «Salen el Duque y Federico y Batín»; Jones: «(Salen) Duque, Federico y Batín»; Kossoff: «El duque, Federico y Batín».

1123 *Suelta:* «vee».

1124 *ocasión:* «oportunidad o comodidad de tiempo o lugar, que como acaso
se ofrece, para ejecutar alguna cosa» *(Aut.).* El Duque atribuye equivocada-
mente la melancolía de su hijo a su propio casamiento, indicando más adelante estar arrepentido de haberse casado (v. 1155). Las imágenes de esta escena, la mancha en el espejo, el agua en la fragua del herrero, y el equívoco
del nombre de Aurora acentúan, indica Wilson, la decepción del padre de
Federico, y los otros engaños y confusiones con los cuales todos en Ferrara
andan envueltos [1963], 271-2.

1127-29 Tal motivo lo no registra, anota McGrady [1983], págs. 46-47,
Stith Thompson, *Motif-Index,* F950-4; lo desarrolla también Tirso en *El amor
médico.*

1133 Díez Borque (ed., págs. 1131) incluye la acotación «Aparte a Lucrecia», presente en Hartzenbusch *(BAE),* porque «viene bien aquí», indica.

CASANDRA.   Fingir descuido es brava tiranía.   1135
            Vamos, Lucrecia, que si no me engaño,
            deste desdén le pesará algún día.

                    (*Vanse las dos.*)

DUQUE.   Si bien de la verdad me desengaño,
            yo quiero proponerte un casamiento,
            ni lejos de tu amor, ni en reino extraño.   1140
FEDERICO.   ¿Es por ventura Aurora?
DUQUE.   El pensamiento
            me hurtaste al producirla por los labios,
            como quien tuvo el mismo sentimiento.
                Yo consulté los más ancianos sabios
            del magistrado nuestro, y todos vienen 1145
            en que esto sobredora tus agravios.
FEDERICO.   Poca experiencia de mi pecho tienen;

1135 *Suelta* y *Parte XXI* leen «descuido», lo mismo que Jones y Kossoff en sus respectivas ediciones («descuidado» en Ms.), ya que se ajusta a la medida métrica del verso. Prueba que Lope se equivocaba al escribir, y que un segundo lector (tal vez él mismo), corrige, o tal vez el impresor de Barcelona (otra posibilidad), donde sale la *editio princeps,* también de fiar.

1138 El pasaje, un tanto oscuro, indica cómo el Duque cree que, aunque el casamiento con Casandra no haya sido lo más acertado, dada la tristeza que tal acto causa en Federico, le propone a éste desposarse con Aurora, ya que así lo desea. Recordemos que Aurora ya había previamente propuesto al Duque su casamiento con Federico (act. I, vv. 686-735).

1140 *Parte XXI:* «no lejos».

1142 *producirla: Suelta* y *Parte XXI* leen «producirle». La diferencia entre «la» y el «le» enclítico es meramente local, característica del habla de Lope. Explica que el «cambio» no lo hizo Lope, sino el impresor de Barcelona, o algún copista del autógrafo, para quien la forma «la» era extraña. Ver nota al verso 1135; *producirla:* «engendrar de si alguna cosa, como la tierra que produce los frutos» *(Cov.);* en el código forense significa «alegar uno aquellas razones y motivos que pueden apoyar su justicia, y el derecho que tiene para su pretensión, manifestar o pretender los instrumentos que le convienen» *(Aut.).*

1145 *magistrado:* «se llama también todo el Consejo o Tribunal» *(Aut.); vienen:* «vale asimismo acudir a algún Juez o presentarse en algún Tribunal las causas, o pleitos; especialmente cuando es por recurso o apelación» *(Aut.).*

1146 *sobredora:* de sobredorar, «metafóricamente vale disculpar, y abonar con palabras aparentes, y sofísticas alguna acción, o palabra mal dicha» *(Aut.).*

neciamente me juzgan agraviado,
pues sin causa ofendido me previenen.

Ellos saben que nunca reprobado   1150
tu casamiento de mi voto ha sido;
antes por tu sosiego deseado.

DUQUE.   Así lo creo, y siempre lo he creído,
y esa obediencia, Federico, pago
con estar de casarme arrepentido.   1155

FEDERICO.   Señor, porque no entiendas que yo hago
sentimiento de cosa que es tan justa,
y el amor que me muestras satisfago,

sabré primero si mi prima gusta,
y luego disponiendo mi obediencia,   1160
pues lo contrario fuera cosa injusta,

haré lo que me mandas.

DUQUE.   Su licencia
tengo firmada de su misma boca.

FEDERICO. Yo sé que hay novedad de cierta ciencia,

y que porque a servirla le provoca,   1165
el Marqués en Ferrara se ha quedado.

DUQUE. Pues eso, Federico, ¿qué te toca?

FEDERICO.   Al que se ha de casar le da cuidado
el galán que ha servido y aun enojos,
que es escribir sobre papel borrado.   1170

DUQUE.   Si andan los hombres a mirar antojos,

1149 *previenen:* «se toma también por anticiparse a otro en algún juicio, discurso o acción», prejuzgar; «en lo forense es anticiparse al Juez en el conocimiento de la causa, cuando puede tocar a varios» *(Aut.).*

1151 *voto:* «la promesa de alguna cosa»; «se toma algunas veces por lo mismo que deseo» *(Aut.).*

1157 *sentimiento:* «el acto de sentir, y algunas veces demostración del descontento» *(Cov.).*

1158 *satisfago:* satisfacer, «satisfecho el contento y pagado»; «satisfacerse, pagarse de su mano» *(Cov.).*

1164 *novedad:* «mutación de las cosas, que por lo común tienen estado fijo, o se creía que le debían tener» *(Aut.); cierta ciencia:* «lo mismo que pleno conocimiento de causa. Suele ponerse esta frase en los privilegios o concesiones de mercedes Reales, para mayor firmeza» *(Aut.).*

1171 *mirar antojos:* considerar fantasías pasajeras; *antojos:* «juicio que se hace de alguna cosa sin fundamento» *(Aut.).* El Conde no quiere casarse con Au-

165

encierren en castillos las mujeres
desde que nacen, contra tantos ojos;

que el más puro cristal, si verte quieres,
se mancha del aliento; mas ¿qué importa 1175
si del mirar escrupuloso eres?

Pues luego que se limpia y se reporta,
tan claro queda como estaba de antes.

FEDERICO.   Muy bien tu ingenio y tu valor me exhorta.

Señor, cuando centellas rutilantes   1180
escupe alguna fragua, y el que fragua
quiere apagar las llamas resonantes,

moja las brasas de la ardiente fragua;
pero rebeldes ellas, crecen luego,
y arde el fuego voraz lamiendo el agua. 1185

Así un marido del amante ciego
tiempla el deseo y la primera llama;
pero puede volver más vivo el fuego;

y así debo temerme de quien ama,
que no quiero ser agua que le aumente, 1190
dando fuego a mi honor y humo a mi fama.

---

rora, inventando unas falsas pretensiones: celos con el Marqués y ciertos
enojos. Pone en entredicho Federico el honor de la dama, que lo revela la
imagen del espejo que, aparentemente, se oscurece. La respuesta del Duque
es agresiva (vv. 1192-4). El motivo de guardar a la mujer en una prisión para
evitar su posible deshonor sirvió a Cervantes de materia narrativa en la novela ejemplar *El celoso extremeño;* también lo registra Stith Thompson, *Motif-
Index.* (T. 381); McGrady [1983], 46-47. Sobre éste verso y los siguientes escribe Díez Borque: «Merece la pena resaltar la 'modernidad' de estos versos
lopescos, que destacan en el marco de unas comedias de relaciones tan estric-
tas y tipificadas de amor-celos» (pág. 182, nota).

1176 *escrupuloso:* «duda que se tiene de alguna cosa, si es así o no es así, la que
trae a uno inquieto y desasosegado hasta que se satisface y entera de lo que es.
Dícese particularmente en materias de conciencia» *(Aut.).*

1177 *reporta:* «vale volver uno sobre sí y refrenar su cólera» *(Cov.).*

1179 Van Dam incluye una extensa nota sobre el uso de la forma singular
del verbo «exhortar».

1187 *tiempla:* templar, «moderar, o suavizar la fuerza de alguna cosa»; «moderar, sosegar la cólera, enojo, o violencia de genio de alguna persona»
(Aut.); Suelta, Parte XXI, «templó».

1190 *Suelta:* «augmente».

DUQUE.   Muy necio, Conde, estás, y impertinente:
hablas de Aurora cual si noche fuera,
con bárbaro lenguaje y indecente.
FEDERICO. Espera.
DUQUE.   ¿Para qué?

FEDERICO.   Señor, espera.   1195

(Vase.)

BATÍN.   ¡O qué bien has negociado
la gracia del Duque!
FEDERICO.   Espero
su desgracia, porque quiero
ser en todo desdichado;
que mi desesperación   1200
ha llegado a ser de suerte
que sólo para la muerte
me permite apelación.

1195 La acotación «Vase» se incluye en el autógrafo al final de la misma línea. Jones (ed.), la incluye después de la pregunta del Duque; Kossoff (ed.),
la pone seguida de la petición de Federico. Tal preferencia nos parece más
apropiada dado el orden de acciones, y el de la misma representación. Así se
incluye en el autógrafo. Díez Borque, observamos escrita esta nota, adopta el
mismo orden.
1196-1215 El «sufrimiento» en vez de la «muerte» es la opción que contempla Federico ante el amor desgraciado que se premoniza ya como fatal. Al
respecto escribe A. García Valdecasas de cómo el castigo temporal había de
ser la muerte de todo caso. Casandra y Federico lo sabían muy bien. La muerte es el tema constante de sus diálogos de amor. Cfr. *El hidalgo y el honor* (Madrid, 1948), pág. 203; Wilson [1963], 275. Hay una complacencia en la propia desgracia. Se acepta voluntariamente, consciente de ese vivir en «desesperación» (v. 1200), en un juego paradójico entre el «morir y el vivir» tan de
los *Cancioneros del siglo XV*. Véase Rafael Lapesa, *Garcilaso; estudios completos*
(Madrid, 1985), págs. 17-65, con valiosas notas bibliográficas.
1203 *apelación:* apelar, «reclamar de la sentencia que ha dado un juez para
otro superior para él mismo» (*Cov.*). «Lope recalca», indica Díez Borque (ed.,
pág. 184) «en una suerte de antítesis, la desesperación de Federico, que continúa, con gran eufemismo, en los versos siguientes; pero hay que ver la répli-
ca del gracioso (vv. 1216 y ss.)».

             Y si muriera, quisiera
         poder volver a vivir   1205
         mil veces, para morir
         cuantas a vivir volviera.
             Tal estoy que no me atrevo
         ni a vivir ni a morir ya,
         por ver que el vivir será   1210
         volver a morir de nuevo.
             Y si no soy mi homicida,
         es por ser mi mal tan fuerte,
         que porque es menos la muerte,
         me dejo estar con la vida.   1215

BATÍN.   Según eso, ni tú quieres
         vivir, Conde, ni morir,
         que entre morir y vivir
         como hermafrodita eres;
             que como aquél se compone   1220
         de hombre y mujer, tú de muerte
         y vida, que de tal suerte
         la tristeza te dispone,
             que ni eres muerte ni vida;
         pero, ¡por Dios!, que mirado   1225
         tu desesperado estado,
         me obligas a que te pida
             o la razón de tu mal
         o la licencia de irme
         adonde que fui confirme   1230
         desdichado por leal.

1216 *Suelta, Parte XXI:* «esto»

1219 *hermafrodita:* alusión al mito de Hermes y Afrodita, ser que tiene ambos sexos. «Batin's definition», escribe Peter W. Evans [1979], 328 [...], «stresses this anxiety and enables one to see more clearly that because of maternal deprivation Federico continually seeks after imaginary maternal principles. Hopelessly muddled, Federico is ensnared by the contradictions of Ferrara, trapped by tendencies toward both violence (exemplified most overtly by the Duke and Casandra on several occasions), and weakness, confusion, lip-service, and anonymity (the distinguishing characteristics of Ricardo, Batín, Aurora and the Marquess)»; *Suelta, Parte XXI:* «hermofrodita».

1230-1 Jones asigna el siguiente orden: «adonde confirme que fui desdichado por leal» («Notes», pág. 129). *Parte XXI:* «conforme».

                    Dame tu mano.
FEDERICO.   Batín,
si yo decirte pudiera
mi mal, mal posible fuera,
y mal que tuviera fin;   1235
    pero la desdicha ha sido
que es mi mal de condición
que no cabe en mi razón,
sino sólo en mi sentido;
    que cuando por mi consuelo   1240
voy a hablar, me pone en calma
ver que de la lengua al alma
hay más que del suelo al cielo,
    Vete si quieres también,
y déjame solo aquí,   1245
porque no haya cosa en mí
que aún tenga sombra de bien.

                (*Entren* CASANDRA *y* AURORA.)

CASANDRA. ¿Deso lloras?
AURORA.   ¿Le parece
a vuestra Alteza, señora,
sin razón, si el Conde agora   1250
me desprecia y aborrece?
¿Dice que quiero al Marqués
Gonzaga? ¿Yo a Carlos, yo?
¿Cuándo? ¿Cómo? Pero no;
que ya sé lo que esto es.   1255

1241 *Suelta:* «oy a».

1250 *agora:* véase nota v. 94.

1252-53 Como acertadamente indica Kossoff (pág. 288), en el autógrafo se
inserta un signo de interrogación después de Gonzaga, lo que implica que
todo el verso va en forma interrogativa. Jones omite la interrogación para la
frase «Dice que quiero al Marqués Gonzaga», haciendo aseverativa la proposición; se anula así el tono despectivo de Aurora, admirada hasta cierto punto, por la asociación. En *Parte XXI* la puntuación es ambigua: «Gonzaga: yo a
Carlos? Yo?»; *Suelta* presenta casi de la misma forma: «—Gonzaga, /
yo...».

El tiene en su pensamiento
irse a España despechado
de ver su padre casado;
que antes de su casamiento
    la misma luz de sus ojos   1260
era yo; pero ya soy
quien en los ojos le doy,
y mis ojos sus enojos.
    ¿Qué Aurora nuevas del día
trujo al mundo, sin hallar   1265
al Conde, donde a buscar
la de sus ojos venía?
    ¿En qué jardín, en qué fuente
no me dijo el Conde amores?
¿Qué jazmines o qué flores   1270
no fueron mi boca y frente?
¿Cuándo de mí se apartó?
¿Qué instante vivió sin mí?
o ¿cómo viviera en sí,
si no le animara yo?   1275

1256 *Suelta:* «pensamamiento», obvio error tipográfico.

1262 *en los ojos le doy:* dar en los ojos, «ejecutar alguna acción de propósito, con ánimo de enfadar o disgustar a otro» *(Aut.).*

1264 *nuevas:* véase nota al v. 606. En los versos siguientes se confirma la asociación de Aurora como protagonista, y en relación con el simbolismo temporal que evoca su nombre: anuncio del día. Véase Jones, pág. 129; Kossoff, pág. 288.

1272-3 Jones lee el primer verso sin interrogación, como si fuera una declaración aseverativa, indicando cómo en un momento Federico estuvo físicamente separado de Aurora, y pese a ello, ambos vivían juntos en el amor. En la obra nunca se habla de esta separación; de hecho ambos son primos. Aurora fue adoptada por el Duque, ya que su padre murió a la edad de veinticinco años (vv. 700-701); su madre poco después. Es decir, Federico y Aurora se criaron y vivieron juntos, como si fueran hermanos («mi primo en la crianza»). Siendo así, casa mejor la forma interrogativa que incluye Kossoff para estos versos.

1275 *animara:* de animar, «alentar, infundir valor, esfuerzo y aliento» *(Aut.).* Díez Borque (ed., págs. 189-90) apunta a la inversión del *topos* «materia la mujer, el hombre forma», presente, de acuerdo con Peter N. Dunn *(Homenaje a William L. Fichter,* págs. 189-90), en otras comedias de Lope. Véase nota al v. 1104. Compárese este verso con v. 1023.

Que tanto el trato acrisola
la fe de amor, que de dos
almas que nos puso Dios
hicimos un alma sola.
    Esto desde tiernos años,   1280
porque con los dos nació
este amor, que hoy acabó
a manos de sus engaños.
    Tanto pudo la ambición
del estado que ha perdido.   1285

CASANDRA. Pésame de que haya sido,
Aurora, por mi ocasión.
    Pero tiempla tus desvelos
mientras voy a hablar con él,
si bien es cosa cruel   1290
poner en razón los celos.

AURORA.   ¿Yo celos?
CASANDRA.   Con el Marqués,
dice el Duque.
AURORA.   Vuestra Alteza
crea que aquella tristeza
ni es amor, ni celos es.   1295

(Vase AURORA.)

CASANDRA. Federico.
FEDERICO.   Mi señora,
dé vuestra Alteza la mano
a su esclavo.
CASANDRA.   ¿Tú en el suelo?
Conde, no te humilles tanto,
que te llamaré Excelencia.   1300

---

¹²⁷⁶ *fe de amor:* promesa de amor.

¹²⁷⁹ *Suelta, Parte XXI:* «una».

¹²⁸⁸ *tiempla:* véase v. 1187; *Suelta, Parte XXI:* «templa».

¹³⁰⁰ *Excelencia:* «tratamiento, título y cortesía que se da al que es Grande de
España, y que el día de hoy, conforme a estilo se ha extendido a otras personas, según su grado» *(Aut.).* En este sentido, Casandra amenaza a Federico

171

FEDERICO. Será de mi amor agravio;
           ni me pienso levantar
           sin ella.
CASANDRA.   Aquí están mis brazos.
           ¿Qué tienes? ¿Qué has visto en mí?
           Parece que estás temblando.   1305
           ¿Sabes ya lo que te quiero?
FEDERICO. El haberlo adivinado
           el alma lo dijo al pecho,
           el pecho al rostro, causando
           el sentimiento que miras.   1310
CASANDRA. Déjanos solos un rato,
           Batín, que tengo que hablar
           al Conde.
BATÍN.   ¡El Conde turbado,
           y hablarle Casandra a solas!
           No lo entiendo.

                    (Vase.)

FEDERICO.   ¡Ay cielo! En tanto   1315
           que muero Fénix, poned
           a tanta llama descanso,
           pues otra vida me espera.
CASANDRA. Federico, aunque reparo
           en lo que me ha dicho Aurora   1320

---

otorgarle tal título para evitar así que se siga «humillando» («arrodillándose»)
ante ella. Cfr. Nadine Ly, «Note sur l'emploi du tratamiento "señoría" dans
le théâtre de Lope de Vega», *Hommage des hispanistes français à Noël Salomón*, ed.
de Henry Bonneville (Barcelona, 1979), págs. 553-561. Sobre otras fórmulas
de tratamiento, véase nota al v. 995; Jones, pág. 129; Kossoff, pág. 290.

[1306] *sabes ya lo que...?:* es decir, «en el grado en que»; «cuánto». Véase Bello y
Cuervo, *Gramática de la lengua castellana,* 977, pág. 308; Jones, pág. 129.

[1310] *sentimiento que miras:* es decir, la cara sonrojada ante la vergüenza;
rubor.

[1316] *Fénix:* referencia al mito del ave Fénix que, de acuerdo con una conocida leyenda, renacía de sus propias cenizas; es símbolo mitológico de la resu-
rrección y de la eternidad. Federico desea que el fuego del amor *(topos* del
amor/fuego) no le consuma y, por lo tanto, le otorgue nueva vida (Jones,
pág. 130).

de tus celosos cuidados,
después que vino conmigo
a Ferrara el Marqués Carlos,
por quien de casarte dejas,
apenas me persuado   1325
que tus méritos desprecies,
siendo, como dicen sabios,
desconfianza y envidia;
que más tiene de soldado,
aunque es gallardo el Marqués,   1330
que de galán cortesano.
De suerte que lo que pienso
de tu tristeza y recato,
es porque el Duque tu padre
se casó conmigo, dando   1335
por ya perdida tu acción,
a la luz del primer parto,
que a sus estados tenías,
y siendo así que yo causo
tu desasosiego y pena,   1340
desde aquí te desengaño
que puedes estar seguro
de que no tendrás hermanos,
porque el Duque solamente
por cumplir con sus vasallos   1345
este casamiento ha hecho;

1327-28 La idea parece ser, de acuerdo con Jones (pág. 130), que Federico
aborrece sus propios méritos; tendencia sintomática de cierta maldad o malicia, ya que el Marqués —pese a su elegancia— es más soldado que galán;
aparentando ser, en boca de Casandra, un peligroso rival. Kossoff discrepa
(pág. 291), indicando que los «celosos cuidados» de Federico tienen su origen
en su propia «desconfianza y envidia». Nos parece una caracterización un
tanto exagerada de la manera de ser de Federico, más bien tímido y cobarde;
fácilmente maleable a las conveniencias de cada situación o personajes. Al final hasta Batín lo abandona.

1331 *Suelta:* «cortezano».

1336 *acción:* «en lo forense significa el derecho que uno tiene a alguna cosa,
para pedirla en juicio, según y como le pertenece; y si es por causa legítima, o
por título, se llama el modo de proponerla» (*Aut.*); también «el derecho que
se tiene a cualquier cosa» (*Cov.*).

1337 *parto:* «cualquier producción física» (*Aut.*).

173

que sus viciosos regalos,
por no les dar otro nombre,
apenas el breve espacio
de una noche, que a su cuenta   1350
fue cifra de muchos años,
mis brazos le permitieron;
que a los deleites pasados
ha vuelto con mayor furia,
roto el freno de mis brazos.   1355
Como se suelta al estruendo
un arrogante caballo
del atambor (porque quiero
usar de término casto),
que del bordado jaez   1360
va sembrando los pedazos,
allí las piezas del freno
vertiendo espumosos rayos
allí la barba y la rienda,
allí las cintas y lazos;   1365
así el Duque, la obediencia
rota al matrimonio santo,

1348 *les dar:* por «dar les», forma común en la época de Lope.

1351 *cifra de muchos años:* expresión numérica, equivalente en este caso a cuenta.

1354 En el Ms. se lee «mayor» que incorporamos; tanto Jones (pág. 69) como Kossoff (pág. 293), leen «más».

1358 *atambor:* tambor. Casandra no compara a su marido, explica Kossoff (pág. 293), «con un caballo espantado por el tambor sino con un caballo rijoso que corre tras las yeguas».

1360 *jaez:* cualquier adorno que se pone en las caballerías *(DRAE).*

1363 *espumosos rayos:* la espuma que el caballo por su boca, a modo de rayos, produce con el ritmo de morder el freno. Se asocia un tanto con el «freno cano» de *El Polifemo* de Góngora (II, vers. 13-14). *Vid.* Antonio Vilanova, *Las fuentes y los temas del «Polifemo» de Góngora,* I (Madrid, 1957), páginas 231-239.

1364 *barba:* pieza del arreo del caballo; una clase de freno, indica Kossoff (pág. 293) quien, comentando una nota de Américo Castro *(«barba turca»)* a su ed. de *El Buscón* de Quevedo, identifica «barba» con «barbada»: «cierto género de cadenilla o hierro corvo, que de cama a cama del freno atravesado se pone a los caballos o mulas por debajo de la barba, y sirve para sujetarlos, y que obedezcan el freno» *(Aut.).*

va por mujercillas viles
pedazos de honor sembrando.
Allí se deja la fama,   1370
allí los laureles y arcos,
los títulos y los nombres
de sus ascendientes claros,
allí el valor, la salud,
y el tiempo tan mal gastado,   1375
haciendo las noches días
en estos indignos pasos,
con que sabrás cuán seguro
estás de heredar su estado;
o escribiendo yo a mi padre   1380
que es más que esposo tirano,
para que me saque libre
del Argel de su palacio,
si no anticipa la muerte
breve fin a tantos daños.   1385

FEDERICO.   Comenzando vuestra Alteza
riñéndome, acaba en llanto

---

¹³⁶⁸ *mujercillas viles:* prostitutas (*Léxico,* 545-46). Esta alusión a las rameras
con las que se entretiene el Duque coincide con el cuadro inicial del primer
acto. La sociedad del Antiguo Régimen reguló con una serie de ordenanzas
las mancebías. Afloran en *La Celestina, La lozana andaluza, Rinconete y Cortadillo,*
al igual que en la *Pícara Justina,* por citar varios ejemplos.

¹³⁷² *nombres:* «fama, opinión, reputación o crédito» (*Aut.*).

¹³⁷³ *claros:* «ilustre, respetable, insigne, famoso y digno de ser estimado y
honrado» (*Aut.*).

¹³⁸³ *Argel:* Jones califica esta referencia de anacrónica (pág. 130), aunque
era convencional en la comedia de Lope. Al motivo le dedica Lope una temprana comedia que significativamente titula, *Los cautivos de Argel* (1599) (*Ac.
N.,* IV), y que viene a ser una refundición de *El trato de Argel* de Cervantes
(1581). La comedia de Lope se incluyó en la *Parte XXV* (Zaragoza, 1647).
Del mismo año es *Argel fingido y renegado de amor* (*Ac. N.,* III). Argel como lugar físico —y no menos metafórico— de cautiverio tuvo en parte su inicio,
con antecedentes en la literatura clásica e italiana, en el tan leído libro de
Fray Diego de Haedo, *Topografía e historia general de Argel* (Valladolid, 1612).
Contó, por el número de ediciones, con numerosos lectores, *Vid.* Ruth H.
Kossoff, *«Los cautivos de Argel,* comedia auténtica de Lope de Vega», *Homenaje a William L. Fichter,* págs. 387-97; George Camamis, *Estudios sobre el cautiverio en el Siglo de Oro* (Madrid, 1977), págs. 151-174. Equivale a «prisión»,
«cárcel».

175

su discurso, que pudiera
en el más duro peñasco
imprimir dolor. ¿Qué es esto?   1390
Sin duda que me ha mirado,
por hijo de quien la ofende;
pero yo la desengaño
que no parezca hijo suyo
para tan injustos casos.   1395
Estó persuadido ansí;
de mi tristeza me espanto
que la atribuyas, señora,
a pensamientos tan bajos.
¿Ha menester Federico,   1400
para ser quien es, estados?
¿No lo son los de mi prima
si yo con ella me caso,
o si la espada por dicha
contra algún príncipe saco   1405
destos confinantes nuestros,
los que le quitan restauro?

---

¹³⁹⁶⁻⁷ «Esto» en Jones, obvio error tipográfico. La puntuación de Kossoff,
que seguimos, parece hacer más sentido para estos versos (1396-97) que la
propuesta por Jones: «Estó persuadido ansí, / de mi tristeza me espanto», es
decir, como conclusión final a la que llega Federico, admirado de que Casandra atribuya su tristeza a pensamientos bajos; a su interés (v. 1409) ante el hecho de poder perder la herencia. Nuestra posible objeción es que no encon-
tramos este tipo de puntuación en medio de verso a no ser con conjunción
adversativa u oración coordinada. Otra posibilidad sería: «Estó persuadido
ansí»; es decir, de este modo estoy persuadido, aunque me espanto que atribuyas mi tristeza a bajos pensamientos; a interés. La forma interrogativa que
propone Jones rompe la ilación lógica, silogística, de estos versos; lo mismo
ocurre con vv. 1402-7; *persuadir:* «obligar a alguno con el poder de las razones
o discursos que le propone, a que ejecute alguna cosa o la crea» *(Aut.); me espanto:* «causar horror, miedo y espanto; asombrar e infundir susto y pavor»;
«admirarse» *(Aut.).*

¹⁴⁰⁶ *confinantes:* «continuo, vecino y que linda y toca los términos de otro»
(Aut.).

¹⁴⁰⁷ Hartzenbusch altera «me» por «le»; la misma lectura acepta van Dam
y Jones indicando éste que el cambio tiene más sentido («makes more sense»;
pág. 130). Siguiendo a Kossoff, el pronombre indirecto «le» alude, en boca
de Federico, a Aurora, quien es prima, huérfana, y cuyos estados están por
esta razón en peligro de ser usurpados por sus vecinos. Recordemos que la

No procede mi tristeza
de interés, y aunque me alargo
a más de lo que es razón,   1410
sabe, señora, que paso
una vida la más triste
que se cuenta de hombre humano
desde que amor en el mundo
puso las flechas al arco.   1415
Yo me muero sin remedio,
mi vida se va acabando
como vela, poco a poco,
y ruego a la muerte en vano
que no aguarde a que la cera   1420
llegue al último desmayo,
sino que con breve soplo
cubra de noche mis años.

CASANDRA.   Detén, Federico ilustre,
las lágrimas; que no ha dado   1425
el cielo el llanto a los hombres,
sino el ánimo gallardo.
Naturaleza el llorar
vinculó por mayorazgo
en las mujeres, a quien,   1430

---

acción se desarrolla en la corte de Ferrara, en Italia, fraccionada ésta en po-
derosos y, con frecuencia, estados rivales. Federico, casándose con Aurora,
pasaría a ser su «restaurador»; *restaurar:* en el sentido de recuperar, reco-
brar *(Aut.).* Dixon *(res. cit.)* alude a la variante «me» como otra posible lectura.

1414-15 Alusión al tan recurrente mito de Cupido. Es el dios del amor, «o,
más bien, del deseo amoroso. Se le representa como un niño malicioso, ar-
mado de arco y carcaj lleno de flechas; a veces, vendado, ya que el Amor es
ciego; otras, con rosas, emblema de los placeres» (Pérez-Rioja, *Diccionario de
símbolos y mitos,* pág. 150a).

1418 *vela:* el motivo de la vela que se consume posee una tradición poética.
Se asoció con el mito de Cupido y Psique, y con el símbolo de la mariposa
que revolotea en torno de la llama que la consume. Revela tanto el amor racional como el pasional. La auto-consumación es imagen del gozo, a la vez
del sufrimiento; no menos del inevitable morir.

1429 *mayorazgo:* derecho de suceder el primogénito en los bienes; poseedor
de los bienes vinculados *(DRAE).* Véase nota al v. 670.

1430 *quien:* es decir, quienes, uso normal en la época áurea (Lapesa, *Historia
de la lengua*).

177

aunque hay valor, faltan manos;
o en los hombres, que una vez
sólo pueden, y es en caso
de haber perdido el honor,
mientras vengan el agravio.   1435
¡Mal haya Aurora, y sus celos,
que un caballero bizarro,
discreto, dulce y tan digno
de ser querido, a un estado
ha reducido tan triste!   1440

FEDERICO.   No es Aurora, que es engaño.
CASANDRA.   ¿Pues quién es?
FEDERICO.   El mismo sol;
que desas Auroras hallo
muchas siempre que amanece.
CASANDRA.   ¿Que no es Aurora?
FEDERICO.   Más alto   1445
vuela el pensamiento mío.
CASANDRA.   ¿Mujer te ha visto y hablado,
y tú le has dicho tu amor,

[1437] *bizarro:* «generoso, alentado, gallardo, lleno de noble espíritu, lozanía
y valor». «Valiente, esforzado»; también «muy galán, expléndido y adornado»
(*Aut.*).

[1441] La mítica Casandra era, de acuerdo con Homero, la más bella y gentil
de las hijas de Príamo (rey de Troya) y Hécuba. Se la considera, al igual que la
Pitia o la Sibila, una profetisa inspirada. De hecho, profetizó cada uno de los
momentos cruciales de la historia de Troya. Aparece como figura del inmo-
derado deseo en la novela de Juan Pérez de Montalbán, *La mayor confusión*, incluida en *Sucesos y prodigios de amor en ocho novelas exemplares* (Madrid, 1624), fols.
78-104, en donde desarrolla un arquetípico modelo de relaciones incestuo-
sas. Montalbán le dedica la novela a su tan admirado «Lope Félix de Vega
Carpio», explicando líneas adelante: «Esta novela de *La mayor confusión,* cuyo
caso tiene mucha parte de verdad, restituyo a V. m. como cosa suya.» Anteriormente, Lope presenta a Casandra como prostituta en *La bella malmaridada*
(*Ac. N.,* III), con quien anda enredado el marido de la bella Lisbella.

[1443] *Suelta:* «de esas».

[1447-53] La mayoría de las ediciones (excepción Kossoff), incluyen estos
versos entre signos de interrogación. La continua alusión a los «abrazos» de
Casandra con Federico sugiere ya una inclinación amorosa por parte de ésta,
y un posible barrunto a futuros celos al sentirse más tarde desplazada por Aurora. De ahí que la interrogación case con el grado de dramatización que pre-

que puede con pecho ingrato
corresponderte? ¿No miras   1450
que son efetos contrarios,
y proceder de una causa
parece imposible?

FEDERICO.   Cuando
supieras tú el imposible,
dijeras que soy de mármol,   1455
pues no me matan mis penas,
o que vivo de milagro.
¿Qué Faetonte se atrevió
del sol al dorado carro,
o aquél que juntó con cera   1460
débiles plumas infausto,
que sembradas por los vientos,
pájaros que van volando
las creyó el mar hasta verlas
en sus cristales salados?   1465
¿Qué Belerofonte vio

senta el estado de Casandra, alejada por el Duque y, potencialmente, por Federico. Esta diferencia de signos es cuestión de grado de efectividad teatral
que ha de resolver el director de la obra sobre las tablas.

1451 *efeto:* véase nota a v. 819.

1453 *cuando:* «si».

1458 *Faetonte:* hijo del dios Helio (el sol) y de Climene. Logró conducir el
carro de su padre por el espacio sideral, produciendo, desenfrenados los caballos, un gran desorden cósmico. Zeus, para evitar mayores males, fulminó
a Faetón, cayendo en el río Eridano. La imagen se ajusta al sentido de movimiento ascendente (la conquista en el amor) con que se caracterizan las relaciones entre Casandra y Federico. Véase Antonio Gallego Morell, *El mito de
Faetón en la literatura española* (Madrid, 1961).

1460-61 Referencia al mito de Ícaro, hijo de Dédalo. Después de Ariadna
haber facilitado a Teseo el modo de salir del laberinto, Minos, furioso, ence-
rró a Dédalo y a su hijo Ícaro en este lugar. El padre construyó unas alas de
cera que le permitieran la huida. Entusiasmado Ícaro con su vuelo se acercó
tanto al sol que, derritiéndose la cera, cayó en el mar, pereciendo ahogado. Se
constituyó en el símbolo del deseo ambicioso; de la ascensión imposible e
inútil. *Suelta, Parte XXI;* «de viles».

1466 *Belerofonte:* hijo de Poseidón. Entre sus hazañas destaca la muerte de la
Quimera, monstruo mitad león, mitad dragón con figura de cabra. Más tarde, enorgullecido por tantos triunfos quiso elevarse con su caballo alado hasta la mansión de Zeus. Éste lo precipita a la tierra y lo mata. *(Metamorfosis,* IV,

en el caballo Pegaso
parecer el mundo un punto
del círculo de los astros?
¿Qué griego Sinón metió   1470
aquel caballo preñado
de armados hombres en Troya,
fatal de su incendio parto?
¿Qué Jasón tentó primero
pasar el mar temerario,   1475
poniendo yugo a su cuello
los pinos y lienzos de Argos,
que se iguale a mi locura?
CASANDRA. ¿Estás, Conde, enamorado
de alguna imagen de bronce,   1480

---

11). Este mito tiene una obvia relación con el anterior. *Suelta, Parte XXI:*
«Belerofonte».

1468 *Parte XXI:* «del mundo».

1470 *Sinón:* es el espía que los griegos dejaron en Troya cuando fingieron
partir con toda su tropa y levantar el asedio. Pretendiendo ser un fugitivo de
su propia gente fue admitido en el interior de la ciudad. Indujo a los troyanos
a que introdujeran el caballo de madera, en cuyo interior estaban los solda-
dos griegos. De noche, Sinón permitió que éstos salieran, iniciándose así la
destrucción de Troya (*Eneida,* II, 57 y ss.). Estaba emparentado con Ulises.
Es símbolo de la astucia y de la traición; Gitlizt [1980], 28.

1474-78 *Jasón:* el mito de Jasón guarda cierto paralelismo con la trama de *El
castigo sin venganza.* Fue el famoso héroe de los Argonautas en su viaje en conquista del vellocino de oro. Medea, hija del rey de la Cólquida, se enamora de
Jasón y, prestándole ayuda, se apodera del famoso tesoro. Jasón la repudia,
siendo víctima de la terrible venganza de Medea (Pérez-Rioja, *Diccionario,*
págs. 252b-253a). *Argos:* símbolo de la vigilancia, y del cielo cubierto de estrellas que titilan a manera de vigilantes ojos. «Esta voz es muy frecuente, y
por metáfora se toma por la persona que está sobre aviso, vigilante y lista; y
así se dice está hecho un Argos, esto es muy cuidadoso y vigilante. Es tomado
de la fábula de aquel Pastor a quien engañó y cegó Mercurio» (*Aut.*). Aparece
con frecuencia en Calderón como emblema del monarca vigilante, y que
moraliza Gracián en *El Criticón* (II). Véanse, por ejemplo, Calderón, *Fieras
afemina, Amor,* ed. de E. W. Wilson (pág. 224); Tirso, *Marta la piadosa* (verso 2605), *La villana de la Sagra* (vv. 1807-8). Al mito le dedicó Velázquez un excelente lienzo («Mercurio y Argos»); Pérez de Moya, *Philosophia secreta,* I-II,
ed. de E. Gómez de Baquero (Madrid, 1928), págs. 72 y ss.; *poniendo yugo a su
cuello* en el sentido de controlar. Cfr. Kossoff, pág. 298; Díez Borque (ed. página 197); Geraldine Cleary Nichols [1977], 221.

1479-80 El motivo de la imagen o estatua de bronce con vida es recurrente

ninfa u diosa de alabastro?
Las almas de las mujeres
no las viste jaspe helado;
ligera cortina cubre
todo pensamiento humano;   1485
jamás amor llamó al pecho,
siendo con méritos tantos,
que no respondiese el alma:
'Aquí estoy; pero entrad paso.'
Dile tu amor, sea quien fuere,   1490
que no sin causa pintaron
a Venus tal vez los griegos
rendida a un sátiro o fauno.
Más alta será la luna,

---

en el folclore paneuropeo. Lo registra Stith Tompson, *Motif-Index* (D
435.1.1), y se asocia con Pigmalión. Lope lo saca a colación en *Peribáñez* (versos 1844-46). La anécdota del mancebo enamorado de una estatua de mármol,
«de manera que no se podía apartar del lugar donde estaba, abrazándola», la
narra Pero Mexía en *Silva de varia lección* (III, XIV); *La Dorotea,* act. III, esc. VII
(ed. de Edwin S. Morby, Madrid, 1968, pág. 268); McGrady [1983], 46-7,
nota 4.

1481 *Suelta, Parte XXI:* «o diosa»; van Dam transcribe «u diosa», tal como
aparece en Ms.

1489 *paso:* «vale poco a poco, o despacio» *(Aut.);* también, «quedo, bajo»; «y
le dijo muy paso», *Don Quijote* (II, 49, 60).

1490-97 Tanto el mito de Venus como el de Diana fueron ejemplos, en el
Renacimiento, del deseo sexual. En boca de Casandra adquieren especial
concepción. Diana (la Luna), enamorada de Endimión, descendió del cielo
para abrazarle, pidiendo a Zeus conservara la belleza del atractivo pastor en
un eterno sueño (Pérez-Rioja, *Diccionario,* pág. 191a). *Venus:* encarna los en-
cantos y seducciones de la feminidad; es celebrada por sus aventuras amorosas, tanto con dioses (Marte, Mercurio, Apolo, Baco) como con otros héroes
míticos (Faetón, Adonis). Se constituyó en canon eterno de la belleza femenina, inspirando a un buen número de pintores: desde los griegos (Apeles) a
los italianos (Botticelli) y flamencos (Rubens). La alusión a la pintura de Venus abrazando a un sátiro, documenta Dixon *(res. cit.),* la desarrolla Lope extensamente en *Dios hace reyes (Ac. N.,* IV, 586b) y, reaparece en *El ejemplo de casadas (Ac. N.,* XV, 16b), *La villana de Getafe (Ac. N.,* X, 398a) y en *La Dorotea.*
Latmo: se alude al monte de este nombre, en donde se ubica la caverna en que
Endimión, fatigado de andar y de cazar, quedó rendido en profundo
sueño.

1492 *tal vez:* alguna vez.

1494 *Suelta, Parte XXI:* «se ve».

y de su cerco argentado   1495
bajó por Endimión
mil veces al monte Latmo.
Toma mi consejo, Conde,
que el edificio más casto
tiene la puerta de cera;   1500
habla, y no mueras callando.

FEDERICO.   El cazador con industria
pone al pelícano indiano

[1497] *Suelta, Parte XXI:* «Iathmo».

[1502] *industria:* «ingenio y sutileza, maña o artificio» (*Aut.*).

[1502-19] La figura alegórica del pelícano que con el fin de sustentar a sus hijuelos se hiere el pecho para que de él beban la sangre, la fija como emblema el *Ars Symbolica* (LXX) de Boschius, y se ha relacionado, como figura de Cristo, con varias referencias bíblicas (Rom 1, 25; Io 19, 34 y 6, 55). Está en el *Auto de la fuente sacramental* de Timoneda, y en el himno «Adoro te devoto...» de Santo Tomás de Aquino. Lope alude a tal figura en *El piadoso aragonés:* «Del pelícano se escribe / que el pecho a sus hijos abre» (*Ac.* X, pág. 274b). Federico describe, en términos alegóricos, su amor («pelícano») cuyos hijos son sus amorosos pensamientos. La anécdota del pelícano que apagando la llama con sus alas la enciende más con tal movimiento, cayendo finalmente en manos de los cazadores, la desarrolla Juan de Aranda, *Lugares comunes de conceptos, dichos y sentencias* (Sevilla, 1595), fol. 204r ya con anterioridad en Horapollo: «Quod vbi deprenhenderint homines, locum illum arido bouis stercore circumlinunt, cui a ignem subiiciunt. Pelica[us] autem conspecto fumo, dum pennis suis ignem vult extingueré, è contrario earum agitatione accendit. Quo cùm conflagrent eius alae, facile ab aucupibus capitur» (*Hieroglyphica, Ori Apollonis Niliaci, de sacris notis et sculpturis libri duo,* París, 1551, fol. 78), con comentario en los *Hieroglyphica* de Piero Valeriano (Basilea, 1556). Una versión anterior a la de Aranda la desarrolla Fray Luis de Granada en *Introducción del símbolo de la fe* (Salamanca, 1583); «... hace su nido [el pelícano] en la tierra, y por esto usan contra él desta arte los cazadores, que cercan el nido de paja y pónenle fuego. Entonces acude el padre a gran priesa a socorrer a los hijos, pretendiendo apagar la llama con el movimiento de las alas, con el cual no sólo no la apaga, mas antes la enciènde más, y desta manera quemadas las alas en la defensa de los hijos, viene a manos de los cazadores, no extrañando poner su vida por ellos» (*Obras, BAE,* I, Madrid, 1922, pág. 288), pte. I, capt. XVII. Cfr. Triwedi [1977], 326-329; Dixon, *res. cit.* (*Forum for Modern Languages Studies,* 3 [1967], pág. 189. Curiosamente se coloca esta fábula en el centro de la comedia de Lope (consta de 3021 vv.). Se sobreentiende bajo esta alegoría la figura del «cazador» (se silencia) quien sacrificará tanto al pelícano (Federico), como a sus polluelos: el objeto de sus deseos amorosos; Casandra; cfr. McGrady [1983], 47; van Antwerp [1981], 208-9. Desarrolla las prerrogativas simbólicas de esta ave la tan consultada *Officina* de Ravisius Textor (Venetiis, 1598, fol. 57).

fuego alrededor del nido,
y él, decendiendo de un árbol   1505
para librar a sus hijos,
bate las alas turbado,
con que más enciende el fuego
que piensa que está matando;
finalmente se le queman,   1510
y sin alas en el campo
se deja coger, no viendo
que era imposible volando.
Mis pensamientos, que son
hijos de mi amor, que guardo   1515
en el nido del silencio,
se están, señora, abrasando;
bate las alas amor,
y enciéndelos por librarlos.
Crece el fuego, y él se quema;   1520
tú me engañas, yo me abraso;
tú me incitas, yo me pierdo;
tú me animas, yo me espanto;
tú me esfuerzas, yo me turbo;
tú me libras, yo me enlazo;   1525
tú me llevas, yo me quedo;
tú me enseñas, yo me atajo;
porque es tanto mi peligro
que juzgo por menos daño,
pues todo ha de ser morir,   1530
morir sufriendo y callando.

(Vase FEDERICO.)

1503 *Suelta:* «Peliciano».

1509 *Parte XXI:* «que piensa qua».

1520-27 Van Dam (pág. 361) asocia estos versos con la condición de «Opó-
sitos» de Petrarca. Díez Borque escribe al respecto: «La estructura anafórica y
de disposición equivalente, así como la tensión antitética hace de éste uno de
los más expresivos y emotivos pasajes de la pieza (ed., pág. 199).

1521 *engañas:* «entretener, distraer» *(DRAE).*

1527 *atajo:* «cortar, suspender, detener alguna acción; como atajar el discurso, atajar el razonamiento o proceso»; también «cortarse, o correrse un hombre de modo que no sepa obrar ni responder» *(Aut.).*

1531 *Suelta* y *Parte XXI* incluyen como acotación «(Vase)».

CASANDRA.   No ha hecho en la tierra el cielo
cosa de más confusión
que fue la imaginación
para el humano desvelo.   1535
Ella vuelve el fuego en hielo,
y en el color se transforma
del deseo, donde forma
guerra, paz, tormenta y calma;
y es una manera de alma   1540
que más engaña que informa.
    Estos escuros intentos,
estas claras confusiones,
más que me han dicho razones,
me han dejado pensamientos.   1545
¿Qué tempestades los vientos
mueven de más variedades
que estas confusas verdades
en una imaginación?
Porque las del alma son   1550
las mayores tempestades.

1532-41 Wardropper comenta acertadamente sobre estos versos: «Porque, como ya decía Casandra, la imaginación —esa duplicación interior— "más engaña que informa", porque saben —o barruntan— su deshonra varios personajes: el delator anónimo, Batín, la criada Lucrecia, Aurora, el Marqués Gonzaga, y —sin duda alguna— algunos o muchos cortesanos de Ferrara. El acto bárbaro habrá sido en vano» [1987], 198-199.

1537 *color:* «se toma algunas veces por viso, o especie de verosimilitud, semejanza, probabilidad o apariencia de verdad» *(Aut.).*

1538 Jones escribe, siguiendo el autógrafo (aunque no está nada claro), «el deseo». El resto de las ediciones *Suelta* y *Parte XXI* leen claramente «del deseo», pasando a ser así la «imaginación» («ella», v. 1534) el sujeto, y no el deseo.

1541 *informa:* «dar forma a una cosa y ponerla en punto y ser» *Cov.);* también «la relación que se hace al juez o a otra persona del hecho de la verdad y de la justicia en algún negocio y caso» *(Cov.).*

1542 *escuros:* oscuros.

1545 *pensamientos:* «en el sentido de dudas, confusión», documenta Díez Borque (ed., pág. 200).

1547 *variedades:* «diferencia, o diversidad de algunas cosas entre sí»; «vale también inconstancia, instabilidad, o mutabilidad de las cosas» *(Aut.).*

1551 *Parte XXI:* «mayoras».

Cuando a imaginar me inclino
que soy lo que quiere el Conde,
el mismo engaño responde
que lo imposible imagino;   1555
luego mi fatal destino
me ofrece mi casamiento,
y en lo que siento consiento;
que no hay tan grande imposible
que no le juzguen visible   1560
los ojos del pensamiento.
    Tantas cosas se me ofrecen
juntas, como esto ha caído
sobre un bárbaro marido,
que pienso que me enloquecen.   1565
Los imposibles parecen
fáciles, y yo, engañada,
ya pienso que estoy vengada;
mas siendo error tan injusto,
a la sombra de mi gusto   1570
estoy mirando su espada.
    Las partes del Conde son
grandes, pero mayor fuera
mi desatino, si diera
puerta a tan loca pasión.   1575
No más, necia confusión.
Salid, cielo, a la defensa,
aunque no yerra quien piensa,
porque en el mundo no hubiera
hombre con honra si fuera   1580
ofensa pensar la ofensa.

1563 *como:* «ya que».

1565 La locura que presiente Casandra es debido a que le suceden estas cosas: sentir atracción hacia el Conde, tener un marido irresponsable, inhabili-
dad de diferenciar entre lo correcto y lo maligno, a punto de hacer «un desatino si diera / puerta a tan loca pasión» (vv. 1574-5). «Loco engaño» es la
imaginativa suposición de Federico de heredar a su padre (v. 295). Batín adelanta una definición de la «locura» (vv. 2784-7).

1572 *partes:* «usado en plural se llaman las prendas y dotes naturales que
adornan alguna persona» *(Aut.).*

                Hasta agora no han errado
            ni mi honor, ni mi sentido,
            porque lo que he consentido
            ha sido un error pintado.   1585
            Consentir lo imaginado,
            para con Dios es error
            mas no para el deshonor;
            que diferencian intentos
            el ver Dios los pensamientos   1590
            y no los ver el honor.

                        (AURORA *entre.*)

AURORA.   Larga plática ha tenido
            vuestra Alteza con el Conde.
            ¿Qué responde?
CASANDRA.   Que responde   1595
            a tu amor agradecido.
                Sosiega, Aurora, sus celos,
            que esto pretende no más.

                        (*Vase* CASANDRA.)

AURORA.   ¡Qué tibio consuelo das
            a mis ardientes desvelos!
                ¡Que pueda tanto en un hombre   1600
            que adoró mis pensamientos,
            ver burlados los intentos

    1582 *agora:* véase nota al v. 94.

    1583 *sentido:* «entendimiento, o razón, en cuanto discierne las cosas» (*Aut.*).
«Un buen ejemplo de la compleja casuística del honor», explica Díez Borque
(ed., pág. 201), «que enlaza con los versos anteriores el pensamiento no
ofende».

    1585 *pintado:* de pintar; «se toma algunas veces por imaginar a su arbitrio, o
fingir en la imaginación a medida del deseo» (*Aut.*).

    1586-87 Ideas parecidas a las de Federico y Batín (vv. 981-982).

    1591 *los ver:* «verlos» (Lapesa, *Historia*). La acotación «Aurora entra» se in-
cluye en *Suelta* y *Parte XXI* después del v. 1591.

    1603-4 La expresión elíptica sobreentiende la acción de ganar «ambicioso
nombre».

de aquel ambicioso nombre
con que heredaba a Ferrara!
¿Tú eres poderoso, amor?   1605
Por ti ni en vida, ni honor,
ni aun en alma se repara.
    Y Federico se muere,
que me solía querer,
con la tristeza de ver   1610
lo que de Casandra infiere.
    Pero, pues él ha fingido
celos por disimular
la ocasión, y despertar
suelen el amor dormido,   1615
    quiero dárselos de veras,
favoreciendo al Marqués.

(RUTILIO y el MARQUÉS.)

RUTILIO.   Con el contrario que ves,
en vano remedio esperas
de tus locas esperanzas.   1620
MARQUÉS.   Calla, Rutilio, que aquí
está Aurora.
RUTILIO.   Y tú sin ti;
firme entre tantas mudanzas.
MARQUÉS.   Aurora del claro día
en que te dieron mis ojos,   1625

1605 Seguimos la puntuación de Jones, ya que respeta, en parte, la primera
versión de Lope (tachada más tarde) en que figura un signo de interrogación
en los versos 1605 y 1607. En el orden emotivo de Aurora, que se inicia con
formas exclamativas, la interrogación tiene coherencia con el estado actual
de su ánimo. *Suelta, Parte XXI:* «Eres».

1612-15 El fingir celos los amantes es una de las convenciones dramáticas
presentes en un gran número de comedias de Lope. Parte del código es la per-
secución de los amores no correspondidos, al igual que el desdén (v. 1660).
Crean, explica Díez Borque (ed., pág. 202), argumento y generan tensiones.
En la tradición medieval, vale anotar C. S. Lewis, *The Allegory of Love* (1936);
Denis de Rougemont, *L'Amour et l'Occident* (París, 1939), y en relación con
los Cancioneros, Otis H. Green, «Courtly Love in the Spanish *Cancioneros*»,
PMLA, 44 (1949), 247-301.

con toda el alma en despojos,
la libertad que tenía;
Aurora que el sol envía
cuando en mi pena anochece,
por quien ya cuanto florece   1630
viste colores hermosas,
pues entre perlas y rosas
de tus labios amanece;
   desde que de Mantua vine,
hice con poca ventura   1635
elección de tu hermosura,
que no hay alma que no incline.
¡Qué mal mi engaño previne,
puesto que el alma te adora,
pues sólo sirve, señora,   1640
de que te canses de mí,
hallando mi noche en ti
cuando te suspiro Aurora!
   No el verte desdicha ha sido,
que ver luz nunca lo fue,   1645
sino que mi amor te dé
causa para tanto olvido.
Mi partida he prevenido,
que es el remedio mejor;
fugitivo a tu rigor,   1650
voy a buscar resistencia
en los milagros de ausencia,
y en las venganzas de amor.
   Dame licencia y la mano.
AURORA.   No se morirá de triste   1655
el que tan poco resiste,

1631 *colores:* se usa aquí en su forma femenina; para su equivalente masculino véase v. 1537.

1639 *puesto que:* «aunque». Véase v. 897.

1643 *suspiro:* «algunas veces es indicio de desear alguna cosa con grande ahínco» *(Cov.)* (véase bajo «sospirar»).

1663-64 Kossoff (pág. 305) incluye «en tal disigualdad» entre signos de exclamación, y el siguiente verso como aparte. Pero todo se encadena en la relación silogística y, hasta cierto punto, argumentativa, de Aurora.

<pre>
              ni galán ni cortesano,
              Marqués, el primer desdén;
          que no están hechos favores
          para primeros amores   1660
          antes que se quiera bien.
              Poco amáis, poco sufrís;
          pero en tal desigualdad,
          con la misma libertad
          que licencia me pedís,   1665
              os mando que no os partáis.
MARQUÉS. Señora, a tan gran favor,
          aunque parece rigor
          con que esperar me mandáis,
              no los diez años que a Troya   1670
          cercó el griego, ni los siete
          del pastor, a quien promete
          Labán su divina joya,
              pero siglos inmortales,
          como Tántalo estaré   1675
          entre la duda y la fe
          de vuestros bienes y males.
</pre>

1667 *Parte XXI:* «Sañoratan».

1670 *no los diez años:* de hecho el cerco de Troya duró diez años. Los nueve primeros pasaron sin grandes acaecimientos. En el décimo año fue cuando Aquiles se retiró enojado contra Agamenón. En tal acción se inspira la *Ilíada* de Homero. En venganza por la muerte de su amigo, vuelve Aquiles al lugar de la batalla y mata a Héctor, el guerrero más competente de Troya. Véanse vv. 1470-73.

1671-73 Alusión a Raquel, hija de Labán. Pasó a ser la esposa predilecta de Jacob (Gen. 29, 6-30). Por medio de Bilhá, su esclava, fue madre de Dan y Neftalí; también de José y Benjamín, de cuyo nacimiento murió (Gen. 35, 16-18). Los amores de Jacob y Raquel fueron objeto de numerosas composiciones en la lírica del siglo XVII. Se tornaron como símbolo del amor perfecto. Consagra tales figuras Lope en su comedia *Los trabajos de Jacob* (*Ac.* III, págs. 35-264), y en un conocido soneto, «Sirvió Jacob los siete años largos», con referencia en *Pastores de Belén* (libr. I). *Parte XXI:* «Lebán».

1674 *pero:* «sino».

1675 *Tántalo:* símbolo y proverbio del sufrimiento a que uno se ve obligado al privarse de aquello que parece estar a la mano. Fue castigado a sufrir hambre y sed angustiosas. Estando sumergido en el agua y rodeado de placenteros manjares, al intentar beber o comer, el agua y los manjares se desvanecían (Pérez-Rioja, *Diccionario,* pág. 393).

	Albricias quiero pedir	
	a mi amor de mi esperanza.	
AURORA.	Mientras el bien no se alcanza,	1680
	méritos tiene el sufrir.	

(*El* DUQUE, FEDERICO *y* BATÍN.)

DUQUE.	Escríbeme el Pontífice por ésta	
	que luego a Roma parta.	
FEDERICO.	¿Y no dice la causa en esa carta?	
DUQUE.	Que sea la respuesta,	1685
	Conde, partirme al punto.	
FEDERICO.	Si lo encubres, señor, no lo pregunto.	
DUQUE.	¿Cuándo te encubro yo, Conde, mi pecho?	
	Sólo puedo decirte que sospecho	
	que con las guerras que en Italia tiene,	1690
	si numeroso ejército previene,	
	podemos presumir que hacerme intenta	

1680 El autógrafo anota como acotación «Ca», posiblemente aludiendo a «Casandra», un obvio *lapsus mentis* de Lope. Tendría en mente a Aurora que es quien está en escena. Los versos en boca de ésta (vv. 1680-81) guardan relación con los pronunciados anteriormente (vv. 1655-1664) donde se alude a la necesidad de sufrir en el amor como un paso para sus fines. Kossoff, al igual que otros editores (seguimos a Jones), *Suelta, Parte XXI,* Hartzenbusch, atribuyen estos versos al Marqués Gonzaga. Díez Borque (pág. 205) acepta la explicación y atribución que propone Kossoff (pág. 306).

1682 En Ms. se lee «ponfice» por «Pontífice».

1685 *Suelta, Parte XXI:* «Y que sea.»

1690 El Papa Martín V (1417-1431) se propone por estas fechas establecer el papado como poder temporal en Italia, en la primera mitad del siglo xv (Jones, pág. 131). Frente a esta interpretación Kossoff indica, acertadamente —creemos— (nota v. 1383, pág. 294), que no hay por qué asumir que el texto, dejando a parte las fuentes, limite la acción a esa época, y a ese Papa. Otros, en años posteriores, también mantuvieron guerras (así Clemente VII aliado y enemigo de Carlos V) con el mismo fin. El anacronismo, que anteriormente le achacaba Jones a Lope, es establecida convención en la comedia. Para su público, al igual que para Lope, la acción se concibe como contemporánea. Querer establecer un tiempo histórico a que alude la acción de la comedia es intento fútil, dado que las referencias son mínimas y las alianzas de los estados italianos con el Papado, al igual que sus guerras, fueron frecuentes a lo largo del siglo xv y xvi. Véase en el mismo sentido Díez Borque (ed., pág. 206).

	general de la Iglesia; que a mi cuenta
	también querrá que con dinero ayude,
	si no es que en la elección de intento
	[mude. 1695
FEDERICO.	No en vano lo que piensas me encubrías,
	si solo te partías,
	que ya será conmigo; que a tu lado
	no pienso que tendrás mejor soldado
DUQUE.	Eso no podrá ser, porque no es justo, 1700
	Conde, que sin los dos mi casa quede.
	Ninguno como tú regirla puede:
	esto es razón, y basta ser mi gusto.
FEDERICO.	No quiero darte, gran señor, disgusto,
	pero en Italia ¿qué dirán si quedo? 1705
DUQUE.	Que esto es gobierno, y que sufrir no puedo
	aun de mi propio hijo compañía.
FEDERICO.	Notable prueba en la obediencia mía.

(*Váyase el* DUQUE.)

BATÍN.	Mientras con el Duque hablaste,
	he reparado en que Aurora, 1710
	sin hacer caso de ti,
	con el Marqués habla a solas.
FEDERICO.	¿Con el Marqués?
BATÍN.	Sí, señor.
FEDERICO.	¿Y qué piensas tú que importa?

1702 Jones transcribe «quede» por «puede», obvio error tipográfico.

1706 Van Dam explica: «Que esto es gobierno» como «razón de Estado». Kossoff deduce gobierno de gobernarle, es decir, vivir concertada y cuerdamente, de acuerdo con *Cov.*, rechazando así la opinión de van Dam. *Cov.* es más explícito sobre «governar» al definir la acción como «regir, encaminar y administrar, o la república o personas y negocios particulares, su casa y su persona». La razón de Estado de van Dam tiene también sentido: ha movido ésta toda la acción del Duque (pasada, presente y hasta futura). *Aut.* define el término, como «la política y reglas con que se dirigen y gobiernan las cosas pertenecientes al interés y utilidad de la República».

1708 *Suelta* omite la acotación después de este verso. *Parte XXI* incluye «Vase».

AURORA.	Esta banda prenda sea	1715
	del primer favor.	
MARQUÉS.	Señora,	
	será cadena en mi cuello,	
	será de mi mano esposa,	
	para no darla en mi vida;	
	si queréis que me la ponga,	1720
	será doblado el favor.	

AURORA. (*Al* MARQUÉS.) Aunque es venganza amorosa,
    parece a mi amor agravio.
    Porque de dueño mejora,
    os ruego que os la pongáis.   1725
BATÍN.   Ser las mujeres traidoras
    fue de la naturaleza
    invención maravillosa,
    porque si no fueran falsas,
    (algunas digo, no todas),   1730
    idolatraran en ellas
    los hombres que las adoran.
    ¿No ves la banda?
FEDERICO.   ¿Qué banda?
BATÍN.   ¿Qué banda? ¡Graciosa cosa!
    Una que lo fue del sol,   1735
    cuando lo fue de una sola
    en la gracia y la hermosura,
    planetas con que la adorna;
    y agora como en eclipse,

[1715] «En la comedia de Lope aparece, repetidamente», escribe Díez Borque (ed., pág. 207) «esta costumbre de dar a la amada una banda como prenda de amor, lo que se convierte, frecuentemente, en motivo de intriga, por los equívocos, generando un precioso mecanismo de estímulo-respuesta, y es base de argumento en piezas como *Antes que todo es mi dama*, de Calderón».

[1722-24] El Ms. presenta dos veces, al margen, a modo de acotación, la entrada «Au». Los versos anteriores (vv. 1722-23) son pronunciados por Aurora, a parte; los vv. 1724-26 son dirigidos al Marqués.

[1731] *idolatraran*: idolatrar, «vale el que ama mucho, y con desordenado afecto» (*Aut.*).

[1739] Véase nota al v. 94.

	del Dragón lo extremo toca.	1740
	Yo me acuerdo, cuando fuera	
	la banda de la discordia,	
	como la manzana de oro	
	de Paris y las tres Diosas.	
FEDERICO.	Eso fue entonces, Batín,	1745
	pero es otro tiempo agora.	
AURORA.	Venid al jardín conmigo.	

(Vanse los dos.)

BATÍN.	¡Con qué libertad la toma	
	de la mano, y se van juntos!	
FEDERICO.	¿Qué quieres, si se conforman	1750
	las almas?	
BATÍN.	¿Eso respondes?	
FEDERICO.	¿Qué quieres que te responda?	
BATÍN.	Si un cisne no sufre al lado	
	otro cisne, y se remonta	
	con su prenda muchas veces	1755

1740 *del Dragón lo extremo toca:* la punta de la cola de la constelación Dragón, sugiriéndose así una mayor distancia del sol, de acuerdo con la nota de Jones (pág. 131), que recoge Kossoff (pág. 310). Pero astronómicamente, la cabeza y la cola del Dragón son los nódulos de la luna; es decir, los puntos donde tienen lugar los eclipses. Tal explicación adquiere coherencia con lo dicho previamente (v. 1739).

1741 *cuando:* «como si».

1741-44 Alusión al juicio de Venus y Paris, al competir en belleza ésta con Juno y Palas Minerva. Venus obtuvo el premio y recibió una manzana de oro en señal de triunfo. Es motivo recurrente en la lírica del siglo XVII. Lo parodia Lope en el soneto «Como si fuera cándida escultura / en lustroso marfil de Banarrota», incluido en *Rimas humanas y divinas de Tomé de Burguillos* (fol. 7r), en donde se ofrece a «Juana» (también competidora con Venus), no una manzana, «pero todo un cesto» (v. 14); *Poesía selecta* (ed.), pág. 452.

1747 *Suelta* incluye como acotación «Vanse los dos»; Jones «Vanse los dos, (y Rutilio)», aunque como hace saber convincentemente Kossoff, Rutilio pudo marcharse antes. *Parte XXI* incluye como acotación, «Vase Aurora, el Marqués y Rutilio».

1750 *conforman:* conformar, «concordar, convenir, corresponder, y venir bien una cosa con otra» *(Aut.)*.

1755 Véase v. 419.

                 a las extranjeras ondas,
                 y un gallo, si al de otra casa
                 con sus gallinas le topa,
                 con el suyo le deshace
                 los picos de la corona,   1760
                 y encrespando su turbante,
                 turco por la barba roja,
                 celoso vencerle intenta
                 hasta en la nocturna solfa;
                 ¿cómo sufres que el Marqués   1765
                 a quitarte se disponga
                 prenda que tanto quisiste?
FEDERICO.   Porque la venganza propia
                 para castigar las damas
                 que a los hombres ocasionan,   1770
                 es dejarlas con su gusto;
                 porque aventura la honra
                 quien la pone en sus mudanzas.

1756 *extranjeras ondas:* «cosa de fuera, de otra parte, no natural y propia del país o tierra donde uno es» *(Aut.).*

1760 *los picos de la corona:* éstos («picos»), indica Jones (pág. 131), «are the feathers of his crest», pero los picos de la corona del gallo (la cresta) no es de plumas sino carnosa. El sentido de este verso es que el gallo deshace con su pico la cresta (carnosa) del rival.

1762 *barba roja:* la barba sonrojada, carnosa, del gallo. Góngora en las *Soledades* alude en el mismo sentido a la cresta del gallo: «... de crestadas aves, / cuyo lascivo esposo vigilante / doméstico es del Sol nuncio canoro, / y de coral barbado, no de oro / ciñe, sino de púrpura, turbante» («Soledad primera», vv. 292-6). Obsérvese la posible extensión de la imagen, asociándola con el conocido pirata Barbarroja *(Dorotea,* act. II, esc. v), de origen turco, a que alude Kossoff (pág. 311, nota), que acepta Díez Borque (ed., pág. 210), y que sugirió previamente Jones (pág. 131).

1764 *solfa:* «armonía y música natural» *(Aut.);* voces entre sí diversas, aludiendo a la escala musical en sus varias notas. El gallo, al amanecer, trata de vencer con su canto (el «nuncio canoro» de Góngora) al resto de las aves. El adjetivo «nocturna» invalida la otra acepción que sugiere Jones («rain of blows», zurra de golpes; literariamente «lluvia») sacada del código de la picaresca y del lenguaje de germanía. Ms. «noturna»; es habitual la reducción de grupos consonánticos, como -ct.

1770 *ocasionan:* «poner en riesgo o peligro» *(Aut.);* ceñido aquí, como indica Díez Borque (ed., pág. 211) «a problemas de amor-celos-galanteo, según la topística conocida de la comedia».

BATÍN.   Dame por Dios una copia
              dese arancel de galanes;   1775
              tomaréle de memoria.
              No, Conde; misterio tiene
              tu sufrimiento, perdona,
              que pensamientos de amor
              son arcaduces de noria;   1780
              ya deja el agua primera
              el que la segunda toma.
              Por nuevo cuidado dejas
              el de Aurora, que si sobra
              el agua, ¿cómo es posible   1785
              que pueda ocuparse de otra?
FEDERICO.   Bachiller estás, Batín,
              pues con fuerza cautelosa
              lo que no entiendo de mí
              a presumir te provocas.   1790
              Entra, y mira qué hace el Duque,
              y de partida te informa
              porque vaya a acompañarle.
BATÍN.   Sin causa necio me nombras,
              porque abonar tus tristezas   1795
              fuera más necia lisonja.

[1775] *arancel de galanes:* «el decreto o ley que pone tasa en las cosas que se venden y en los derechos de los ministros de justicia» *(Cov.);* «metafóricamente se toma por regla y norma para obrar, o hacer alguna cosa» *(Aut.).* Existió el «arancel para presos en la cárcel», para «casados». Puede hablarse, indica Morby (ed., *La Dorotea,* págs. 61-62, nota 80) «de todo un género, muy secundario, de aranceles, premáticas y privilegios». Aquí se refiere a las «normas» de actuación amorosa que acaba de dar Federico.

[1780] *arcaduces de noria:* los cangilones de la noria.

[1783] *cuidado:* «con el significado de "amor", en la línea del amor como preocupación, sufrimiento», explica Díez Borque (ed., pág. 211).

[1790] *provocas:* provocar, «irritar o estimular a uno con palabras u obras, para que se enoje»; «excitar, incitar e inducir a otro a que ejecute alguna cosa» *(Aut.).*

[1792] La mayoría de las ediciones modernas (Kossoff, Díez Borque) indican la posibilidad de que se lea este verso como «y de su partida te informa», y no, como indica Jones (págs. 131-2) con el sentido «de camino».

[1795] *abonar:* «aprobar y dar por buena alguna cosa, y asegurarla por tal» *(Aut.).* Batín da con el dedo en la llaga: el ánimo perturbador de Federico se debe al amor irreprimible que siente hacia su madrastra.

(Vase.)

FEDERICO.   ¿Qué buscas, imposible pensamiento?
Bárbaro, ¿qué me quieres? ¿Qué me incitas?
¿Por qué la vida sin razón me quitas,
donde volando aun no te quiere el
[viento?   1800
Detén el vagaroso movimiento,
que la muerte de entrambos solicitas;
déjame descansar, y no permitas
tan triste fin a tan glorioso intento.
No hay pensamiento, si rindió des-
[pojos,   1805
que sin determinado fin se aumente;
pues dándole esperanzas sufre enojos.
Todo es posible a quien amando intente,
y sólo tú naciste de mis ojos,
para ser imposible eternamente.   1810

1797-1801 Peter N. Dun comenta acertadamente estos versos; véase «Some Uses of Sonnets in the Plays of Lope de Vega», *BHS,* XXXIV (1957), 213-222; en concreto, págs. 215-16. La imagen de Ícaro (v. 1800) se asocia con lo imposible de este amor, y con la esperanza de su logro a través del sufrimiento. La fijó Alciato en sus *Emblemas* (103). Cfr. Pablo Cabañas, «La mitología greco-latina en la novela pastoril: Ícaro o el atrevimiento», *Revista de Literatura,* I (1952), 453-60; J. G. Fucilla, «Etapas en el desarrollo del mito de Ícaro en el Renacimiento y Siglo de Oro», *Hispanófila,* 8 (1960), 1-34; Suzanne Guillou-Varga, *Mythes, mythographies et poésie lyrique au siècle d'or espagnol* (París, 1986), *passim.* El soliloquio de Federico se establece a medio camino entre el objeto deseado y la imposibilidad de su obtención, insistiendo en el poder de tortura que posee la imaginación, y en el temor de que lo imaginado se haga real. Bajo el «triste fin» (v. 1804) se barruntan trágicas premoniciones. Se resuelven con la seducción de Federico por Casandra, que funciona a modo de respuesta vengativa ante los hechos del Duque. Cae así en las redes de su propio engaño.

1802 *Suelta:* «solicita».

1804 *Suelta:* «intente».

1806 *Suelta:* «augmente».

1809 Kossoff incluye «enojos»; en el Ms. fácilmente se lee «ojos».

1810 Kossoff sugiere que Federico debe salir de la escena para entrar de nuevo en el v. 1856, de acuerdo con la cruz anotada en el margen del autógrafo (ed., pág. 314). Conforme a esta disposición tendría lugar un cambio de «cuadro». John Varey [1987], pág. 234, nota 9, cree que tal salida es innecesa-

(CASANDRA *entre.*)

CASANDRA.   Entre agravios y venganzas
anda solícito amor,
después de tantas mudanzas
sembrando contra mi honor
mal nacidas esperanzas.   1815
    En cosas inaccesibles
quiere poner fundamentos,
como si fuesen visibles;
que no puede haber contentos
fundados en imposibles.   1820
    En el ánimo que inclino
al mal, por tantos disgustos
del Duque, loca imagino
hallar venganzas y gustos
en el mayor desatino.   1825
Al galán Conde y discreto,
y su hijo, ya permito
para mi venganza efeto,
pues para tanto delito
conviene tanto secreto.   1830
    Vile turbado, llegando
a decir su pensamiento,
y desmayarse temblando,

_____

ria ya que no ha habido ni cambio de lugar ni de tiempo. En el «Cuaderno de
Dirección» para el montaje de Miguel Narros, que sigue la disposición escénica y el texto de Kossoff, anota: «Entra Casandra en busca de Federico»
[1985], pág. 176. Sobre el monólogo de los versos siguientes escribe Díez
Borque: «es recurso dramático de excelentes resultados para mostrar la angustia, el pensamiento, las dudas, el dolor de los personajes, cuya presentación *en acto* sería más compleja y no de inmediata captación» (ed., página 213).

[1817] *Suelta, Parte XXI:* «fundamento».

[1822] *Parte XXI:* con tantos».

[1827] *Parte XXI:* «permitió».

[1828] «Para que sea efecto de mi venganza», interpreta Díez Borque (ed.,
pág. 214), dando a «permitir» el sentido de «consentir, admitir, no impedir».
Y *su hijo:* sigue la calificación de Conde: «galán, discreto y *además (sic)* hijo del
Duque». *Suelta, Parte XXI:* «satisface». *Efeto:* véanse vv. 819, 1451.

aunque, ¿es más atrevimiento
hablar un hombre callando?   1835
    Pues de aquella turbación
tanto el alma satisfice,
dándome el Duque ocasión,
que hay dentro de mí quien dice
que si es amor no es traición;   1840
y que cuando ser pudiera
rendirme desesperada
a tanto valor, no fuera
la postrera enamorada,
ni la traidora primera.   1845
    A sus padres han querido
sus hijas, y sus hermanos
algunas; luego no han sido
mis sucesos inhumanos,
ni mi propia sangre olvido.   1850
    Pero no es disculpa igual
que haya otros males de quien
me valga en peligro tal;
que para pecar no es bien
tomar ejemplo del mal.   1855
    Éste es el Conde, ¡ay de mí!
pero ya determinada,
¿qué temo?

FEDERICO.   Ya viene aquí
desnuda la dulce espada

1834-35 El Ms. presenta un signo de interrogación después de «callando».
Tanto *Suelta* como *Parte XXI* lo suprimen; lo mismo hace van Dam y Jones;
la excepción es Kossoff (pág. 315) y últimamente Díez Borque (ed., página 215), quienes siguen el Ms.

1837 *Suelta, Parte XXI:* «satisface».

1847-8 *Suelta:* corrige la primera versión («hijos... algunos») en «hijas... algunas»; *Parte XXI* tiene «hijos... algunos». Van Dam cree que se alude posiblemente a los hijos de Lot, Mirra (hija de Ciniros), y a Tamar y Amnón.

1852 *quien:* véase nota v. 670.

1857-8 *Parte XXI* incluye «Aparte» como acotación después del v. 1857,
que incluye Díez Borque (ed., pág. 216).

1859 *dulce espada:* adelanta Federico el instrumento con que se ejecuta el castigo final del Duque, aunque el oxímoron adquiere también la significación

por quien la vida perdí.   1860
               ¡O hermosura celestial!
CASANDRA. ¿Cómo te va de tristeza,
           Federico?
FEDERICO.   En tanto mal
           responderé a vuestra Alteza
           que es mi tristeza inmortal.   1865
CASANDRA.   Destiemplan melancolías
           la salud; enfermo estás.
FEDERICO. Traigo unas necias porfías,
           sin que pueda decir más,
           señora, de que son mías.   1870
CASANDRA.   Si es cosa que yo la puedo
           remediar, fía de mí,
           que en amor tu amor excedo.
FEDERICO. Mucho fiara de ti,
           pero no me deja el miedo.   1875
CASANDRA.   Dijísteme que era amor
           tu mal.
FEDERICO.   Mi pena y mi gloria
           nacieron de su rigor.
CASANDRA. Pues oye una antigua historia,
           que el amor quiere valor.   1880
               Antíoco, enamorado
           de su madrastra, enfermó
           de tristeza y de cuidado.

---

de amoroso tormento. Díez Borque observa que «podría ser su lema: *dulce es-*
pada por la pasión, por el amor; *desnuda* por la "anormalidad", por la alteración que ese amor supone, anunciando la tragedia» (ed., pág. 216).

[1863] *Suelta, Parte XXI:* «¿en tanto mal?», en boca de Casandra.

[1866] *Parte XXI:* «destemplan».

[1868] *porfías:* «instancia e importunación para el logro de alguna cosa»
(Aut.).

[1881-83] Van Dam localiza esta anécdota en Valerio Máximo *(Factorum et*
dictorum memorabilium libri novem). Añade que en el Ms. Lope intentaba, por
boca de Batín (vv. 1315-18), hacer una referencia a Antíoco, pero la tachó.
Véase L. R. Kennedy, «The Theme of "Stratonice" in the Drama of Spain
Peninsula», *PMLA,* 4 (1940), 1010-1030; Frank F. Casa, *The Dramatic Craft-*
manship of Moreto (Cambridge, Massachussets, Harvard University Press,
1966), págs. 53-83. *Antíoco y Seleúco* de Moreto se puede considerar *avant la lettre*

199

FEDERICO. Bien hizo si se murió,
que yo soy más desdichado.   1885
CASANDRA.   El Rey su padre, afligido,
cuantos médicos tenía
juntó, y fue tiempo perdido,
que la causa no sufría
que fuese amor conocido.   1890
Mas Eróstrato, más sabio
que Hipócrates y Galeno,
conoció luego su agravio;
pero que estaba el veneno
entre el corazón y el labio.   1895
Tomóle el pulso, y mandó

---

como una refundición de *El castigo sin venganza* de Lope: el amor del príncipe
hacia su madrastra es del mismo modo caracterizado por Erasístrato como
«amor imposible»; Dixon [1973], 69, nota 21. La anécdota histórica en boca
de Casandra (vv. 1881-1905) sirve de psicológico paralelo para develar en
Federico su propia pasión, y aclarar la relación tripartita entre ella, Federico
y el Duque. Aunque conviene señalar ciertas diferencias en relación con la
anécdota clásica: a) que Estratónice no estaba enamorada de su alnado; b)
que Antíoco (hijo) guardó siempre un gran respeto a su padre Seleúco; c) que
éste dio su esposa a su hijo, conjugándose en tales actos adulterio, incesto y
hasta divorcio. La historia, pues, que cuenta Casandra guarda relación tan
sólo «a medias» con su caso: un alnado (Federico) enamorado de su madrastra, joven, bella y atractiva; McGrady [1983], 48.

[1884] *Parte XXI* incluye un «Aparte» antes de este verso, que aceptan tanto
Kossoff como Díez Borque.

[1891-92] *Eróstrato*: el nombre de este médico era de hecho Erasístrato. Lope
vacilaba, según muestra el autógrafo, en la ortografía, pues aparece en un
principio la palabra *Erosa*, que da en *Erostr* completándose con «ato», un poco
por encima de la «r» final *(sic: Erastʳᵃᵗᵒ)*. Tales vacilaciones son, explica Díez
Borque (ed., pág. 218), «un curioso testimonio del modo de citar del Fénix,
de su cultura, y del sistema de escribir teatro». Sin embargo, ambas formas
(Eróstrato y Erasístrato) eran usadas comúnmente. Fue éste, al igual que Hipócrates (¿460-355 a.C.?) y Galeno (129-201, a.C.), un médico reconocido.
San Isidoro en *Etimologías* (IV, 3, 21) indica que Hipócrates fue descendiente
de Esculapio; que había nacido en la isla de Cos, creencia que proviene del
Pseudo Sorano *(Quest. medici)*. *Suelta, Parte XXI*: «En su ciencia que Galeno.»
Van Dam indica estar escrita en el Ms., sobre «Hipócrates», la variante «en su
ciencia», por mano ajena a la de Lope. La tachadura, notamos, parece tener
la peculiaridad caligráfica de otras muchas de Lope, aunque al tratarse de
simples rayas es difícil precisar.

[1893] *agravio*: «la acción injusta e injuriosa; la ofensa que se recibe, o hace a
otro» *(Aut.)*.

	que cuantas damas había	
	en palacio entrasen.	
FEDERICO.	Yo	
	presumo, señora mía,	
	que algún espíritu habló.	1900
CASANDRA.	Cuando su madrastra entraba,	
	conoció en la alteración	
	del pulso, que ella causaba	
	su mal.	
FEDERICO.	¡Extraña invención!	
CASANDRA.	Tal en el mundo se alaba.	1905
FEDERICO.	¿Y tuvo remedio ansí?	
CASANDRA.	No niegues, Conde, que yo	
	he visto lo mismo en ti.	
FEDERICO.	¿Pues enojaráste?	
CASANDRA.	No.	
FEDERICO.	¿Y tendrás lástima?	
CASANDRA.	Sí.	1910
FEDERICO.	Pues, señora, yo he llegado,	
	perdido a Dios el temor,	
	y al Duque, a tan triste estado,	
	que este mi imposible amor	
	me tiene desesperado.	1915
	En fin, señora, me veo	
	sin mí, sin vos, y sin Dios;	

1898 *Suelta, Parte XXI:* «Y yo...» En *Suelta* la «Y» está escrita a mano, observa acertadamente Díez Borque (ed., pág. 218).

1913 *a tan triste estado:* asocia el lexema el endecasílabo del conocido soneto de Garcilaso «Quando me paro a contemplar mi "stado"», que contó con múltiples ramificaciones en la lírica de la época; en una canción a lo divino de B. L. Argensola; en la *Diana enamorada* de Gil Polo y en el mismo Lope; en el soneto de las *Rimas sacras* (1614): «Cuando me paro a contemplar mi estado», en donde se establece una idéntica fraseología: «llegado» (v. 1911) frente a «perdido» (v. 1912), por ejemplo. Con la siguiente glosa aúna Lope dos tradiciones poéticas: Petrarca y Garcilaso, y Cancioneros del siglo xv (Pedro de Cartagena, Jorge Manrique, Diego de Quiñones, Garcí Sánchez de Badajoz).

1916-20 Kossoff transcribe la glosa en letra cursiva haciendo lo mismo con la «vuelta» de cada quintilla (vv. 1935, 1945, 1955, 1965, 1975), por considerarla un texto ajeno. Disfruta de una extensa exégesis. Véase al respecto Rafael

sin Dios, por lo que os deseo;
sin mí, porque estoy sin vos;
sin vos, porque no os poseo.   1920
    Y por si no lo entendéis,
haré sobre estas razones
un discurso, en que podréis
conocer de mis pasiones
la culpa que vos tenéis.   1925
    Aunque dicen que el no ser
es, señora, el mayor mal,
tal por vos me vengo a ver,
que para no verme tal,
quisiera dejar de ser.   1930
    En tantos males me empleo,
después que mi ser perdí,
que aunque no verme deseo,
para ver si soy quien fui,

Lapesa [Madrid, 1967], págs. 145-171; José María Cossío, «El mote "sin mí,
sin vos y sin Dios" glosado por Lope de Vega», *RFE*, XX (1933), 397-400.
Amparado en un texto ajeno confiesa Federico su amor imposible hacia Casandra, y su desesperación ante el sentimiento de haber perdido el alma, el
temor a Dios y el respeto a su propio padre. Cfr. Wilson [1963], 277. «No hay
duda», escribe Díez Borque (ed., pág. 219), «que son versos emblemáticos de
la agonía trágica de Federico». Lope ayudó a establecer el uso de la glosa en la
comedia nueva. Le venía al dedillo para fijar el estado psicológico del amante,
tal como sugiere Leo Spitzer en su reseña a la edición de van Dam (*Arch.
Rom.*, XIII, 1929, 410): «Diese sonderbare Klammerform des verses ist nur
Sinnbild des seelischen Eingeklemmtheit des Helden, die paradoxe Form
des Glossens sinnbild der gestörten Harmonie zwischen Körper und Geist,
Sein-und Nichtseinsgefühlen der gottlosen Zustandes»; Hans Jorner, «La
glosa española. Estudio histórico de su métrica y de sus temas», *Revista de Filología Española*, XXVII (1943), 218; Dixon anota [1973], 75, nota 37: «The
gloss is thus central, even mathematically, to the encounter proper; and all
the *quintillas* —rather exceptionally— have the same rhyme-scheme, ababa»;
Morley y Bruerton, *Cronología*, pág. 108; Jorner, pág. 232, cita de Lope: «Deseosos estaban las gentes de oír glosas, propia y antiquísima composición de
España, no usada jamás de otra nación ninguna.»
1926-7 Por boca de Juan de Mairena, el personaje apócrifo de Antonio Machado, comenta éste estos versos: «Reparará en que el poeta no hace suya la
afirmación, sino que declina o elude la responsabilidad del aserto. Reparar
en la elegancia del empleo de los 'impersonales' y en la probidad de algunos
poetas.» Véase Antonio Machado, *Juan de Mairena*, ed. José María Valverde,
Madrid, 1971, pág. 143.

en fin, señora, me veo.   1935
    A decir que soy quien soy,
tal estoy, que no me atrevo,
y por tales pasos voy,
que aun no me acuerdo que debo
a Dios la vida que os doy.   1940
    Culpa tenemos los dos
del no ser que soy agora,
pues olvidado por vos
de mí mismo estoy, señora,
sin mí, sin vos, y sin Dios.   1945
    Sin mí no es mucho, pues ya
no hay vida sin vos, que pida
al mismo que me la da;
pero sin Dios, con ser vida,
¿quién sino mi amor está?   1950
    Si en desearos me empleo,
y él manda no desear
la hermosura que en vos veo,
claro está que vengo a estar
sin Dios, por lo que os deseo.   1955
    ¡O, qué loco barbarismo

1936 *soy quien soy:* Leo Spitzer discute extensamente la diferencia entre el
«soy el que soy», respuesta que da Dios a Moisés (Ex. 3, 14), y el «soy quien
soy» de la comedia española del siglo XVII; cfr. «Soy quien soy», *Nueva Revista
de Filología Hispánica,* I (1947), 113-127. Con tal frase se asume la necesidad de
actuar de acuerdo con lo que uno es o supone idealmente que es. La misma
frase expresa Sancho en *La estrella de Sevilla,* comedia de dudosa atribución
(*RHi,* XLVIII [1920]), «"Soy quien soy" repiten cientos de veces», escribe
José Antonio Maravall, «en obras de Lope, Ruiz de Alarcón, Rojas Zorrilla,
Calderón, Moreto, etc., sus personajes nobles», *Teatro y literatura en la sociedad
barroca* (Madrid, 1972), pág. 99.

1952-53 En mente tiene Federico el mandato divino: «nec desiderabis uxorem eius» (Ex. 20, 12), y en contraposición la teoría platónica de la hermosura como fuente apetecible y origen del amor, comentada extensamente por
León Hebreo en sus *Diálogos de amor* (4.1.3.): «el amor apasionado, que instiga
al amante, se refiere siempre a alguna cosa bella» (trad. de Carlos Mazo, ed.
de José María Reyes Cano, Barcelona, 1986, pág. 393); Alexander A. Parker
diserta brevemente sobre la naturaleza del amor de Federico, *La filosofía del
amor en la literatura española 1480-1680* (Madrid, 1986), págs. 161-62.

1956 *barbarismo:* «desorden, brutalidad y barbaridad en el modo de obrar y
proceder» (*Aut.*).

es presumir conservar
la vida en tan ciego abismo
hombre que no puede estar
ni en vos, ni en Dios, ni en sí mismo! 1960
    ¿Qué habemos de hacer los dos,
pues a Dios por vos perdí,
después que os tengo por Dios,
sin Dios, porque estáis en mí,
sin mí, porque estoy sin vos? 1965
    Por haceros sólo bien,
mil males vengo a sufrir;
yo tengo amor, vos desdén,
tanto, que puedo decir:
¡mirad con quién y sin quién! 1970
    Sin vos y sin mí peleo
con tanta desconfianza:
sin mí, porque en vos ya veo
imposible mi esperanza;
sin vos, porque no os poseo. 1975

CASANDRA.   Conde, cuando yo imagino
a Dios y al Duque, confieso
que tiemblo, porque adivino
juntos para tanto exceso
poder humano y divino; 1980
    pero viendo que el amor
halló en el mundo disculpa,
hallo mi culpa menor,
porque hace menor la culpa

---

¹⁹⁶¹ *habemos:* «hemos». Véase Menéndez Pidal, *Manual de gramática histórica española,* págs. 302-303 (116, 2).

¹⁹⁷⁰ Van Dam refiere este verso a una conocida glosa, frecuente en los siglos XVI y XVII que reza: «Con amor y sin dinero, / ¡mirad con quien y sin quién / para que me encuentre bien!» De tales expresiones paradójicas está empedrada la comedia nueva de Lope. En una de sus primeras comedias, *El último godo de España* (atribuible a Lope), el personaje Rodrigo acude a tal fraseología, expresando, «estaba sin mí, y conmigo» *(Ac.* VII, pág. 79a).

¹⁹⁷⁷ La relación entre Dios y Duque (poder divino/poder humano) implica una conciencia de romper unas leyes; se contempla, a partir de la violación del orden social y familiar establecido, y del castigo.

ser la disculpa mayor.   1985

  Muchas ejemplo me dieron,
que a errar se determinaron,
porque los que errar quisieron
siempre miran los que erraron,
no los que se arrepintieron.   1990

  Si remedio puede haber,
es huir de ver y hablar;
porque con no hablar ni ver,
o el vivir se ha de acabar,
o el amor se ha de vencer.   1995

  Huye de mí, que de ti
yo no sé si huir podré,
o me mataré por ti.

FEDERICO.   Yo, señora, moriré;
que es lo más que haré por mí.   2000

  No quiero vida; ya soy
cuerpo sin alma, y de suerte
a buscar mi muerte voy,
que aun no pienso hallar mi muerte,
por el placer que me doy.   2005

  Sola una mano suplico

1986 *Parte XXI*: «Muchos ejemplos». *Suelta* presenta en corrección a mano, «muchas».

1987 Kossoff transcribe «errar», aunque en el Ms. se lee claramente «a errar».

1989 *Suelta*, «las que».

1998 La versión original de Lope («o me mataría [mataré] por ti»), que sigue Jones («mataré»), fue tachada y encima, con caligrafía distinta, se escribió: «o me daré muerte aquí». *Suelta* y *Parte XXI* tienen «o me daré muerte a mí». Lo que Lope escribió fue «mataré», y no «mataría» (así leen Jones y van Dam). Entre la «r» [-ría] y la «p» [por], observa atinadamente Kossof, no caben las dos vocales («i», «a»). Pero la forma del condicional («mataría») tampoco se ajusta a la intensa amenaza y determinación que mueve el discurso de Casandra. Poesse —quien sigue la lectura de Kossoff— observó en los autógrafos de Lope sólo cuatro casos de esta forma (no tuvo en cuenta *El castigo sin venganza*) en contra de más de sesenta de sinéresis. A Díez Borque (ed., pág. 221), le convence «la rareza de la sinéresis del condicional», que apunta Kossoff, y conserva también «mataría». Ver M. Poesse, *The Internal-Lines Structure of Thirty Autograph Plays of Lope de Vega* (Bloomington, Indiana, 1949), págs. 35-36; 38; Kossoff, págs. 321-2 (nota).

                    que me des; dame el veneno
                    que me ha muerto.
CASANDRA.   Federico,
                    todo principio condeno,
                    si pólvora al fuego aplico.   2010
                        Vete con Dios.
FEDERICO.   ¡Qué traición!
CASANDRA. Ya determinada estuve;
                    pero advertir es razón
                    que por una mano sube
                    el veneno al corazón.   2015
FEDERICO.   Sirena, Casandra, fuiste;
                    cantaste para meterme
                    en el mar, donde me diste
                    la muerte.
CASANDRA.   Yo he de perderme;
                    tente, honor; fama, resiste.   2020
FEDERICO.   Apenas a andar acierto.
CASANDRA. Alma y sentidos perdí.
FEDERICO. ¡O qué extraño desconcierto!
CASANDRA.   Yo voy muriendo por ti.
FEDERICO. Yo no, porque ya voy muerto.   2025
CASANDRA.   Conde, tú serás mi muerte.

2010 *si pólvora al fuego aplico:* idea del pelícano que golpeando sus alas sobre el
fuego lo agita, pereciendo. Véanse vv. 1502-19.

2011 El «Aparte» fue insertado en *Parte XXI* después de este verso. Se
puede aplicar no sólo a los vv. 2012-15 sino también, como indica Kossoff
(pág. 322), a los siguientes de Federico (vv. 2016-19); son parte del mismo
diálogo. Expresan la «enajenación de los amantes quienes todavía se dirigen
el uno al otro hasta el final del acto».

2116 *Sirena:* símbolo de la seducción atrayente y peligrosa; del irrefrenable
deseo. El mito alude a la dulce melodía de estas ninfas marinas que encanta-
ban a los navegantes, obligándolos a sumergirse en el mar para no dejar de
oírlas; son «trofeos dulces de un canoro sueño» en verso inmejorable de Góngora («Soledad primera», vv. 1234-7).

2117 *Suelta, Parte XXI:* «matarme»; *Suelta* corrige a mano «meterme».

2020 *Parte XXI* presenta, después de este verso, la siguiente acotación
«(Entrándose cada uno por su parte)»; *Suelta, Parte XXI:* «ten honor»; *tente:* en
sentido de «detente».

2026-30 *Suelta* y *Parte XXI* no incluyen estos versos. Los versos están tachados con rayas al revés, forma de tachar no común en Lope. Díez Borque con-

FEDERICO.   Y yo, aunque muerto, estoy tal
              que me alegro, con perderte,
              que sea el alma inmortal,
              por no dejar de quererte.   2030

---

jetura (pág. 224) que detrás de tal supresión «puede haber alguna razón de autocensura de Lope o de los editores, habida cuenta de que cabe ver cierta irreverencia en esa "alma inmortal" enamorada, en esa muerte de amor».

2028 *perderte:* en el sentido de «perdida», como anota Díez Borque (página 225). Véase en contraposición a Kossoff (pág. 323).

2030 Después de este verso, Díez Borque incluye «Laus Deo et M[atri] V[irgini] / Fin de la 2.ª Jornada», indicando en nota «Falta todo esto en K[ossoff], y en S[*uelta*], P[*arte XXI*], H[artzenbusch]. El Ms. de la Ticknor Library no incluye tampoco tal indicación al final del segundo acto; sí al final del tercero.

Página del tercer acto de *El castigo sin venganza*.

Acto tercero

(Aurora, *y el* Marqués.)

Aurora.	Yo te he dicho la verdad.	
Floro.	No es posible persuadirme.	
	Mira, si nos oye alguno,	
	y mira bien lo que dices.	
Aurora.	Para pedirte consejo,	2035
	quise, Marqués, descubrirte	
	esta maldad.	
Marqués.	¿De qué suerte	
	ver a Casandra pudiste	
	con Federico?	
Aurora.	Está atento.	
	Yo te confieso que quise	2040
	al Conde, de quien lo fui,	
	más traidor que el griego Ulises.	
	Creció nuestro amor el tiempo;	
	mi casamiento previne,	

2041 *de quien lo fui:* «lo» alude a «querida», en referencia al verso previo «qui-se» («quiso», en nota de Jones). Véase van Dam (ed.), para más ejemplos del uso del zeugma (págs. 371-72); también Kossoff, pág. 325.

2042 *Ulises:* se alude al episodio del caballo de Troya, y a la caída de esta ciudad en manos de los Atenienses. La caracterización de Ulises como «engaño-so» o «traidor» abunda en los textos clásicos latinos. Así en Horacio, «dupli-cis... Ulixei» (*Cam,* I, LI, 7); Virgilio lo califica de inventor de crímenes: «scelerum... inventor Ulixes» (*Eneida,* II, 164) (Kossoff, ed., pág. 325, nota); Gitlitz [1980], 29.

cuando fueron por Casandra,   2045
en fe de palabras firmes,
si lo son las de los hombres,
cuando sus iguales sirven.
Fue Federico por ella,
de donde vino tan triste   2050
que en proponiéndole el Duque
lo que de los dos le dije,
se disculpó con tus celos,
y como el amor permite
que cuando camina poco   2055
fingidos celos le piquen,
díselos contigo, Carlos;
pero el mismo efeto hice
que en un diamante; que celos
donde no hay amor no imprimen.   2060
Pues viéndome despreciada,
y a Federico tan libre,
di en inquirir la ocasión;
y como celos son linces
que las paredes penetran,   2065
a saber la causa vine.
En correspondencia tiene,
sirviéndole de tapices

2046 *fe:* «dar crédito y asenso a alguna cosa» *(Cov.)*. En Ms. se lee, como ya observamos, «fee». Véanse vv. 747, 833, 2172.

2060 *imprimen:* uso en forma intransitiva, no común. No está documentada en *Cov.* ni en *Aut.* Van Dam (ed., pág. 373) califica este verbo de «neutro», y le da el significado de «producir, causar impresión».

2067 *correspondencia:* «en arquitectura es cuando los lados y partes del edificio se remedan unos a otros, y hacen perspectiva y obra» *(Cov.)*. Diez Borque indica: «creo que quiere decir Lope —y así lo necesita por el argumento— que en lugar de tapices (forma habitual de decoración) los camarines estaban decorados con "retratos, vidrios y espejos"; como son simétricos, el espejo de un camarín bien pudo reflejar la imagen de lo que ocurría en el otro lado: los amantes ocultos a la vista, pero no al espejo que estaba enfrente» (ed., página 231).

2068 Jones indica que el indirecto «le» puede referirse a «tocador»; otros editores a «camarines».

retratos, vidrios y espejos,
dos iguales camarines   2070
el tocador de Casandra;
y como sospechas pisen
tan quedo, dos cuadras antes
miré y vi ¡caso terrible!
en el cristal de un espejo,   2075
que el Conde las rosas mide
de Casandra con los labios.
Con esto, y sin alma, fuime
donde lloré mi desdicha,
y la de los dos que viven,   2080
ausente el Duque, tan ciegos
que parece que compiten
en el amor y el desprecio,
y gustan que se publique
el mayor atrevimiento   2085
que pasara entre gentiles,
o entre los desnudos cafres
que lobos marinos visten.

2069 *vidrios:* «se llama cualquier pieza o vaso formada de él»; «cualquier cosa muy delicada y quebradiza» (*Aut.*). En Ms. «vidros».

2070 *camarines:* «el retrete donde tienen las señoras sus porcelanas, barros, vidrios y otras cosas curiosas» (*Aut.*)..

2072 *pisen:* «tocar o estar cerca» (*Aut.*).

2073 *cuadras:* sala o pieza espaciosa (*DRAE*).

2075-7 Aurora observó a través de un espejo los besos de Federico en las mejillas de Casandra. La relación de los varios espacios (el real y el reflejado) la asocia a la pintura de la época, y el motivo, tan del Barroco, del «espejo en el espejo». Es símbolo común del autoconocimiento. Le revela a Aurora la esquivez de Federico hacia ella y sus engañosas excusas. La transgresión moral se revela a través de un espejo. Al igual que éste fue fatal para Medusa, lo será también para Casandra. Su muerte, como la del personaje mitológico, es causada, indirectamente, por el ojo espía. El espejo fue consagrado como símbolo por Cesare Ripa, *Nova Iconologia*, Roma, 1573; edición ilustrada, 1603; Ernst Curtius, *Literatura Europea y Edad Media Latina*, I (México, 1976), página 472. Para su función en las artes decorativas, véase Julián Gállego, «El espejo en el espejo», *El cuadro dentro del cuadro* (Madrid, 1984), págs. 95-111.

2083 *Parte XXI:* «y desprecio».

2087 *cafres:* «llaman así a los naturales de la costa de África [...], y a semejanza se llama Cafre al hombre barbado y cruel» (*Aut.*).

2088 *lobos marinos:* alusión a la piel de la foca que usan estos cafres a modo

Parecióme que el espejo
que los abrazos repite,   2090
por no ver tan gran fealdad,
escureció los alindes;
pero más curioso amor
la infame impresa prosigue,
donde no ha quedado agravio   2095
de que no me certifique.
El Duque dicen que viene
victorioso, y que le ciñen
sacros laureles la frente
por las hazañas felices   2100
con que del Pastor de Roma
los enemigos reprime.
Dime, ¿qué tengo de hacer
en tanto mal? Que me afligen
sospechas de mayor daño,   2105
si es verdad que me dijiste
tantos amores con alma;
aunque soy tan infelice
que parecerás al Conde
en engañarme o en irte.   2110

---

probablemente de taparrabos; Ravisius Textor, *Officina,* fol. 50 v.º. Aurora
quiere así grabar en la imaginación del espectador estas relaciones vistas
como monstruosas. Implica la idea establecida en la época de que las cosas
mientras están más alejadas de la civilización se hacían más raras y eran más
fáciles de usar en la comparación como términos extremos. Véase Mary W.
Helms, *Ulysses Sail. An Etnographic Odyssey of Power, Konowledge, and Geographic
Distance* (Princeton, Princeton University Press, New Jersey, 1988), pág. 14
y ss. (gentileza de Luis Avilés).

[2090] *Parte XXI:* «a los brazos».

[2092] *alindes:* «se llama así un género de espejo grueso y cóncavo, que puesto
contra los rayos del sol enciende y quema la parte a donde endereza su reflejo» (*Aut.*). Es decir, el mismo espejo, por no ver tal fealdad, oscureció su propio reflejo queriendo ocultar, de este modo, el nefasto encuentro de los sacrí-
legos amantes.

[2094] *impresa:* forma arcaica de empresa (Lapesa, *Historia de la lengua,* páginas 367-417). Así se escribe en *Suelta* y *Parte XXI.*

[2096] *certifique:* «asegurar, afirmar, dar por cierta alguna cosa» (*Aut.*).

[2107] *con alma:* es decir, sinceramente.

[2108] *infelice:* uso aquí de la -e paragógica por efectos de rima; «infeliz».

MARQUÉS.   Aurora, la muerte sola
es sin remedio invencible,
y aun a muchos hace el tiempo
en el túmulo Fenices;
porque dicen que no mueren   2115
los que por su fama viven.
Dile que te case al Duque;
que como el sí me confirmes,
con irnos los dos a Mantua,
no hayas miedo que peligres;   2120
que si se arroja en el mar,
con el dolor insufrible
de los hijos que le quitan
los cazadores, el tigre,
cuando no puede alcanzarlos,   2125
¿qué hará el ferrarés Aquiles
por el honor y la fama?
¿Cómo quieres que se limpie
tan fea mancha sin sangre,

2114 *Fenices:* plural de Fénix, usado propiamente en la poesía. Alusión mítica al ave de Arabia que, según el mito, renacía de sus propias cenizas. *Parte XXI,* «felices». Un año antes de salir *El castigo sin venganza,* José Pellicer de Salas Tovar (véase «Introducción»), saca *El Fénix y su historia natural, escrita en veinte y dos Exercitaciones, Diatribas, o Capítulos* (Madrid, 1630), y en la misma fecha el poema del conde de Villamediana (Juan de Tassis), *La Fénix,* se incluye en sus *Obras.* Las recopila Dionisio Hipólito de los Valles (Zaragoza, Juan de Lanaja, 1629), págs. 267-287. San Isidoro, *Etimologías* (XII, 7-22), ayudó a asentar el mito sobre esta ave fabulosa. *Parte XXI:* «felices».

2120-25 Edward Topsell, *The Historie of Fovre-footed Beastes* (Londres, 1607), anota Jones (pág. 133) documenta que, cuando esta bestia —el tigre— veía que sus hijos eran arrebatados, y que nunca los iba a ver, daba tales maullidos sobre la costa del mar, que muchas veces moría en el mismo sitio. Describe algunas de sus características la *Officina* de Ravisius Textor (fol. 39).

2126 *ferrarés Aquiles:* el duque de Ferrara. Aquiles fue celebrado héroe en la conquista de Troya. Fue muerto por la flecha que Paris le disparó, hiriéndole en el talón.

2129 *fea mancha sin sangre:* contra este ritual de limpiar la mancha de la deshonra con la sangre derramada de la víctima, Lope diserta extensamente, como ya hemos indicado, en *La más prudente venganza,* incluida en *Novelas a Marcia Leonarda,* y por primera vez en *La Circe* (Madrid, 1624). Cfr. *Novelas a Marcia Leonarda,* ed. de F. Rico, págs. 108 y 141-2. Tanto la venganza como el duelo son los aspectos más dramáticos del concepto de la honra, «y se rela-

<pre>
                para que jamás se olvide,   2130
                si no es que primero el cielo
                sus libertades castigue,
                y por gigantes de infamia
                con vivos rayos fulmine?
                Este consejo te doy.   2135
AURORA.   Y de tu mano le admite
                mi turbado pensamiento.
MARQUÉS.   Será de la nueva Circe
                el espejo de Medusa,
                el cristal en que la viste.   2140
</pre>

(FEDERICO, *y* BATÍN.)

FEDERICO.   ¿Que no ha querido esperar

---

cionan a las dimensiones sociológicas, éticas y jurídicas del concepto», escribe Eduardo Forastieri [1976], págs. 58-89; en concreto, pág. 67, nota 19, con extensas referencias bibliográficas.

[2133-34] *gigantes de infamia:* alusión a la revuelta de los gigantes que fueron fulminados por el rayo de Júpiter. Simbolizan la trivialidad («infamia») magnificada; la desmesura en provecho de los instintos corporales. En *Suelta* aparece la -e de «fulmine» corregida a mano, observa también Díez Borque (ed., pág. 234).

[2136] *Y de tu mano:* en el sentido de «tu parte». En *Suelta* la «Y» está también añadida a mano.

[2138] *Circe:* al motivo mítico de Circe, quien transformaba a los hombres en animales (cerdos, lobos, elefantes; *Met.* XIV, v. 247) Lope le dedicó un poema (1624) que lleva el mismo título. En *Arcadia* (1589) la califica de «hechicera famosa», y en *Circe* alude a las «hiervas benéficas» con las que transformaba a los hombres en bestias (I, 19). De acuerdo con Homero (*Odisea,* lib. X), era de terrible aspecto; según otras versiones, combinaba una atractiva hermosura con el maligno don de sus hechizos; Geraldine Cleary Nichols [1977], 222.

[2139] *Medusa:* famosa hechicera de mirada torva que convertía en piedra a quien la miraba. Perseo en su intento de aniquilarla la vio tan sólo a través de la imagen que se reflejaba en el brillante escudo que Minerva le había regalado (*Met.* IV, vv. 770 y ss.). Del mismo modo que Perseo se salva de Medusa a través de la imagen reflejada en el espejo, igual acaece a Aurora. Se salva ésta de los engaños de Casandra (Medusa) y de su víctima (Federico), al ver reflejados sus amorosos actos en el espejo de una sala del palacio de Ferrara. Janet Horrowitz Murray ve el espejo (vv. 1174-78) como metáfora «for moral revelation» [1979], 19-21; es también reflejo de acciones (v. 742); símil de otra representación (vv. 983-5); testigo y repetición de una infracción moral (vv. 2074-7; 2089-92).

214

	que salgan a recibirle?	
BATÍN.	Apenas de Mantua vio	
	los deseados confines,	
	cuando dejando la gente,	2145
	y aun sin querer que te avisen,	
	tomó caballos y parte;	
	tan mal el amor resiste,	
	y los deseos de verte,	
	que aunque es justo que le obligue	2150
	la Duquesa, no hay amor	
	a quien el tuyo no prive;	
	eres el sol de sus ojos,	
	y cuatro meses de eclipse	
	le han tenido sin paciencia.	2155
	Tú, Conde, el triunfo apercibe	
	para cuando todos vengan;	
	que las escuadras que rige	
	han de entrar con mil trofeos	
	llenos de dorados timbres.	2160
FEDERICO.	Aurora, ¿siempre a mis ojos	
	con el Marqués?	
AURORA.	¡Qué donaire!	
FEDERICO.	¿Con ese tibio desaire	
	respondes a mis enojos?	
AURORA.	¿Pues qué maravilla ha sido	2165
	el darte el Marqués cuidado?	
	Parece que has despertado	
	de cuatro meses dormido.	
MARQUÉS.	Yo, señor Conde, no sé	
	ni he sabido que sentís	2170

2143 *Suelta, Parte XXI:* «el Duque vio».

2152 *prive:* privar, «tener valimiento y familiaridad con algún príncipe o superior, y ser favorecido de él» *(Aut.);* Kossoff da la acepción de «tener preferencia» (pág. 330).

2154 *eclipse:* referencia a los cuatro meses que dura la ausencia del Duque.

2160 *timbres:* insignia que se coloca encima del escudo de armas para distinguir los grados de nobleza *(DRAE);* también acción gloriosa o cualidad personal que ensalza y ennoblece.

215

lo que agora me decís;
que a Aurora he servido en fe
de no haber competidor,
y más, como vos lo fuera,
a quien humilde rindiera   2175
cuanto no fuera mi amor.

    Bien sabéis que nunca os vi
servirla, mas siendo gusto
vuestro, que la deje es justo,
que mucho mejor que en mí   2180
se emplea en vos su valor.

        (*Vase el* [MARQUÉS].)

AURORA.   ¿Qué es esto que has intentado?
¿O qué frenesí te ha dado
sin pensamiento de amor?
    ¿Cuántas veces al Marqués   2185
hablando conmigo viste,
desde que diste en ser triste,
y mucho tiempo después?
    Y aun no volviste a mirarme,
cuanto más a divertirme.   2190
¿Agora celoso y firme,
cuando pretendo casarme?
    Conde, ya estás entendido;
déjame casar, y advierte
que antes me daré la muerte   2195
que ayudar lo que has fingido.
    Vuélvete, Conde, a estar triste,
vuelve a tu suspensa calma;
que tengo muy en el alma

2174 *Suelta* y *Parte XXI* incluyen «y mas si como vos fuera». Para la equivalencia de «como» y «si», véase Bello y Cuervo, *Gramática de la lengua castellana*,
1232 (pág. 373).

2182 El Ms. incluye como acotación «Vase el Conde»; pero alguien distinto
de Lope corrigió y cambió «Conde» por «Marqués». Tal enmienda, con más
sentido, es seguida en *Suelta* y *Parte XXI*.

	los desprecios que me hiciste.	2200
	Ya no me acuerdo de ti.	
	¿Invenciones? ¡Dios me guarde!	
	¡Por tu vida, que es muy tarde	
	para valerte de mí!	

(*Vase* AURORA.)

BATÍN.	¿Qué has hecho?	
FEDERICO.	No sé, por Dios.	2205
BATÍN.	Al Emperador Tiberio	
	pareces, si no hay misterio	
	en dividir a los dos.	
	Hizo matar su mujer,	
	y habiéndose ejecutado,	2210
	mandó a la mesa sentado	
	llamarla para comer.	
	Y Mesala fue un romano	
	que se le olvidó su nombre.	
FEDERICO.	Yo me olvido de ser hombre.	2215
BATÍN.	O eres como aquel villano	
	que dijo a su labradora,	
	después que de estar casados	
	eran dos años pasados:	

2202-4 La puntuación de Jones es bastante diferente a la de Kossoff. El crítico inglés puntúa de la siguiente manera: «¡Invenciones! Dios me guarde: / por tu vida, que es muy tarde / para valerte de mí.» El sustantivo «invenciones» debe ir entre signos de interrogación, seguido de la frase exclamativa «¡Dios me guarde! ¡Por tu vida!, [...]». Se ajusta al ánimo, un tanto irritado, de Aurora, exclamando admirada ante la proposición de Federico de casarse con ella.

2206-8 *Tiberio:* no fue Tiberio sino Claudio el que mató a su esposa Mesalina, de acuerdo con el relato de Suetonio (*De vita Caesarum,* V, 39). El significado parece ser, «si es que hay algún sentido en hacer diferencias entre los dos» (Jones, pág. 134). Dixon [*res. cit.*] documenta el verso en Naharro; véase Gillet (*Propalladia,* III, 712).

2213 *Mesala:* se alude a Mesala Corvinus, mencionado en la *Historia naturalis* de Plinio (7, 90), quien llegó a olvidar su nombre a consecuencia de una caída. Batín compara el olvido de Federico hacia Aurora con el de estos dos personajes, añadiendo el ejemplo del labrador (vv. 2216-20).

<pre>
                'Ojinegra es la señora.'   2220
FEDERICO.   ¡Ay, Batín, que estoy turbado,
                y olvidado desatino!
BATÍN.   Eres como el vizcaíno
                que dejó el macho enfrenado,
                y viendo que no comía,   2225
                regalándole las clines,
                un Galeno de rocines
                trujo a ver lo que tenía;
                   el cual, viéndole con freno,
                fuera al vizcaíno echó;   2230
                quitóle, y cuando volvió,
                de todo el pesebre lleno
                   apenas un grano había,
                porque con gentil despacho,
                después de la paja, el macho   2235
                hasta el pesebre comía.
                   'Albéitar, juras a Dios',
</pre>

2223-44 La anécdota o chiste del vizcaíno y su mula se hizo popular en la
España del siglo XVII. La recoge Maxime Chevalier (ed.), *Cuentecillos tradicio-
nales en la España del Siglo de Oro* (Madrid, 1975), págs. 265-67. Donald
McGrady [1983], 56, sugiere la siguiente interpretación de la anécdota con-
tada por Batín: Federico es a modo de vizcaíno. No permite que su «mula»
(Aurora) pueda comer otra «cebada» (amar al Marqués Gonzaga), ya que la
mantiene retenida con la obligación de sus pasados amores. Apunta
McGrady a un tercer nivel donde el trío se podría establecer entre las relaciones del Duque (vizcaíno), Casandra (mula) y el albéitar (Federico); Peter
W. Evans [1979], 332.

2226 *clines: Suelta* y *Parte XXI:* «crines».

2227 *Galeno de rocines:* alusión humorística al oficio del veterinario; en v.
2237 se le denomina «albéitar», palabra árabe, derivada del verbo *béitar* (curar
bestias). Tanto los tratados médicos de Galeno como de Hipócrates, escritos en latín, fueron lectura común en los siglos XVI y XVII; véase nota al
v. 1892.

2237-40 Imitación burlesca, en castellano, del hablante vascuence que tiende a usar la segunda persona del singular en vez de la primera. Este tipo un
tanto cómico del vasco y su manera de expresarse en castellano fue uno de
los tópicos literarios en los siglos XVI y XVII. Lo trató extensamente Cervantes: en su entremés *El vizcaíno fingido,* en la comedia *La casa de los celos,* y en el
capítulo 8 («Primera Parte») de *El Quijote.* Así se dirige a Don Quijote un es-
cudero, «que era vizcaíno»: «Anda, caballero que mal andes; por el Dios que
crióme, que, si no dejas coche, así te matas como estás ahí vizcaíno.» *Suelta,
Parte XXI:* «ahora» en el v. 2239.

dijo, 'es mejor que dotora,
y yo y macho desde agora
queremos curar con vos'.   2240
　　¿Qué freno es éste que tienes,
que no te deja comer,
si médico puedo ser?
¿Qué aguardas? ¿Qué te detienes?

FEDERICO.　¡Ay, Batín!, no sé de mí.   2245
BATÍN.　Pues estése la cebada
queda, y no me digas nada.

(*Entren* CASANDRA *y* LUCRECIA.)

CASANDRA.　¿Ya viene?
LUCRECIA.　　　　　Señora, sí.
CASANDRA.　¿Tan brevemente?
LUCRECIA.　　　　　　　Por verte
toda la gente dejó.   2250
CASANDRA.　No lo creas; pero yo
más quisiera ver mi muerte.
　　En fin, señor Conde, ¿viene
el Duque mi señor?
FEDERICO.　　　　　Ya
dicen que muy cerca está;   2255
bien muestra el amor que os tiene.
CASANDRA.　　Muriendo estoy de pesar
de que ya no podré verte
como solía.

(*Aparte.*)

FEDERICO.　　　　　¿Qué muerte

2238 *dotora:* doctora, caso como en «efeto» de reducción de los grupos consonánticos cultos. Véase más adelante v. 2702.

2247 *queda:* quieta. Véase nota al v. 2241.

2249 *tan brevemente:* es decir, «aceleradamente; con presteza, en poco tiempo» (*Aut.*).

2259 En el margen derecho del autógrafo Lope escribió una cruz con la indicación «aparte». Tal aparte, anota Kossoff (pág. 334), indica que Lucrecia y

| | pudo mi amor esperar, | 2260 |
| | como su cierta venida? | |

CASANDRA. Yo pierdo, Conde, el sentido.

FEDERICO. Yo no, porque le he perdido.

CASANDRA. Sin alma estoy.

FEDERICO.   Yo, sin vida.

CASANDRA. ¿Qué habemos de hacer?

FEDERICO.   Morir.   2265

CASANDRA. ¿No hay otro remedio?

FEDERICO.   No,
porque en perdiéndote yo,
¿para qué quiero vivir?

CASANDRA.   ¿Por eso me has de perder?

FEDERICO. Quiero fingir desde agora   2270
que sirvo y que quiero Aurora,
y aun pedirla por mujer
al Duque, para desvelos
dél y de palacio, en quien
yo sé que no se habla bien.   2275

CASANDRA. ¡Agravios! ¿no bastan celos?
¿Casarte? ¿Estás, Conde, en ti?

FEDERICO. El peligro de los dos
me obliga.

CASANDRA.   ¿Qué? Vive Dios,
que si te burlas de mí,   2280

Batín se quedan en la escena pero que no oyen lo que dice Casandra y Federico. *Suelta* y *Parte XXI* dividen el v. 2259, y aplican la acotación tan sólo a Federico; lo mismo Jones. El hecho de que en el verso 2286 diga Federico «Qué te oirán», explica que bajo tal aparte se incluye tanto el discurso de Federico como el de Casandra.

2265 *habemos:* véase nota al v. 1961.

2266 Jones omite la entrada de Federico quien dice «No», viéndose así los vv. 2266-68 dichos por Casandra cuando proceden en realidad de Federico.

2271 *Suelta, Parte XXI:* «a Aurora».

2273 *desvelos:* «privación del sueño por algún cuidado o accidente que le estorba» *(Aut.).*

2274 *quien:* es decir, «sobre quien», Bello y Cuervo, *Gramática de la lengua castellana,* pág. 128. Véanse vv. 670, 1430 y 1852. También se usa con valor plural (lat. *quem*), debido a la influencia de *que*, invariable. El plural analógico *quienes* tarda en triunfar, Lapesa, *Historia de la lengua,* págs. 289-324.

<pre>
                    después que has sido ocasión
                    desta desdicha, que a voces
                    diga, ¡o qué mal me conoces!
                    tu maldad y mi traición.
FEDERICO.   Señora.
CASANDRA.   No hay que tratar.   2285
FEDERICO. Que te oirán.
CASANDRA.   Que no me impidas.
                    Quíteme el Duque mil vidas,
                    pero no te has de casar.

           (FLORO, FEBO, RICARDO, ALBANO, LUCINDO, el
               DUQUE detrás, galán, de soldado.)

RICARDO.   Ya estaban disponiendo recibirte.
DUQUE.   Mejor sabe mi amor adelantarse.   2290
CASANDRA. ¿Es posible, señor, que persuadirte
                    pudiste a tal agravio?
FEDERICO.   Y de agraviarse
                    quejosa mi señora la Duquesa,
                    parece que mi amor puede culparse.
DUQUE.   Hijo, el paterno amor, que nunca cesa   2295
                    de amar su propia sangre y semejanza,
                    para venir facilitó la empresa;
                    que ni cansancio ni trabajo alcanza
                    a quien de ver a sus queridas prendas
                    más hiciera en sufrir larga esperanza.   2300
</pre>

2291-92 Jones (ed., pág. 134) supone que estas dos líneas corresponden a
Casandra quien, en forma de aparte, se dirige a Federico. Siguiendo esta lectura, el «agravio» sería la intención de Federico en casarse. Sin embargo, y de
acuerdo con Kossoff (pág. 336), es Casandra quien se dirige al Duque y el
agravio alude a que éste, por llegar tan pronto e inesperadamente, no dio lugar a que se le recibiese triunfalmente. Véanse vv. 2292-4.

2299 *Parte XXI:* «quien viene a ver a sus queridas prendas». Véanse
vv. 419, 1572, 2337.

2300 En el Ms. y primeras ediciones se lee «más». Jones sigue el cambio llevado a cabo por Hartzenbusch (ed., *BAE),* quien lee «mal». Kossoff, y de
acuerdo con la explicación de José F. Montesinos (*RFE,* XVI, 1929, 19-
188), deja «más». Montesinos comenta: «El sentido es más claro: "El separado de sus queridas prendas desea volver a verlas, hace más, tiene más trabajo

Y tú, señora, así es razón que entiendas
el mismo amor, y en igualarte al Conde
por encarecimiento no te ofendas.

CASANDRA.   Tu sangre y su virtud, señor, responde
que merece el favor; yo le agradezco,   2305
pues tu valor al suyo corresponde.

DUQUE.   Bien sé que a entrambos ese amor merezco,
y que estoy de los dos tan obligado,
cuanto mostrar en la ocasión me ofrezco.

Que Federico gobernó mi estado   2310
en mi ausencia, he sabido tan discreto,
que vasallo ninguno se ha quejado.

En medio de las armas os prometo,
que imaginaba yo con la prudencia
que se mostraba senador perfeto.   2315

¡Gracias a Dios que con infame ausencia
los enemigos del Pastor romano
respetan en mi espada su presencia!

Ceñido de laurel besé su mano,
después que me miró Roma triunfante,   2320
como si fuera el español Trajano.

Y así pienso trocar de aquí adelante

---

en la dilación ('larga esperanza') que en todos los esfuerzos y penalidades que
pueda costarle volver a ellas"» (pág. 185). Ambas lecturas son posibles.
Como norma aceptamos, al igual que Kossoff, la del autógrafo siempre que
esté avalada por la *Suelta.* Tal es el caso. Dixon *(res. cit.)* prefiere a su vez
«más».

    [2303] *encarecimiento:* «exageración» *(Cov.). Suelta:* «ofendos», si bien corregido
a mano, observa también Diéz Borque (ed., pág. 244).

    [2305] Uso del «le» por «lo». Bello y Cuervo, *Gramática de la lengua castellana*
(Buenos Aires, 1954), pág. 291, nota 930, y págs. 474-6, nota 121.

    [2315] El orden es «la prudencia con que se mostraba»; van Dam (pági-
nas 395-97), enumera un buen número de ejemplos que califica de «cons-
trucción viciosa».

    [2320] *Suelta, Parte XXI:* «triunfando».

    [2321] *Trajano:* Marcus Ulpius Trajanus, fue el primer emperador procedente
de las provincias y, por lo tanto, el primer hispánico elevado a la dignidad
imperial. Se distinguió por sus aficiones culturales —fue amigo de Plinio el
Joven— y protegió las artes y las letras, fomentando la arquitectura y las
obras públicas.

222

la inquietud en virtud, porque mi nombre
como le aplaude aquí después le cante;
    que cuando llega a tal estado un
                      [hombre, 2325
no es bien que ya que de valor mejora,
el vicio más que la virtud le nombre.

RICARDO.   Aquí vienen, señor, Carlos y Aurora.

        (CARLOS y AURORA.)

AURORA.   Tan bien venido vuestra Alteza sea,
como le está esperando quien le adora. 2330
MARQUÉS.   Dad las manos a Carlos, que desea
que conozcáis su amor.
DUQUE.   Paguen los brazos
deudas del alma en quien tan bien se emplea.
    Aunque siente el amor los largos plazos,
todo lo goza el venturoso día   2335
que llega a merecer tan dulces lazos.
    Con esto, amadas prendas, yo querría
descansar del camino, y porque es tarde
después celebraréis tanta alegría.
FEDERICO.   Un siglo el cielo, gran señor, te guarde. 2340

(*Todos se van con el* DUQUE, *y quedan* BATÍN *y* RICARDO.)

BATÍN.   ¡Ricardo amigo!
RICARDO.   ¡Batín!
BATÍN.   ¿Cómo fue por esas guerras?
RICARDO.   Como quiso la justicia,
siendo el cielo su defensa.
Llana queda Lombardía,   2345
y los enemigos quedan

2323 *inquietud;* inquieto: «el que no tiene sosiego, reposo ni quietud» (*Cov.*).
2327 *le nombre:* en sentido de distinción; renombre; calificar, dar fama.
2329 *Suelta, Parte XXI:* «También venido V. Alteza.»
2331 *Dad las manos:* fórmula de cortesía.
2333 *Suelta, Parte XXI:* «a que también».

                    puestos en fuga afrentosa,
                    porque el león de la Iglesia
                    pudo con sólo un bramido
                    dar con sus armas en tierra.   2350
                    El Duque ha ganado un nombre
                    que por toda Italia suena;
                    que si mil mató Saúl,
                    cantan por él las doncellas,
                    que David mató cien mil;   2355
                    con que ha sido tal la enmienda,
                    que traemos otro Duque;
                    ya no hay damas, ya no hay cenas,
                    ya no hay broqueles ni espadas,
                    ya solamente se acuerda   2360
                    de Casandra, ni hay Amor
                    más que el Conde y la Duquesa:
                    el Duque es un santo ya.
BATÍN.   ¿Qué me dices? ¿Qué me cuentas?
RICARDO.   Que como otros con las dichas   2365
                    dan en vicios y en soberbias,
                    tienen a todos en poco,
                    (tan inmortales se sueñan),
                    el Duque se ha vuelto humilde,

2348 *el león de la Iglesia:* obvia referencia al Papa, como se puede confirmar
en los vv. siguientes y en el contexto de las luchas frecuentes del Papado con
los estados vecinos. Kossoff indica que se alude al Duque y soporta su argumento con el v. 2397, en donde Ricardo se refiere al Duque como león (vv.
2443-45). El Papa es figura de Pedro; en la iconografía medieval se representa bajo este animal. Es también figura de Cristo (Sic est saluator noster, spiri-
tualis leo de tribu Iuda, radix Dauid». *Apc* 5.5). De acuerdo con los *Emblemas*
de Alciato (ed. de Mario Soria, Madrid, 1975, pág. 246) representa la «vigilancia y la guarda»: «Y en las entradas de la Iglesia a guisa / De diligente
guarda y jamás lerda / Está el león [...]»; Geraldine Cleary Nichols [1977],
218-19.

2353-55 *1 Samuel,* 18, 6-7: «Porro cum reverteretur percusso Philisthaeo David, egressae sunt mulieres de universis urbibus Israel, cantantes chorosque
ducentes in occursum Saul regis, in tympani laetitiae, et in sistris. Et praeci-
nebant mulieres ludentes, atque dicentes: Percussit Saul mille, / Et David
decem millia», *Biblia Vulgata,* ed. de Alberto Colunga et Laurentio Turrado
(Madrid, Biblioteca de Autores Cristianos, 1965), pág. 235a; van Dam presenta otros casos (pág. 383).

	y parece que desprecia	2370
	los laureles de su triunfo;	
	que el aire de las banderas	
	no le ha dado vanagloria.	
Batín.	¡Plega al cielo que no sea,	
	después destas humildades,	2375
	como aquel hombre de Atenas,	
	que pidió a Venus le hiciese	
	mujer, con ruegos y ofrendas,	
	una gata dominica;	
	quiero decir, blanca y negra!	2380
	Estando en su estrado un día,	
	con moño y naguas de tela,	
	vio pasar un animal	
	de aquestos, como poetas,	
	que andan royendo papeles,	2385
	y dando un salto ligera	
	de la tarima al ratón,	
	mostró que en naturaleza	
	la que es gata será gata,	

2374 *Suelta* y *Parte XXI*, «Plegue».

2375 *Suelta:* «de estas».

2376-91 La «gata de Venus» se incluye como motivo folclórico en el *Motif-Index* de Stith Thompson (J 1908.2). Lope lo recoge, documenta una vez más McGrady [1983], 57-58 y nota 16, en *El ejemplo de casadas* (*Ac.* XV, páginas 30a-b), en *El príncipe perfecto* (*Ac.* X, págs. 467d-468a), y en el soneto «Puso tan gran amor (si amor se llama)», de *Rimas humanas y divinas de Tomé de Burguillos*, cuyo título reza: «Casóse un galán con una dama y después andaba celoso» (*Poesía selecta*, ed., pág. 476), con ramificaciones en *La Gatomaquia*. La fábula procede de Esopo, pasando a La Fontaine (*Fables*, II, 18) y Samaniego (*Fábulas*, V, 16). McGrady asocia la gata como símbolo de la lujuria (recordemos el famoso soneto de Baudelaire), con Casandra. Véase también Geraldine Cleary Nichols [1977], 209-230; van Dam, pág. 384; Jones, pág. 135; Kossoff, pág. 340.

2379 *dominica:* la orden de los frailes mendicantes de Domingo de Guzmán, cuyos hábitos son de color blanco y negro.

2381 *estrado:* «la tarima cubierta con alfrombras, que se pone para asistir los reyes a los actos públicos, sobre los cuales ponen sus sillas y tronos» (*Cov.*); *Suelta:* «Y estando»; la «Y» está puesta a mano.

2382 *naguas de tela:* lo mismo que enaguas.

2386 *Suelta, Parte XXI:* «ligero». *Suelta* corrige a mano, cambiando a «ligera».

	la que es perra, será perra,	2390
	in secula seculorum.	
RICARDO.	No hayas miedo tú que vuelva	
	el Duque a sus mocedades,	
	y más si a los hijos llega,	
	que con las manillas blandas	2395
	las barbas más graves peinan	
	de los más fieros leones.	
BATÍN.	Yo me holgaré de que sea	
	verdad.	
RICARDO.	Pues, Batín, adiós.	
BATÍN.	¿Dónde vas?	
RICARDO.	Fabia me espera.	2400

(Vase.)

(Entre el DUQUE *con algunos memoriales.)*

DUQUE.	¿Está algún criado aquí?	
BATÍN.	Aquí tiene vuestra Alteza	
	el más humilde.	
DUQUE.	¡Batín!	
BATÍN.	Dios te guarde; bueno llegas.	
	Dame la mano.	
DUQUE.	¿Qué hacías?	2405

2391 *in saecula seculorum:* «por los siglos de los siglos». Sobre el uso del latín como recurso de comicidad, véase la nota de Díez Borque (ed., pág. 284), y el libro que cita de A. Torres Alcalá, *«Verbi gratia»: los escritores macarrónicos de España* (Madrid, J. Porrúa Turanzas, 1984).

2393 *mocedades:* «significa también la travesura o desorden, con que suelen vivir los mozos, por su poca experiencia; tómase regularmente por dimensión deshonesta o licenciosa» (*Aut.*). Véanse vv. 2442, 2517. El inicio dio lugar a una serie de obras literarias, tanto en verso (*Las mocedades de Rodrigo*) como teatrales (*Mocedades del Cid*) de Guillén de Castro. Sobre el nuevo cambio del Duque se establecen opiniones contrarias: Batín (vv. 2443-8; 2800) frente a Ricardo (vv. 2361-63).

2400 *memoriales:* «la petición que se da al juez o al señor para recuerdo de algún negocio» (*Cov.*). La carta o memorial, como recurso dramático, está presente en otras comedias de Lope. Véase una extensa relación en *El castigo del discreto,* ed. de William L. Fichter (Nueva York, 1925), nota al v. 1364. *Suelta* presenta la acotación «Vase» después de este verso.

BATÍN.	Estaba escuchando nuevas	
	de tu valor a Ricardo,	
	que, gran coronista dellas,	
	Héctor de Italia te hacía.	
DUQUE.	¿Cómo ha pasado en mi ausencia	2410
	el gobierno con el Conde?	
BATÍN.	Cierto, señor, que pudiera	
	decir que igualó en la paz	
	tus hazañas en la guerra.	
DUQUE.	¿Llevóse bien con Casandra?	2415
BATÍN.	No se ha visto, que yo sepa,	
	tan pacífica madrastra	
	con su alnado; es muy discreta	
	y muy virtuosa y santa.	
DUQUE.	No hay cosa que la agradezca	2420
	como estar bien con el Conde;	
	que como el Conde es la prenda	
	que más quiero, y más estimo,	
	y conocí su tristeza	
	cuando a la guerra partí,	2425
	notablemente me alegra	
	que Casandra se portase	
	con él con tanta prudencia	
	que estén en paz y amistad;	
	que es la cosa que desea	2430
	mi alma con más afecto	
	de cuantas pedir pudiera	

---

²⁴⁰⁸ *coronista:* forma arcaica por «cronista». *Suelta:* «ques gran»; *Parte XXI:* «que es tan gran cronista dellas».

²⁴⁰⁹ *Héctor:* héroe troyano muerto por Aquiles en la defensa de su ciudad. Representó el baluarte de Troya. Su mismo nombre significa «el defensor», «el protector». El carácter de Héctor, escribe Pérez-Rioja, «simboliza las más positivas cualidades del héroe: el valor, la firmeza, la bravura, el recto criterio y el amor a la patria y a la familia, patentizado en su despedida de Andrómaca, uno de los más tiernos y conmovedores capítulos de la gran epopeya homérica» *(Diccionario,* pág. 235b). Ms. transcribe «Hétor».

²⁴¹⁵ *Parte XXI:* «Casanda».

²⁴¹⁸ *alnado:* véase v. 646.

²⁴²⁰ *Suelta, Parte XXI:* «que le agradezco», variante difícil de constatar en Ms.

                        al cielo; y así en mi casa
                        hoy dos victorias se cuentan:
                        la que de la guerra traigo,   2435
                        y la de Casandra bella,
                        conquistando a Federico.
                        Yo pienso de hoy más quererla
                        sola en el mundo, obligado
                        desta discreta fineza;   2440
                        y cansado juntamente
                        de mis mocedades necias.
BATÍN.   Milagro ha sido del Papa
                        llevar, señor, a la guerra
                        al Duque Luis de Ferrara,   2445
                        y que un ermitaño vuelva.
                        Por Dios, que puedes fundar
                        otra Camáldula.

2434 *vitorias:* el Ms. presenta, como ya hemos observado, una reducción de los grupos consonánticos. Lo mismo en v. 2465.

2438 *de:* «desde».

2440 *fineza:* «perfección, pureza y bondad de alguna cosa en su línea; delicadeza, primor» *(Aut.).*

2448 *Camáldula:* la variante «camándula» se halla en la *Parte XXI* y en ediciones posteriores. Orden religiosa fundada por Juan Romualdo al principio del siglo XI en Camaldoli, cerca de Florencia. Van Dam (ed. cit., pág. 391) alude a la posible ironía de Batín al referirse a esta orden; no gozaba de buena reputación (Jones). Kossoff, sin embargo, desdice la interpretación de van Dam. La deriva del dicho «tener muchas camándulas». «Camandula» era también el «rosario que tiene sólo tres decenarios, cada uno con su *pater noster*»; y «enviar a vender camándulas» con el significado de «desacerse de la compañía de alguno, despidiéndose con desprecio» *(Aut.); «camandulo»* es el embustero, bellaco e hipócrita; llámase así porque regularmente rezan mucho» *(Aut.).* En gallego se recoge la expresión coloquial «ise é da camándula», que califica al individuo falso, aprovechado; que vive a cuenta de otros. Obviamente la referencia de Batín es burlona ya que, si bien alude a la orden que se funda en Italia, indirectamente va dirigida al Duque quien, aparentemente arrepentido de su anterior vida licenciosa, puede iniciar otra nueva orden. Pero la asociación con el término objeto de la comparación, y con el mismo campo semántico que establece, pone en entredicho, en boca de Batín (no olvidemos su función de gracioso), el posible nuevo viraje en la vida del Duque. Los ermitaños, explica Wilson [1963], 283, y nota 8, no tuvieron siempre buena reputación en la España del siglo XVII, y la camándula llegó a convertirse en proverbial para una conducta que no era ciertamente cristiana. Wilson recuerda que Paulo, en *El condenado por desconfiado* de Tirso, era er-

DUQUE.	Sepan mis vasallos que otro soy.
BATÍN.	Mas, dígame vuestra Alteza, 2450 ¿cómo descansó tan poco?
DUQUE.	Porque al subir la escalera de palacio, algunos hombres que aguardaban mi presencia me dieron estos papeles, 2455 y temiendo que son quejas, quise descansar en verlos, y no descansar con ellas. Vete, y déjame aquí solo, que deben los que gobiernan 2460 esta atención a su oficio.
BATÍN.	El cielo que remunera el cuidado de quien mira el bien público, prevenga laureles a tus vitorias, 2465 siglos a tu fama eterna.

(Vase.)

DUQUE. *(lea)*	Éste dice: «Señor, yo soy Estacio, que estoy en los jardines de palacio, y, enseñando a plantar yerbas y flores, planté seis hijos: a los dos mayores 2470

---

mitaño, aludiendo a otras referencias (*Don Quijote*, II, 14; *El Buscón*). B. Jimé-
nez Patón, *Discurso de los tufos, copetes y calvas* (Baeza, 1639), fol. 6r escribe: «los
reos, presos y desterrados suelen dejar criar el cabello y barba por indicio de
tristeza; y nuestros ermitaños, que si bien habrá alguno bueno en ellos, temo
no sean en más de aquellos filósofos fingidos que murmura Juvenal: "Qui cu-
rios simulant et Bachanalia bibunt"»; Américo Castro, *El pensamiento de Cervantes* (Barcelona, 1972), págs. 278-9 y 320, nota 126.
2467 Varias ediciones omiten la acotación «Vase», incluida en el Ms. bajo
una breve cruz, en el margen de la derecha, al final del último verso de Batín,
después del v. 2466. *Suelta* usa «lean» como acotación a lo largo del memorial; *Parte XXI:* «lee el Duque» al principio, y en el resto «lee». En *Suelta* se
omite en vv. 2467, 2476; en *Parte XXI* se omite también en v. 2476.
2469 *Parte XXI:* «y enseñar».

suplico que le deis...» Basta, ya entiendo.
Con más cuidado ya premiar pretendo.
(*lea*) «Lucinda dice que quedó viuda
del Capitán Arnaldo...» También pide.
(*lea*) «Albano, que ha seis años que reside...»2475
Éste pide también. (*lea.*) «Julio Camilo,
preso porque sacó...» Del mismo estilo.
(*lea*) «Paula de San Germán, doncella honrada...»
Pues si es honrada, no le falta nada,
si no quiere que yo le dé marido.   2480
Éste viene cerrado, y mal vestido
un hombre me le dio, todo turbado,
que quise detenerle con cuidado.
(*lea*) «Señor, mirad por vuestra casa atento;
que el Conde y la Duquesa en vuestra
                              [ausencia...» 2485
No me ha sido traidor el pensamiento;
habrán regido mal, tendré paciencia.
(*lea*) «ofenden con infame atrevimiento
vuestra cama y honor». ¿Qué resistencia
harán a tal desdicha mis enojos?   2490
(*lea*) «Si sois discreto, os lo dirán los ojos.»
        ¿Qué es esto que estoy mirando?
Letras, ¿decís esto o no?
¿Sabéis que soy padre yo
de quien me estáis informando   2495

[2471] *Suelta* y *Parte XXI* (y ediciones posteriores) varían el «le» por «les»; véase v. 2305. Van Dam (pág. 349) y Kossoff (pág. 344) mantienen el «le» del Ms.; Díez Borque prefiere «les» (pág. 253).

[2481] Ediciones posteriores (*Ac.,* Kossoff) incluyen punto y coma después de «mal vestido», concordando así la frase con «Este» (el «sobre» que parece de «mal aspecto»). En el autógrafo la puntuación es «éste viene cerrado, y mal Vestido / un ombre, / me le dio todo turbado», por lo que «mal vestido» califica a «un hombre». El mismo sentido en *Suelta, Parte XXI,* y van Dam, entre otros. «Mal vestido» bien puede aludir al estado del papel en que está escrito el memorial, y no necesariamente al hombre que lo trajo, lectura que prefiere Díez Borque (pág. 253).

[2486] Es decir, no me he engañado. *Suelta* incluye «Duque» como acotación.

[2489] *Suelta, Parte XXI:* «Duque.—Qué [...]».

[2492] *Suelta, Parte XXI:* «Duque.—»

que el honor me está quitando?
Mentís; que no puede ser.
¿Casandra me ha de ofender?
¿No veis que es mi hijo el Conde?
Pero ya el papel responde   2500
que es hombre, y ella mujer.
    ¡O fieras letras, villanas!
Pero diréisme que sepa
que no hay maldad que no quepa
en las flaquezas humanas.   2505
De las iras soberanas
debe de ser permisión.
Ésta fue la maldición
que a David le dio Natán;
la misma pena me dan,   2510
y es Federico Absalón.
    Pero mayor viene a ser,
cielo, si así me castigas;
que aquéllas eran amigas,
y Casandra es mi mujer.   2515
El vicioso proceder
de las mocedades mías
trujo el castigo, y los días
de mi tormento, aunque fue
sin gozar a Bersabé,   2520
ni quitar la vida a Urías.

2508-9 *Natán:* profeta que ejerció un gran influjo sobre David y su gobierno. Le reprendió duramente por la seducción de Betsabé y por la muerte de Urías: «Uriam Hethaeum percussisti gladio, et usorem illius accepisti in uxorem tibi, et interfecisti eum gladio filiorum Ammon» (2 Sam 12, 1-12; Sal 51, 2); Geraldine Cleary Nichols [1977], 216-217; *Parte XXI:* «Alsalón».

2511 *Absalón:* dio muerte a su hermano Amón, vengando así la violación de su hermana Tamar (2 Sam 13, 1-29). Consagró estos amores incestuosos Tirso (*La venganza de Tamar*) y Calderón (*Los cabellos de Absalón*), que sale dos años después de *El castigo sin venganza*. Los consagró a su vez el *Romancero general*, X (ed. de Agustín Durán).

2514 *amigas:* «concubinas».

2520-21 *Bersabé:* David logró seducirla. Tras intentar en vano atribuir a Urías la paternidad del hijo tenido con Betsabé, hizo que aquél pereciera ante los muros de Rabá, tomándola por esposa. La negada atribución de los pro-

¡O traidor hijo! ¿Si ha sido
verdad? Porque yo no creo
que emprenda caso tan feo
hombre de otro hombre nacido.   2525
Pero si me has ofendido,
o si el cielo me otorgara
que después que te matara,
de nuevo a hacerte volviera,
pues tantas muertes te diera   2530
cuantas veces te engendrara.
     ¡Qué deslealtad! ¡Qué violencia!
¡O ausencia, qué bien se dijo
que aun un padre de su hijo
no tiene segura ausencia!   2535
¿Cómo sabré con prudencia
verdad que no me disfame
con los testigos que llame?
Ni así la podré saber,
porque ¿quién ha de querer   2540
decir verdad tan infame?
     ¿Mas de qué sirve informarme?
Pues esto no se dijera
de un hijo, cuando no fuera
verdad que pudo infamarme.   2545
Castigarle no es vengarme,
ni se venga el que castiga,
ni esto a información me obliga;
que mal que el honor estraga,

---

pios hijos, tenidos con otra mujer, tiene varios paralelos en la biografía de
Lope de Vega; en sus relaciones con Micaela de Luján, por ejemplo, y lo mismo con Marta de Nevares. La seducción de Betsabé fue extensamente celebrada en las artes plásticas. Veronés le dedica un magnífico cuadro («Betsabé
y David») lo mismo que Rubens («Betsabé»). Una extensa alusión tanto a David como a Betsabé (el nombre bíblico es Bat-Seba: «la opulenta») y Tamar,
la hace Lope, por ejemplo, en *El piadoso aragonés* (*Ac.* X), cuyo autógrafo fecha
el 17 de agosto de 1626. Se incluye posteriormente en la *Parte XXI* (1635);
ed. de J. N. Greer (Austin, Texas University Press, 1951). Lope cuenta la historia con detalle en *Pastores de Belén* (libr. I). «A diferencia de David», explica
Díez Borque, «el Duque no ha gozado a Bersabé, ni ordenado la muerte de su
marido Urías» (ed., pág. 255); Kossoff, pág. 246.

	no es menester que se haga,	2550
	porque basta que se diga.	

(*Entre* FEDERICO.)

FEDERICO.	Sabiendo que no descansas,	
	vengo a verte.	
DUQUE.	Dios te guarde.	
FEDERICO.	Y a pedirte una merced.	
DUQUE.	Antes que la pidas, sabes	2555
	que mi amor te la concede.	
FEDERICO.	Señor, cuando me mandaste	
	que con Aurora mi prima	
	por tu gusto me casase,	
	lo fuera notable mío;	2560
	pero fueron más notables	
	los celos de Carlos, y ellos	
	entonces causa bastante	
	para no darte obediencia;	
	mas después que te ausentaste,	2565
	supe que mi grande amor	
	hizo que ilusiones tales	
	me trujesen divertido;	
	en efeto, hicimos paces,	
	y le prometí, señor,	2570
	en satisfacción casarme	

2522-23 Tanto el Ms. como *Suelta* y *Parte XXI* no incluyen entre signos interrogativos «¿Si ha sido / verdad? [...]». Sin embargo, dado el estado turbado del Duque, la conjunción interrogativa «si» (Jones) realza el carácter dramático de la actitud del Duque, entre incertidumbre y aseveridad.

2528 *Parte XXI:* «me matara».

2539 *Parte XXI:* «lo podré».

2546 El Duque pone énfasis en el ultraje del hijo; es la parte más querida y allegada: su propia sangre.

2549 *estraga:* estragar, «hechar a perder, borrar, afear, descomponer, arruinar» (*Cov.*).

2568 *divertido:* divertirse, «salirse uno del propósito en que va hablando, o dejar los negocios y, por descansar; ocuparse en alguna cosa de contento» (*Cov.*)

2570 *Parte XXI:* «lo prometí».

	como me dieses licencia,	
	luego que el bastón dejases.	
	Ésta te pido y suplico.	
DUQUE.	No pudieras, Conde, darme	2575
	mayor gusto. Vete agora	
	porque trate con tu madre,	
	pues es justo darle cuenta;	
	que no es razón que te cases	
	sin que lo sepa, y le pidas	2580
	licencia, como a tu padre.	
FEDERICO.	No siendo su sangre yo,	
	¿para qué quiere dar parte	
	vuestra Alteza a mi señora?	

[2573] *bastón:* «insignia de los generales del ejército, como los bastones cortos, o bastoncillos eran de los emperadores, que los unos y los otros significaban suprema potestad» *(Cov.);* insignia del mando militar.

[2581] *Parte XXI:* «pedre».

[2582] En el Ms. se lee «Auror». Se suple por «yo» en *Suelta* y *Parte XXI.* Kossoff es de nuevo fiel al autógrafo (pág. 349), frente a otras ediciones; van Dam, Jones, siguen la versión de *Suelta* y *Parte XXI.* La lectura se torna dialógica a partir del término «su sangre»; es decir, «no siendo su sangre» [«yo»] o [«Aurora»]. Ahora bien, todo el diálogo entre el Duque y Federico se centra en la relación legal, familiar —y hasta afectiva— entre Casandra y Federico. Lo implica la alusión «No siendo su sangre». La misma lectura la confirma «mi señora» (v. 2584), ya que Federico no la puede llamar madre. El hecho de que *Suelta* y *Parte XXI* salieran en vida de Lope, y de que a estas alturas cuidara la edición de sus comedias, nos lleva a suponer que el cambio («yo» en vez de «Aurora») se hiciese por alguien embebido en el correr dramático de la obra. Más problemático es asumir que se aluda a «Aurora» para despistar de este modo a Federico; supone que el Duque desconozca el *love affair.* Ante una verdadera relación de sanguineidad cabe que el hijo comunique a la madre sus intenciones de casarse. Pero Casandra a estas alturas es más bien «madrastra» y es, sobre todo, «amante». De ahí que Federico no vea la razón para que el Duque le haga saber a Casandra su intención de desposarse con Aurora, y de que éste exprese en relación con la primera: «No siendo su sangre yo.» De por medio están también los celos que Casandra ha mostrado, y el previo enfrentamiento, un tanto violento (vv. 2270-88), entre Casandra y Federico. Vemos cómo el Duque, versos seguidos (2624-27), se sorprende («se corre») de que Federico no tolere que llame a Casandra «madre»; lo que da más fuerza a que «niegue que sea de su sangre». La ironía pervierte la actuación de los cuatro personajes, ya que se sabe más de lo que se dice. Díez Borque (ed., página 258) es fiel a Kossoff, aunque reconoce que de la lectura que proponemos «resultan más dramáticos y tensos estos versos».

DUQUE.	¿Qué importa no ser su sangre,	2585
	siendo tu madre Casandra?	
FEDERICO.	Mi madre Laurencia yace	
	muchos años ha difunta.	
DUQUE.	¿Sientes que madre la llame?	
	Pues dícenme que en mi ausencia,	2590
	de que tengo gusto grande,	
	estuvistes muy conformes.	
FEDERICO.	Eso, señor, Dios lo sabe;	
	que prometo a vuestra Alteza,	
	aunque no acierto en quejarme,	2595
	pues la adora y es razón	
	que, aunque es para todos ángel,	
	que no lo ha sido conmigo.	
DUQUE.	Pésame de que me engañen,	
	que me dicen que no hay cosa	2600
	que más Casandra regale.	
FEDERICO.	A veces me favorece,	
	y a veces quiere mostrarme	
	que no es posible ser hijos	
	los que otras mujeres paren.	2605
DUQUE.	Dices bien y yo lo creo,	
	y ella pudiera obligarme	
	más que en quererme en quererte,	
	pues con estas amistades	
	aseguraba la paz.	2610
	Vete con Dios.	
FEDERICO.	Él te guarde.	

(Vase.)

DUQUE.	No sé cómo he podido
	mirar, Conde traidor, tu infame cara.

2588 *Suelta, Parte XXI:* «ya difunta».

2592 *conformes:* véase nota al v. 1759.

2601 *regale:* regalar, «agasajar, o contribuir a otro con alguna cosa; alargar, acariciar, o hacer expresiones de afecto y benevolencia; recrear, deleitar» (*Aut.*).

2611 *Suelta:* omite la acotación «Vase».

¡Qué libre! ¡Qué fingido
con la invención de Aurora se repara,   2615
para que yo no entienda
que puede ser posible que me ofenda!

    Lo que más me asegura
es ver con el cuidado y diligencia
que a Casandra murmura   2620
que le ha tratado mal en esta ausencia;
que piensan los delitos
que callan cuando están hablando a gritos.

    De que la llame madre
se corre, y dice bien, pues es su amiga 2625
la mujer de su padre,
y no es justo que ya madre se diga;
pero yo, ¿cómo creo
con tal facilidad caso tan feo?

    ¿No puede un enemigo   2630
del Conde haber tan gran traición forjado,
porque con su castigo,
sabiendo mi valor, quede vengado?
Ya de haberlo creído,
si no estoy castigado, estoy corrido.   2635

         (*Entren* CASANDRA *y* AURORA.)

AURORA.   De vos espero, señora,
           mi vida en esta ocasión.

2614 *¡Qué libre!:* suelto de lengua; «diciendo todo lo que le parece sin respetar ni perdonar a nadie» *(Cov.);* «también licencioso, atrevido y desvergonzado» *(Aut.).*

2615 *invención:* de inventar; es decir, «mentir» *(Cov.); repara:* de reparar, defender, resguardar o precaver algún daño o perjuicio» *(Aut.)* acepción que recogen Jones (pág. 135) y Kossoff (pág. 350).

2624 *Suelta:* «llama»; *Parte XXI:* «llaman».

2625 *se corre:* «el que se avergüenza, irrita, enfada» *(Cov.); amiga:* concúbina; persona que vive amancebada *(Aut.);* también amante *(Cov.).* Véase v. 2514.

2635 Tanto el Ms. como *Suelta* incluyen «Entre»; *Parte XXI,* «Entren», que sigue Jones. «Entre» es correcto, ya que alude a «entre Casandra» y, de forma elíptica, a «entre Aurora».

2636 *señora:* la forma presente en Ms. que conserva Díez Borque (pá-

236

CASANDRA.	Ha sido digna elección
	de tu entendimiento, Aurora,
AURORA.	Aquí está el Duque.
CASANDRA.	Señor, 2640
	¿tanto desvelo?
DUQUE.	A mi estado
	debo, por lo que he faltado,
	estos indicios de amor.
	Si bien del Conde y de vos
	ha sido tan bien regido, 2645
	como muestra agradecido
	este papel, de los dos.
	Todos alaban aquí
	lo que los dos merecéis.
CASANDRA.	Al Conde, señor, debéis 2650
	ese cuidado, no a mí;
	que sin lisonja os prometo
	que tiene heroico valor,
	en toda acción superior,
	gallardo como discreto: 2655
	un retrato vuestro ha sido.
DUQUE.	Ya sé que me ha retratado
	tan igual en todo estado,
	que por mí le habéis tenido;
	de que os prometo, señora, 2660
	debida satisfacción.
CASANDRA.	Una nueva petición
	os traigo, señor, de Aurora:
	Carlos la pide, ella quiere,
	y yo os lo suplico.
DUQUE.	Creo 2665

---

gina 260) es «señora»; el resto de las ediciones (Jones, Kossoff) la moderniza («señora»).

²⁶⁴⁵ *Suelta, Parte XXI:* «también».

²⁶⁵⁵ *Suelta:* «disecreto», obvio error tipográfico.

²⁶⁶²⁻⁶⁵ Casandra quiere que Carlos se case con Aurora; de este modo evitará que Federico se despose con ésta. El Duque recibe, como vemos, dos peticiones distintas: una por parte de Federico (casarse con Aurora); otra por parte de Casandra, que se case con Carlos, el Marqués.

237

que le ha ganado el deseo
quien en todo le prefiere.
El Conde se va de aquí,
y me la ha pedido agora.

CASANDRA. ¿El Conde ha pedido a Aurora?   2670
DUQUE.   Sí, Casandra.
CASANDRA.   ¿El Conde?
DUQUE.   Sí.
CASANDRA.   Sólo de vos lo creyera.
DUQUE.   Y así se la pienso dar;
            mañana se han de casar.
CASANDRA.   Será como Aurora quiera.   2675
AURORA.   Perdóneme vuestra Alteza,
            que el Conde no será mío.
DUQUE.   ¿Qué espero más? ¿Qué porfío?
            Pues, Aurora, en gentileza,
                entendimiento y valor,   2680
            ¿no vence al Marqués?
AURORA.   No sé.
            Cuando quise y le rogué
            él me despreció, señor,
                y agora que él quiere, es justo
            que yo le desprecie a él.   2685
DUQUE.   Hazlo por mí, no por él.
AURORA.   El casarse ha de ser gusto;
                yo no le tengo del Conde.

                (*Vase* AURORA.)

    2667 *prefiere:* bajo la acepción de «preferencia». *Aut.* da el significado de
«primacía, ventajosa o mayoría que alguna persona o cosa tiene sobre otra, ya
en el valor, en la estimación o merecimiento».
    2678 Las ediciones más recientes (Jones, Kossoff) coinciden en la puntua-
ción de este verso. *Parte XXI* puntúa un tanto erráticamente: «Que espero,
más que porfío», con posteriores alteraciones («¿Qué espero? Mas ¿qué porfío?» en Hartzenbusch, *Ac.*). *Parte XXI* incluye la acotación «Aparte».
    2682 Ms. «roge» en vez de «rogué», que corrigen ediciones posteriores (Jo-
nes, Kossoff, Díez Borque).
    2688 *Suelta* omite la acotación; *Parte XXI* transcribe «vase».

DUQUE.	¡Extraña resolución!	
CASANDRA.	Aurora tiene razón,	2690
	aunque atrevida responde.	
DUQUE.	No tiene, y ha de casarse,	
	aunque le pese.	
CASANDRA.	Señor,	
	no uséis del poder, que amor	
	es gusto, y no ha de forzarse.	2695

(Vase el DUQUE.)

¡Ay de mí, que se ha cansado
el traidor Conde de mí!

(Entre el CONDE.)

FEDERICO.	¿No estaba mi padre aquí?	
CASANDRA.	¿Con qué infame desenfado,	
	traidor Federico, vienes,	2700
	habiendo pedido a Aurora	
	al Duque?	
FEDERICO.	Paso, señora;	
	mira el peligro que tienes.	
CASANDRA.	¿Qué peligro, cuando estoy,	
	villano, fuera de mí?	2705
FEDERICO.	¿Pues tú das voces ansí?	

2695 La edición de Jones incluye una llamada de la nota (*) en el aparte
«Vase el Duque», que coloca entre paréntesis, pero omite su explicación en la
sección correspondiente («Notes»). En *Suelta* y *Parte XXI* se lee como acotación «Vanse Aurora, y el Duque», que tiene más sentido que la del Ms., ya
que Aurora regresa después del vv. 2775, observa también Kossoff (página 354).

2696-7 *Parte XXI:* pone estos versos en boca de Aurora, corrigiendo a
mano.

2702 *Paso:* «blandamente, quedo» *(Aut.)*. Se usa también como interjección para cohibir o refrenar a alguno o para poner paz entre los que riñen.
Federico le pide a Casandra hable bajo por el «peligro» que corre de que la oi-
gan. Véase v. 1489.

2705 *villano:* «rústico, o descortés» *(Aut.)*.

2706 Jones escribe en la acotación «asechándolo» siguiendo el autógrafo.

DUQUE.	Buscando testigos voy.
	Desde aquí quiero escuchar;
	que aunque mal tengo de oír,
	lo que no puedo sufrir 2710
	es lo que vengo a buscar.
FEDERICO.	Oye, señora, y repara
	en tu grandeza siquiera.
CASANDRA.	¿Cuál hombre en el mundo hubiera
	que cobarde me dejara, 2715
	después de haber obligado
	con tantas ansias de amor
	a su gusto mi valor?
FEDERICO.	Señora, aun no estoy casado.
	Asegurar pretendí 2720
	al Duque, y asegurar
	nuestra vida, que durar
	no puede, Casandra, ansí;
	que no es el Duque algún hombre
	de tan baja condición, 2725
	que a sus ojos, ni es razón,
	se infame su ilustre nombre.
	Basta el tiempo que tan ciegos
	el amor nos ha tenido.
CASANDRA.	¡O cobarde mal nacido! 2730
	Las lágrimas y los ruegos
	hasta hacernos volver locas,
	robando las honras nuestras,
	que de las traiciones vuestras
	cuerdas se libraron pocas, 2735

Las ediciones de *Ac.* y *BAE* modernizaron la ortografía e impusieron «acechando». Van Dam alude, citando a Cuervo, a cómo las dos ortografías se usaban indistintamente. Sin embargo, el significado varía: *asechar:* «es poner artificiosamente con malicia y engaño encubierto alguna trama para hacer daño a otro... ocultando de industria el artificio y la intención»; *acechar:* «mirar con particular cuidado y cautelosa atención desde alguna parte oculta; observar sin ser visto alguna cosa» *(Aut.).* *Ansí:* así.

2724 *algún:* «un».

¿agora son cobardías?
Pues, perro, sin alma estoy.

DUQUE.   Si aguardo, de mármol soy.
(*aparte*) ¿Qué esperáis, desdichas mías?

Sin tormento han confesado,   2740
pero sin tormento no,
que claro está que soy yo
a quien el tormento han dado.

No es menester más testigo;
confesaron de una vez;   2745
prevenid, pues sois juez,
honra, sentencia y castigo;

pero de tal suerte sea
que no se infame mi nombre;
que en público siempre a un hombre   2750
queda alguna cosa fea.

Y no es bien que hombre nacido
sepa que yo estoy sin honra,
siendo enterrar la deshonra
como no haberla tenido.   2755

Que aunque parece defensa
de la honra el desagravio,
no deja de ser agravio
cuando se sabe la ofensa.

(*Vase.*)

2737 *Perro:* «metafóricamente se da este nombre por ignominia, afrenta y desprecio» (*Aut.*). La acotación «(aparte)» se incluye en *Parte XXI;* no está en el Ms. La incluye Kossoff y, últimamente, Díez Borque (ed., pág. 266), quien explica: «aunque, estrictamente, no es necesaria, ya que por los versos y acotación anterior se entiende que el Duque está oculto a la vista de Federico y Casandra, escuchando» (v. 266).

2746 *prevenid:* «advertir o avisar a otro de alguna cosa»; «en lo forense es anticiparse el juez en el conocimiento de la causa, cuando puede tocar a varios» (*Aut.*).

2758-59 *No deja de ser agravio / cuando se sabe la ofensa:* extensamente se ha discutido en la comedia la doble vertiente de la honra como virtud frente a la basada en opinión, bajo cuya axiología se instaura el Duque. Surgió en la *Partida Segunda, título XIII, Ley 4,* y se reafirma como opinión en los casuistas de los siglos XVI y XVII. Cfr. Gustavo Correa, «El doble aspecto de la honra en el

CASANDRA.	¡Ay, desdichadas mujeres!	2760
	¡Ay, hombres falsos sin fe!	
FEDERICO.	Digo, señora, que haré	
	todo lo que tú quisieres,	
	y esta palabra te doy.	
CASANDRA.	¿Será verdad?	
FEDERICO.	Infalible.	2765
CASANDRA.	Pues no hay a amor imposible.	
	Tuya he sido, y tuya soy;	
	no ha de faltar invención	
	para vernos cada día.	
FEDERICO.	Pues vete, señora mía,	2770
	y pues tienes discreción,	
	finge gusto, pues es justo,	
	con el Duque.	
CASANDRA.	Así lo haré	
	sin tu ofensa; que yo sé	
	que el que es fingido no es gusto.	2775

(*Vanse los dos.*)

(*Entren* AURORA *y* BATÍN.)

BATÍN.	Yo he sabido, hermosa Aurora,	
	que ha de ser, o ya lo es	
	tu dueño el señor Marqués,	
	y que a Mantua os vais, señora,	
	y así os vengo a suplicar	2780
	que allá me llevéis.	

---

teatro del siglo XVII», *Hispanic Review*, XXVII (1958), 99-107; William L.
Fichter, «Lope de Vega, *El castigo del discreto, together with a Study of Conjugal Honor in his Theater*» (Nueva York, 1925), págs. 29-67; Eduardo Forastieri, *Aproximación estructural*, págs. 78 y ss.

2761 *Suelta, Parte XXI:* «sin fe»; Ms., como ya observamos, «fee».

2766 El verso en el Ms. es claro: «Pues no hay a amor imposible», frente a la omisión de «a» en *Parte XXI* y en Kossoff (pág. 357).

2768 *invención:* véase v. 2615.

2775 *Suelta, Parte XXI:* «Vanse. Entra Aurora y Batín.»

2779 *Suelta, Parte XXI:* «Mantua vas.»

2780 *Suelta, Parte XXI:* «así vengo».

2781 *Suelta, Parte XXI:* «lleves».

AURORA.   Batín,
         mucho me admiro. ¿A qué fin
         al Conde quieres dejar?
BATÍN.   Servir mucho y medrar poco
         es un linaje de agravio   2785
         que al más cuerdo, que al más sabio
         o le mata o vuelve loco.
              Hoy te doy, mañana no,
         quizá te daré después.
         Yo no sé quizá quién es;   2790
         mas sé que nunca quizó.
              Fuera desto, está endiablado
         el Conde; no sé qué tiene:
         ya triste, ya alegre viene,
         ya cuerdo, ya destemplado.   2795
              La Duquesa, pues, también
         insufrible y desigual;
         pues donde va a todos mal,
         ¿quieres que me vaya bien?
         El Duque, santo fingido,   2800

2784 *medrar:* «crecer, aumentarse, adelantarse, o mejorarse pasando de un estado a otro mejor» *(Aut.)*; sentido de interés en Batín.

2785 *linaje:* «la descendencia de las casas y familias» *(Cov.)*.

2789-92 Sutil juego de palabras entre «quizá», «quizó» y el homófono «quiso», anotan tanto Jones (pág. 135) como Kossoff (pág. 357). En *Suelta* la «z» de «quizo» está corregida a mano, observa Díez Borque (ed., pág. 269).

2792 *endiablado:* endiablar, «dañar, pervertir, corromper, y hacer que uno de bueno se vuelva malo, y haga obras del diablo» *(Aut.)*.

2795 *destemplado:* «alterar, desconcertar la armonía, el buen orden y concierto de alguna cosa» *(Aut.)*.

2797 *desigual:* «la persona o cosa inconstante y varia, que ya está de buen semblante, ya de malo, y se muda con ligereza y liviandad sin causa, ni motivo» *(Aut.)*.

2800 *santo fingido:* Kossoff apunta al significado de inocente, inadvertido, simple; «es decir, que el duque finge no saber lo que pasa». Y continúa: «Esta acepción de *santo* cuadra con los versos siguientes mejor que una referencia escéptica a la reforma moral del duque.» Wardropper [1987], pág. 200, nota 8, cree que el Duque «es al final de la obra lo que ha sido al comienzo: un autócrata irresponsable para con sus vasallos y entregado a sus imaginaciones de autonomía», discrepando de Edward M. Wilson [1963], 265-298, Alexander A. Parker [1970], 697-699. Véase nuestra nota al v. 2362. Sobre la función de Batín como gracioso, a diferencia del prototípico de la comedia,

	consigo a solas hablando, como hombre que anda buscando algo que se le ha perdido.	
	Toda la casa lo está; contigo a Mantua me voy.	2805
AURORA.	Si yo tan dichosa soy que el Duque a Carlos me da, yo te llevaré conmigo.	
BATÍN.	Beso mil veces tus pies, y voy a hablar al Marqués.	2810

(Vase y entra el DUQUE.)

DUQUE.	¡Ay, honor, fiero enemigo!	
	¿Quién fue el primero que dio	
	tu ley al mundo? ¿y que fuese	
	mujer quien en sí tuviese	
	tu valor, y el hombre no?	2815
	Pues sin culpa el más honrado	
	te puede perder, honor,	
	bárbaro legislador	
	fue tu inventor, no letrado.	

---

véanse las notas de Fernando Lázaro Carreter, «Funciones de la figura del donaire en el teatro de Lope», *«El castigo sin venganza» y el teatro de Lope de Vega*, págs. 31-48.

2810 *Suelta, Parte XXI* incluye la acotación «vase y entra el Duque».

2812-15 Malamente se lee en el Ms. un punto después de «mundo»; indicaría, de estar claro, el final de la interrogación. De ser así, la palabra que le sigue («y») iría en mayúscula. Incluimos todos los versos (2812-15) como una extensa exclamación. Dentro del efecto dramático que implica esta escena, las dos interrogaciones casan del mismo modo a estos fines. Tal parece el sentido en *Parte XXI* que cierra la interrogación al final del v. 2815. Por el contrario, tanto Kossoff (págs. 258-259) como Diez Borque (pág. 270), incluyen los versos entre signos de interrogación.

2818 *bárbaro legislador:* se ha visto este verso como una dura crítica por parte de Lope a la convención del código del honor. Guillén de Castro lo atribuye instituido por algún «bárbaro loco» (*Engañarse engañando*, en *Obras*, ed. Real Academia Española, III, pág. 165). De «legislador tirano» lo califica Calderón en *El pintor de su deshonra*. En *Los comendadores de Córdoba* (*Ac.* XI) se pone en juego el honor de todo un grupo de aristócratas (duque, marqués, conde). Es clásica la definición que pasa Lope en esta comedia sobre el aspecto social

	Mas dejarla entre nosotros	2820
	muestra que fuiste ofendido,	
	pues ésta invención ha sido	
	para que lo fuesen otros.	
	¡Aurora!	
AURORA.	¡Señor!	
DUQUE.	Ya creo	
	que con el Marqués te casa	2825
	la Duquesa, y yo a su ruego;	
	que más quiero contentarla	
	que dar este gusto al Conde.	
AURORA.	Eternamente obligada	
	quedo a servirte.	
DUQUE.	Bien puedes	2830
	decir a Carlos que a Mantua	
	escriba al Duque, su tío.	
AURORA.	Voy donde el Marqués aguarda	
	tan dichosa nueva.	

(Vase AURORA.*)*

DUQUE.	Cielos,	
	hoy se ha de ver en mi casa	2835
	no más de vuestro castigo.	

---

de la honra. Véase una aguda lectura de la «tragedia de honor», referente a
Calderón, en Francisco Ruiz Ramón, *Calderón y la tragedia* (Madrid, 1984),
págs. 107-164. «Bárbaro», escribe Dixon: «is a key concept in this tragedy of
unnatural primitive passion» [1973], pág. 69. Así se describe el Duque (verso 1194); también de «bárbaro caballo» (v. 262) y «bárbaro marido» (v. 1564),
rechaza la venganza que tomaría como «bárbara hazaña» (v. 2841). De «loco
barbarismo» (v. 1956) se califica el incontrolado deseo de Federico.

2819 *letrado:* «juristas abogados» *(Cov.).*

2834 *Suelta, Parte XXI* incluyen como acotación «(Vase)».

2836 El uso «de» con «más» es raro, explica Jones (ed., pág. 135), en especial en forma negativa, a no ser que se use como adjetivo numeral. Sin embargo, y de acuerdo con Kossoff, «de» era la forma preferida en el Siglo de
Oro en lugar de «que». Así, por ejemplo, «tener de» en vez de «tener que».
Kossoff remite a su *Vocabulario de la obra poética de Herrera* (Madrid, 1966),
pág. 74b (acepción 34). Véase ed. de *El castigo*, pág. 263, nota 649, para otras
referencias.

Alzad la divina vara.
No es venganza de mi agravio,
que yo no quiero tomarla
en vuestra ofensa, y de un hijo   2840
ya fuera bárbara hazaña.
Éste ha de ser un castigo
vuestro no más, porque valga
para que perdone el cielo
el rigor por la templanza.   2845

[2837] *vara:* «la que por insignia de jurisdicción traen los ministros de justicia en las manos, por lo cual son conocidos y respetados; metafóricamente se toma por castigo o rigor» *(Aut.).*

[2839] *Suelta, Parte XXI:* «ya no».

[2844-5] Es decir, «porque valga el rigor por la templanza para que perdone el cielo» o, más claramente: lo que de algún modo es rigor lo perdone el cielo, ya que en verdad es templanza; *templanza* en el sentido de moderación; continencia de la ira, cólera u otra pasión. Se considera como «virtud que modera los apetitos y el uso excesivo de los sentidos, sujetándolos a la razón, así para la salud del cuerpo como para las funciones del alma» *(Aut.).* La interpretación de estas líneas, un tanto oscuras, dio lugar a un cordial intercambio entre Victor Dixon y A. A. Parker [1970], 157-166. El primero define de extraña o rara («odd») la interpretación de Vossler que Parker defiende. Ven éstos el castigo ajeno a cualquier tipo de venganza, atenuándose a su vez «el castigo eterno de los jóvenes» (Vossler, *Lope de Vega y su tiempo,* Madrid, 1933, pág. 283). Para García Valdecasas *(El hidalgo y el honor,* Madrid, 1958, págs. 174-7), el castigo es, por lo contrario, extremo, dada la posibilidad de no arrepentimiento, y en contra del relato de Bandello. El Duque se dirime de cualquier tipo de venganza al no ser el instrumento directo del castigo. Menéndez Pidal anota cómo el perdón impetrado por el Duque («que perdone el cielo») no es para los jóvenes adúlteros, sino por el «rigor» que usa, «por la templanza que en los móviles del castigo pondrá, pensando siempre, más que en el adulterio, en el dolor que le causa el amor paternal, indeleble a pesar de la ofensa» [1958], págs. 145-8. Pero la lectura de Menéndez Pidal, siguiendo a Vossler, indica Dixon, asume el rigor del castigo que ejecuta el Duque. De ahí que impetre, dada su templanza, el perdón divino para los dos amantes. Pero si se altera levemente la puntuación de estos dos versos, cambia del mismo modo el sentido. De este modo se puede leer: «éste ha de ser un castigo vuestro no más, porque valga para que el cielo perdone el rigor [del castigo temporal mío]». Se ventila así la diferencia entre el castigo temporal (del Duque) frente al eterno (divino) que se quisiera aminorar, dentro del contexto teológico. Evitaría de este modo la condenación eterna, dado el adulterio cometido, y la imposibilidad de arrepentimiento. Lope en el autógrafo —observó sagazmente Dixon— escribió en un principio: «Esto ha de ser un castigo / sin venganza, porque balga / para que perdone el cielo» (v. 2842-4), que alteró después por: «Este ha de ser un castigo / vuestro no más:

Seré padre y no marido,
dando la justicia santa
a un pecado sin vergüenza
un castigo sin venganza.
Esto disponen las leyes   2850
del honor, y que no haya
publicidad en mi afrenta
con que se doble mi infamia.
Quien en público castiga
dos veces su honor infama;   2855
pues después que le ha perdido,
por el mundo le dilata.
La infame Casandra dejo

---

porque balga», pasando a ser «el castigo» el sujeto en ambas oraciones. La corrección de estos versos se escribe en el margen de la derecha del Ms. Pero el
verso «Uno no más: porque balga», cuya variante previa, tachada, fue «sin
bengança, porque balga», tuvo otra corrección anterior que se extiende a los
vv. 2845-47. Con la gentil ayuda de Kossoff pudimos descifrar en el autógrafo las reliquias caligráficas de los tres versos tachados. Se lee: «Sin venganza y
sin saña / probadas mis afrentas / cuando se dobla mi infamia.» Lope, como
vemos, vaciló a la hora de justificar la acción del Duque. Lo muestran los
versos tachados dos veces, y el acomodo a la rima de los versos precedentes,
que da en la tercera escritura. El Duque espera, pues, el perdón que, dado el
rigor del castigo, se mitiga con el uso de la templanza que pone en su ejecución. Aunque como padre desearía el mismo tipo de perdón para su hijo y esposa (Parker, Vossler), teológicamente es imposible. Tal interpretación se
carga de connotaciones estrictamente éticas y morales. Asumir al Duque
ante tales cavilaciones, cuya moral fue siempre tan laxa, implica inclinar la
balanza más hacia el problema religioso, menos hacia el humano; y encajo-
nar al Duque en un contexto excesivamente a lo divino. Por otra parte, el
otro «castigo» —el derivado de la ejecución que, maquiavélicamente, se tra-
za— continuará infligiendo al Duque, más allá de la última escena. El acto
final revela también el desconcierto de su vida anterior.

2847 *Suelta:* «dondo»; en el Ms. se nota la corrección a mano que da
«dando».

2849 Juan de Horozco y Covarrubias escriben: «El que tiene poder tenga
templanza, / dexe pasar la ira, que es fuego, / no quiera del castigo hazer
venganza» (*Emblemas morales,* Segovia, 1591, libr. II, núm. 321). Santo Tomás
(*Summa theologica,* II, II qu. 108, art. 2), documentan Dixon-Parker [1970],
157-166, es específico sobre la templanza: «... punitio peccatorum, secundum quod pertinet ad publicam justitiam, est actus justitiae commutative; secundum autem quod pertinen ad immuntatem alicujus personae singularis, a
qua injuria propulsatur, pertinet ad virtutem vindicationis».

2857 *dilata:* «extender, alargar, diferir» (*Cov.*).

de pies y manos atada,
con un tafetán cubierta,   2860
y por no escuchar sus ansias,
con una liga en la boca;
porque al decirle la causa
para cuanto quise hacer
me dio lugar desmayada.   2865
Esto aun pudiera, ofendida,
sufrir la piedad humana;
pero dar la muerte a un hijo,
¿qué corazón no desmaya?
Sólo de pensarlo, ¡ay triste!,   2870
tiembla el cuerpo, espira el alma,
lloran los ojos, la sangre
muere en las venas heladas;
el pecho se desalienta,
el entendimiento falta,   2875
la memoria está corrida
y la voluntad turbada;
como arroyo que detiene
el hielo de noche larga.
Del corazón a la boca   2880
prende el dolor las palabras.
¿Qué quieres, amor? ¿No ves
que Dios a los hijos manda
honrar los padres, y el Conde
su mandamiento quebranta?   2885

2865 *Suelta:* «medio».

2866 *Suelta, Parte XXI:* «ofendido».

2870 El dilema del Duque, a la hora de sacrificar a su hijo, semeja al monólogo de Guzmán el Bueno, dividido entre la entrega de la plaza militar o la muerte de su hijo, desarrollado en la comedia de Vélez de Guevara, *Más pesa el Rey que la sangre. Parte XXI:* «olo».

2871 *espira:* «rendir el alma» *(Cov.);* «apartarse el alma del cuerpo» *(Aut.); Suelta, Parte XXI:* «espira».

2876 *corrida:* avergonzada, confundida, irritada. Véase nota al v. 2625. El parlamento del Duque, a la hora del castigo, se dirige más a Federico que a Casandra, aludiendo a ésta en vv. 2858-65; a Federico en vv. 2868-2914. Véase Kossoff, pág. 361 y notas a vv. 2625 y 2635; Díez Borque (ed., página 272).

248

Déjame, amor, que castigue
a quien las leyes sagradas
contra su padre desprecia,
pues tengo por cosa clara
que si hoy me quita la honra,   2890
la vida podrá mañana.
Cincuenta mató Artaxerxes
con menos causa, y la espada
de Darío, Torcato y Bruto
ejecutó sin venganza   2895
las leyes de la justicia.
Perdona, amor, no deshagas
el derecho del castigo,
cuando el honor, en la sala
de la razón presidiendo,   2900
quiere sentenciar la causa.
El fiscal verdad le ha puesto
la acusación, y está clara
la culpa; que ojos y oídos
juraron en la probanza.   2905
Amor y sangre, abogados
le defienden; mas no basta,
que la infamia y la vergüenza
son de la parte contraria.
La ley de Dios, cuando menos,   2910

2892 *Artaxerxes:* seguramente Artajerjes III, rey de Persia, que reina hacia
358 (d. d. C.). Aseguró su posición ejecutando a sus hermanos y rivales.

2893 *Darío:* posiblemente «el Segundo». Tomó parte en una pelea dinástica
eliminando a su propio hermano Arsites. *Torcuato* (Titu Manlius Torcuatus):
fue considerado como un padre severo por los romanos. Lo fijó el proverbio:
«Manliana imperia.» *Bruto:* se alude a Lucius Junius, fundador de la república
romana, quien, de acuerdo con la leyenda, castigó a sus hijos con la pena de
muerte. Ordenó, documenta Jones (pág. 136), la muerte de su propio hijo
por no obedecer una prohibición del padre.

2899 *sala:* «se llaman unas piezas grandes de palacio, en lo bajo de él, donde
se juntan los consejeros de su Majestad a despachar los negocios de justicia y
gobierno» *(Cov.).*

2905 *probanza:* «el examen que se hace de la cosa que se va averiguando jurí-
dicamente» *(Cov.).*

2910-11 A. Domínguez Ortiz, *Hechos y figuras del siglo XVIII español* (Madrid,
1971), pág. 242, indica cómo aún seguían vigentes en el papel (alude al siglo

es quien la culpa relata,
su conciencia quien la escribe.
Pues ¿para qué me acobardas?
Él viene. ¡Ay cielos, favor!

(*Entre el* CONDE.)

FEDERICO. Basta que en palacio anda   2915
           pública fama, señor,
           que con el Marqués Gonzaga
           casas a Aurora, y que luego
           se parte con ella a Mantua.
           ¿Mándasme que yo lo crea?   2920
DUQUE.   Conde, ni sé lo que tratan,
           ni he dado al Marqués licencia;
           que traigo en cosas más altas
           puesta la imaginación.
FEDERICO. Quien gobierna, mal descansa.   2925
           ¿Qué es lo que te da cuidado?
DUQUE.   Hijo, un noble de Ferrara
           se conjura contra mí
           con otros que le acompañan;
           fióse de una mujer,   2930
           que el secreto me declara;
           ¡necio quien dellas se fía,

XVIII) las antiquísimas leyes sobre el castigo de los adúlteros. Pero la ley que
ponía el poder del marido agraviado para que matase por su mano, si le pla-
cía, al ofensor, había caído en pleno desuso. *Relatar:* «referir o contar algún
suceso, o historia» *(Aut.).*

2912 *su conciencia:* es decir, la de Federico (Jones, pág. 135); *conciencia* en el
sentido de ciencia de sí mismo o ciencia ciertísima, y así certinidad de aquello que está en nuestro ánimo, bueno o malo *(Cov.); escribe* en el sentido de
«registrar».

2913 El sujeto de «acobardas», de acuerdo con Jones (pág. 135), es «amor».
Para Kossoff (pág. 363) puede ser «juicio», viéndolo éste en relación con el verso 2774. Pero lo que acobarda al Duque son el «amor» y la «sangre» (v. 2906).
Sangre asocia paternidad, amor, el afecto que el Duque sentía hacia su
hijo.

2919 *Suelta, Parte XXI:* «parta».

2927 *Suelta:* «dijo un» que se corrige a mano.

discreto quien las alaba!
Llamé al traidor finalmente,
que un negocio de importancia   2935
dije que con él tenía;
y cerrado en esta cuadra
le dije el caso, y apenas
le oyó, cuando se desmaya;
con que pude fácilmente   2940
en la silla donde estaba
atarle y cubrir el cuerpo,
porque no viese la cara
quien a matarle viniese,
por no alborotar a Italia.   2945
Tú has venido, y es más justo
hacer de ti confianza
para que nadie lo sepa.
Saca animoso la espada,
Conde, y la vida le quita;   2950
que a la puerta de la cuadra
quiero mirar el valor
con que mi enemigo matas.

FEDERICO.   ¿Pruébasme acaso, o es cierto
que conspirar intentaban   2955
contra ti los dos que dices?

DUQUE.   Cuando un padre a un hijo manda
una cosa injusta o justa,
¿con él se pone a palabras?
Vete, cobarde, que yo...   2960

FEDERICO.   Ten la espada, y aquí aguarda;
que no es temor, pues que dices
que es una persona atada;
pero no sé qué me ha dado,
que me está temblando el alma.   2965

DUQUE.   Quédate, infame.

2937 *cuadra*: «sala o pieza espaciosa» *(DRAE)*.
2940 *Suelta, Parte XXI:* «finalmente».
2942 *Parte XXI:* «cuerpo».
2956 *Parte XXI:* «dice».

251

FEDERICO.   Ya voy,
       que pues tú lo mandas, basta;
       pero ¡vive Dios!
DUQUE.   ¡O perro!
FEDERICO. Ya voy, detente; y si hallara
       el mismo César, le diera   2970
       por ti, ¡ay Dios!, mil estocadas.

(Vase, metiendo mano.)

DUQUE.   Aquí lo veré; ya llega;
       ya con la punta la pasa.
       Ejecute mi justicia
       quien ejecutó mi infamia.   2975
       ¡Capitanes! ¡Hola, gente!
       Venid los que estáis de guarda.
       ¡Ah, caballeros, criados!
       Presto.

(Entren el MARQUÉS, AURORA, BATÍN, RICARDO,
y todos los demás que se han introducido.)

MARQUÉS.   ¿Para qué nos llamas,
       señor, con tan altas voces?   2980
DUQUE.   ¡Ay tal maldad! A Casandra
       ha muerto el Conde, no más
       de porque fue su madrastra,
       y le dijo que tenía
       mejor hijo en sus entrañas   2985
       para heredarme. ¡Matalde,

[2971] La acotación «(Vase, metiendo mano)» la presenta *Parte XXI;* la incorpora Kossoff (no está en Ms.), indicando que «la coma es de Jones» (página 365).

[2973] *Suelta:* «ya con la punta, la espada»; *Parte XXI:* «con la punta de la espada».

[2976-78] Jones lee «¡Ola, gente!» por «Hola, ¡gente!» y «¡Ha caballeros, criados!» por «¡Ah, caballeros, criados!»

[2981] Van Dam y Kossoff escriben «¡Hay» por «¡Ay [...]».

[2986] *matalde:* metátesis por «matadle», a la que ya hemos aludido.

252

	matalde! El Duque lo manda.	
MARQUÉS.	¿A Casandra?	
DUQUE.	Sí, Marqués.	
MARQUÉS.	Pues no volveré yo a Mantua	
	sin que la vida le quite.	2990
DUQUE.	Ya con la sangrienta espada	
	sale el traidor.	

(Salga el CONDE, *con la espada desnuda.)*

FEDERICO.	¿Qué es aquesto?	
	Voy a descubrir la cara	
	del traidor que me decías,	
	y hallo...	
DUQUE.	No prosigas, calla.	2995
	¡Matalde, matalde!	
MARQUÉS.	¡Muera!	
FEDERICO.	¡O padre! ¿Por qué me matan?	
DUQUE.	En el tribunal de Dios,	
	traidor, te dirán la causa.	
	Tú, Aurora, con este ejemplo,	3000
	parte con Carlos a Mantua,	
	que él te merece, y yo gusto.	

2992 «Con la espada desnuda» añade como acotación la *Parte XXI*. En la
versión de Bandello, como en la refundición de Belleforest y la traducción
castellana, se narra cómo el gobernante de Ferrara envió a su esposa, a la cárcel, «uno de los de su consejo, con dos frailes, persona de gran doctrina y vida
privada; el uno, para que les llevase las tristes y espantosas nuevas de su
muerte, y el otro para que la persuadiese a que se arrepintiese de sus pecados
y rogase a Dios tuviese misericordia de su ánimo. Y lo mismo se hizo con el
conde su hijo...».

2995 Kossoff (pág. 366) indica cómo Lope deja un «enigma», ya que «¿Federico ha visto, o no, quien era?» a quien había matado. Creemos que el misterio lo revelan los vv. 2993-95. Federico al descubrir la capa que cubría al
supuesto «traidor» (que acaba de ajusticiar por mandado del Duque), describe
«y hallo [...]». La forma temporal del verbo suple el silencio textual de Federico, que se descifra ante la vista del espectador. En el «Cuaderno de Dirección» de Miguel Narros se anota: «Federico descubre que la víctima de su crimen ha sido Casandra» (pág. 260).

2997-3002 En el autógrafo (fol. 106 r) estas líneas fueron tachadas e inclui-
das al final (fol. 111 r.). *Parte XXI* incluye como acotación después del
v. 2997: «Vanse todos riñendo con él», y la variante «porque».

AURORA.	Estoy, señor, tan turbada,
	que no sé lo que responda.
BATÍN.	Di que sí, que no es sin causa
	todo lo que ves, Aurora.
AURORA.	Señor, desde aquí a mañana
	te daré respuesta.

3005

(Salga el MARQUÉS.*)*

MARQUÉS.	Ya
	queda muerto el Conde.
DUQUE.	En tanta
	desdicha, aun quieren los ojos
	verle muerto con Casandra.

3010

(Descúbrales.)

MARQUÉS.	Vuelve a mirar el castigo
	sin venganza.
DUQUE.	No es tomarla
	el castigar la justicia.
	Llanto sobra, y valor falta;
	pagó la maldad que hizo
	por heredarme.

3015

3008 La edición de Jones incluye la acotación «Salga el Marqués» no presente en Kossoff, pero sí en Ms. *Parte XXI:* «salga el Marqués». Éste ya está en escena a partir del v. 2979. Se puede suponer que la muerte de Federico a manos del Marqués sucede detrás de los bastidores (con frecuencia en el ropero, o en otra dependencia contigua).

3012 *Suelta, Parte XXI:* «un testigo».

3015 *Suelta, Parte XXI:* «valor sobra y llanto falta».

3016-17 *Pagó la maldad que hizo / por heredarme:* ante los cortesanos que, llenos de pavor, escuchan al Duque, la frase revela cómo Federico pagó con su muerte la traición que hizo al Duque: heredarle en el ducado. De ahí que triunfe la justicia. Pero hay otra posible lectura: el destino también le había a él señalado como heredero de las acciones de su padre. Pagó así la maldad que hizo como consecuencia de haberle heredado, con su «vicioso» proceder, en sus «mocedades» (vv. 2516-17); Bruce W. Wardropper [1987], pág. 190. Aunque convincente, no creemos que ante los cortesanos, y ante el cuerpo inerte de Federico, el Duque enuncie este *mea culpa* para justificar su «casti-

BATÍN.   Aquí acaba,
           senado, aquella tragedia
           del castigo sin venganza,
           que siendo en Italia asombro,   3020
           hoy es ejemplo en España.

              Laus Deo, et M[atri] V[irgini]
           En Madrid, prim° de Agosto: de 1631.
           Frey Lope Félix de Vega Carpio.

---

go». En el uso de la preposición «por» en vez de «para» ve Kossoff (pág. 367)
la ambigua caracterización. La crónica oficial de Ferrara hará constar que la
muerte de Federico fue por «traición»: mató por celos a Casandra. El «por» es
el objeto instrumental de la acción del Duque. Casa dentro de la definición
de la acción de la tragedia. Se desarrolla, de acuerdo con Aristóteles, a través
de una establecida serie de «imitaciones simultáneas». *Suelta* escribe
«acba».

    3021 Jones omite la inscripción incluida después del último verso «Laus
deo et M[atri] V[irgini]. En Madrid [...], que consta en *Suelta*. *Parte XXI* incluye: «Fin de la tragedia del *castigo sin venganza*». Véase al respecto, Lope de
Vega, *El sembrar en buena tierra,* ed. de William L. Fichter, Nueva York, 1944,
págs. 233-35. El autógrafo de la Biblioteca Ticknor, de Boston, incluye en el
folio 111r la aprobación de la obra que firma Pedro de Vargas Machuca, en
«Madrid, a 3 de Mayo de 1632». La precede la rúbrica de Lope que firma:
«Frey Lope Félix de Vega Carpio»; en otras ediciones «Fray». El Ms. incluye
«Véala Pedro de Vargas Machuca». Éste escribe después de la rúbrica: «Este
trágico suceso del Duque de Ferrara está escrito con verdad y con el debido
decoro a su persona y las introducidas. Es ejemplar y raro caso. Puede representarse. Madrid 9 de mayo 1632.»

Apéndices

1. Dedicatoria*

AL EXCELENTÍSIMO SEÑOR DUQUE DE SESSA, MI SEÑOR

Desigual atrevimiento parece dedicar a Vuestra Excelencia esta tragedia, cuando fuera más justo poemas heroicos, de quien fueran argumento las gloriosas hazañas de sus progenitores invictísimos, que dieron a la Corona de España tantos reinos, a las plumas tantas historias, a la fama tantos triunfos, y a las armas insignes de su apellido tantas banderas, de que son fieles testigos reyes infieles, y

---

* Lope fue gran adulador de sus mecenas. La relación con el duque de Sessa fue extensa y duradera. Arroja la otra cara de Lope: la del servil y lisonjeador. Sobresalen entre quienes sirvió el obispo Jerónimo Manrique, el marqués de Malpica, duque de Alba, conde de Lemos. Pero su relación con el duque de Sessa fue diferente: le confió, en una voluminosa correspondencia, sus confidencias familiares y amorosas (de doña Juana de Guardo a Marta de Nevares); lo mismo el duque a Lope: amores con doña Francisca y una tal *Jacinta*. Hay algo de teatral también en esta relación epistolar de Lope con los demás: «sólo así podría haber aceptado la ingrata tarea de escribir de amor a las amantes de sus mecenas, fingiendo ternura, celos o pasión conforme lo exigían la ternura, los celos o la pasión del otro», escribe Nicolás Marín (Lope de Vega, *Cartas,* ed., pág. 9). Lope fue para el duque de Sessa lo que éste no pudo ser: un magnífico poeta que escribía por él y para él versos de amor que éste dirigía a sus amantes como propios; también su mejor divertidor y chocarrero comentándole con sabia destreza sobre casuística amorosa. De alguna manera le alimentaba así sus múltiples fascinaciones eróticas. Véase sobre esta relación entre Lope y el duque de Sessa, Agustín G. de Amezúa, *Epistolario de Lope de Vega;* C. Rico-Avello, *Lope de Vega. Flaquezas y dolencias* (Madrid, Aguilar, 1971); L. Astrana Marín, *Vida azarosa de Lope de Vega,* 3.ª ed. (Madrid, 1963). En cuanto a las «dedicatorias», véase Thomas E. Case, *Las dedicatorias de Partes XIII-XX de Lope de Vega* (Madrid, 1975).

alguno que, preso, ocupa con honra suya un cuartel de ellas entre los Córdobas, Cardonas y Aragones, ilustrísimos por inmortal memoria en tantos siglos, y por sangre generosa en tantos reinos. Mas, como suele el que cultiva flores enviar al dueño del jardín algunas, como en reconocimiento de que son suyas las que quedan, así yo me atrevo a enviar a Vuestra Excelencia las de este asunto; indicio de que reconocen las demás que de todas es señor, como del que las cultiva. En los amigos, los presentes son amor; en los amantes, cuidado; en los pretendientes, cohecho; en los obligados, agradecimiento; en los señores, favor; en los criados, servicio. Éste no va a solicitar mercedes, sino a reconocer obligaciones, de tantas como he recebido de sus liberales manos en tantos años que ha que vivo escrito en el número de los criados de su casa, Guarde Nuestro Señor a Vuestra Excelencia como deseo.

Frey Lope Félix de Vega Carpio

2. Prólogo**

PRÓLOGO

Señor lector, esta tragedia se hizo en la corte sólo un día, por causas que a vuestra merced le importan poco. Dejó entonces tantos deseosos de verla, que los he querido satisfacer con imprimirla. Su historia estuvo escrita en lengua latina, francesa, alemana, toscana y castellana: esto fue prosa, agora sale en verso; vuesamerced la lea por mía, porque no es impresa en Sevilla, cuyos libreros, atendiendo a la ganancia, barajan los nombres de los poetas, y a unos dan sietes y a otros sotas; que hay hombres que por dinero no reparan en el honor ajeno, que a vueltas de sus mal impresos libros venden y compran; advirtiendo que está escrita al estilo español, no por la antigüedad griega y severidad latina; huyendo de las sombras, nuncios y coros, porque el gusto puede mudar los preceptos, como el uso los trajes y el tiempo las costumbres.

** Sobre la problemática que presenta este «Prólogo» (fuentes, género, representación, estilo, libreros de Sevilla) ya disertamos ampliamente en nuestra «Introducción». Remitimos a la bibliografía y a las notas consignadas en la sección correspondiente. En cuanto a «fuentes», es útil el trabajo de Gail Bradbury [1980], 53-65 y Manuel Alvar [1986], 1-38; género, Domingo Ynduráin [1987], 141-61; representación, Varey [1987], 223-239 y Miguel Narros [1986]; estilo, Dixon [1973], 63-81; Wilson [1963], 265-298; Peter W. Evans [1979], 321-334; entre otros.

Colección Letras Hispánicas